JN142926

# 死者の饗宴

THE FEASTING DEAD

by

John Metcalfe

# 悪夢のジャック

横山茂雄訳

Nightmare Jack

# I

河ではすべてが不思議なくらい記憶から消えてしまうのに気づいていたかい？　河辺で生まれては死んでいく人々の名前、汚濁した河面（かわも）を往来する船の名前を、次の日にはほとんど誰も憶えてはいない。愛と犯罪、絶望と死は満ち潮のたびに都市へとやってきて、引き潮と共に去っていくが、秘密を孕んだ河に漣（さざなみ）をたてることは滅多にない。河は流れ続けて、すべては忘れ去られる。

波止場で〈悪夢のジャック〉の姿を見かけなくなって、ようやく十年が過ぎたところだ。けれど、奴がポプラー（ロンドン東部、テムズ河北岸部の地区）、その隣りの犬島（アイル・オヴ・ドッグズ）あたりを今日うろついたとしても、あの醜い姿にもかかわらず、誰も気づきはしまい——忘れようにも忘れられない人物だと思えたのに。小柄で兎唇（みつくち）の、背筋が寒くなるような嗄（しゃが）れ声をした男で、奇怪な悪夢に絶えず苦しめられていた。

戻ってこられなくて、奴にはかえって幸いなのだ——もはや夢を見なくていいのだから。河に奴を委ねた我々としても、茶色に濁った水中に奴が囚われたままだと分かれば、それだけいっそう安眠できるというものさ……。

十年前、シェールの小さな薄汚い宿屋の二階で奴から聞かされた話を、これから書き記すことにしよう。あのとき、奴の顔には玉のような汗が浮かび、眼は恐怖の色を湛えていた。

干潮時にコーエンのボートで下ってきてロアリング・ミドルに到着したのは、午後もまだ早い時刻のことだった。一日中、河は鈍い陽光の下で輝き、褐色の巨大な肉の塊のようだ。本流を離れて、石造りの堤沿いに水路を進んでいくと、寂れた宿屋の背後が見えてきたが、空には暗雲がたちこめはじめ、一陣の風が水面に三角波をたてた。

ボートを繋留してから陸に上がると、ジャックとイライザに分かるように三回ドアを低くノックした。返事を待つ間、連れの顔を眺めると、我々が企む悪事の暗い影が他のふたりの顔にも射している。

そのときの面子は、わたし、クラブ、コーエン。さらに、なぜかギルクリストがいた。口数の少ない下卑た野郎で、白い頬はだらりと垂れ、臆病そうな眼はどんよりとしている。「魚の腐った奴め！」と面前で罵っても、殴りかかってきたり言い返したりする素振りすらみせない。ただし、我々に害は与えないだろうと思っていた。おまけに、ありとあらゆる邪(よこ)しまなものを使いこなす力をもっていたのだ……。

ノックに応答はなく、ドアの取手も動かないので、半分開いていた低い窓から忍び込むことになった。それから、コーエンが先頭に立って二階に上がった。コーエンはジャックの部屋のドアを開けると、中に入り、後に続くように合図した。戸口が低かったので、我々は頭をかがめながら順番に入っていった。しんがりになったギルクリストが鍵をかけた。

半裸で寝台に横たわっている男はひどく病んでいた。まばらな髪が額にべたりと貼りつき、顔は蛞蝓（なめくじ）の腹みたいな灰色だ。一目見ただけで、我々がやってきたのは無駄足だと分かった。せいぜい数時間の命だろう。ただ、奴の獰猛な眼には、今まで通りの邪悪な光がちらついており、犯してきた罪からは汁液のようなものが依然として滲み出ているように思えた。

ドアに鍵がかけられたとき、奴はそちらに頭を動かし、ギルクリストの姿を認めると、ゆっくりとこみあげてくる消えない怒りを込めて、嗄れた囁き声をあげた。

「おい、おまえ！」と彼はいった。「独活（うど）の大木みたいなクズ野郎め。どうしてここに来た？ よりによって、おまえがどうして？ 虫唾（むしず）の走るような〈鮫野郎〉で嫌われ者のおまえが？」

悪態をつかれてもギルクリストは言い返さなかったけれど、首筋や耳のあたりがゆっくりと赤らみ、眼には嫌悪の情がくすぶっている。

鍵のかかったドアから中のほうに向きを変えたとき、ギルクリストは不意に恐怖の声を発すると、片腕を上げて顔面を防ごうとした。ジャックが肘を動かした際に、もじゃもじゃした黒い影のようなものが寝台の端からギルクリストに飛びかかったからだ。手を下ろした彼の片方の頬には細長い引っかき傷ができていて、そこから真っ赤な血の雫が滴（したた）り落ちた。足元では、雌雄不明の大きな猫が、ごろごろ喉を鳴らしながら、彼の脛にからだを擦りつけている。

クラブが残酷な笑い声をあげた。「ポンゴは巧いもんだな」と彼はいった——「これ以上の歓迎はあるまい」。

寝台の上でジャックは身動きすると、咳払いしてから口を開いた。

「おい、いいかい」と奴はいった。例の舌足らずの奇妙な喋りかたで、フランス語風のアクセントが船乗りの下品な言葉と時にうまく混ざりあって、少しは教養があるように聞こえなくもない。「いいかい、あんたがた！　ここに来た理由を教えてもらうには及ばないぜ。だが、遅すぎた――遅すぎたんだよ、あんたたちは。最後の航海はとうに終わったからな。ただし、イライザが二日前におれを置き去りにしてからこのかた、あんたがたが来るだろうとは思っていた。おれの居場所をローリーが教えたのが分かったもんだから、あの女（あま）は怖くなって逃げ出したのさ。この二日間というもの、あんたたちが船着き場に到着して、どかどかと二階に上がってくるのを、寝ころんで待っていたぜ。しかも、おれの夢の中では……」

「おまえの夢！」とコーエンが怒鳴った。「その夢のせいで、おれたちはここまで来たんだぞ。おれらを夢に見て口走るような野郎は、誰にも聞こえない場所で眠ってもらう必要がある……」

　寝台に横たわる小柄な男はコーエンを見上げると、肩を震わせはじめた――息を切らしながら、人の神経を逆撫でする陰気な笑い声をあげているのだ。「あんたがた四人ときたら――」と、笑いながら彼はいった。「死にかけの男を眠りに就かせようっていう了見か。皆の衆、まことに忝（かたじけな）くもありがたい、ハッハッ」

　こんなときに愉快そうにするのにはひどくぞっとさせられたし、奴の肝っ玉がすわっているからといって、我々の仕事がそのぶん簡単になりはしない。とはいえ、奴にしてもまったくの恐れ知らずというわけではなかった。何かを怖がっているのは眼の色に明らかで、それから逃げられるのならば死さえ厭（いと）わないように思えた。

「おい、モーガンさんよ」と、少し間をおいてから、ジャックはわたしに話しかけた。「ちょっとのあいだ腰をおろして、おれの話を聴いてくれねえか。長くはかからねえ。付き合ってくれたら恩に着るぜ。一切を打ち明けておきたい気分なもんでな。聴きおえたら、〈悪夢のジャック〉のことを少しはよく思うようになるかもしれねえ。ところで、今は何時だい？」

わたしは三時半だと告げた。

「じゃあ四時までの――」と奴はくぐもった声で囁いた。「半時間、おとなしく付き合ってくれ」

わたしはコーエンとクラブに視線をやってから、ためらいながら半ば恥じるようにして〈悪夢のジャック〉に向かって頷いた。今すぐ話をさせろという要求の奥には何らかの策略が潜んでいるのか？　あるいは、運命を回避しようとする哀れな仕草で、ひょっとしたら、我々から憐憫の情をかけてもらおうとでもいうのか？　ともあれ、奴はここから絶対に逃げ出せないし、四時までに息が絶えても不思議ではあるまい。かえって手間が省けるというものだ……。

不安を誘うような風が窓ガラスを物問いたげにがたがたと鳴らすなか、〈悪夢のジャック〉は苦しそうにぽつりぽつりと話をしたが、しばしば恐怖の嗚咽がこみあげてきては喘ぎを洩らした。荒唐無稽で混乱した話、〈指さす手〉をめぐる物語だった。

激しい感情に襲われたときなどには、奴の囁く言葉はカナダのケベック風のフランス語になったけれど、基本的には癖のある英語の域にとどまったので、以下では後者のみを再現するのに努めた。

我々は最初はドアのそばの椅子に陣取ったが、話に引き込まれるうちに、わたしを含めた三人は寝台に近づいていった。しかし、ギルクリストだけは部屋の暗い片隅から動こうとはせず、ハンカチで頬の傷を押さえていた。〈悪夢のジャック〉の枕元では、わたしが昔に奴にくれてやった大きな猫のポンゴが身づくろいをしながら喉を鳴らした。

## II

「おおよそのところ、八年前の今日のことだ、三人の男がビルマのラングーンから出航した——天国に似つかわしいような貴重な宝石をたんと掌中に収めていたものの、地獄の恐怖に慄(おのの)いてな。奥地のシンボから、奴らはラングーンに下ってきた。そこに辿り着くまでが大変だった。とはいえ、よくある面倒事にすぎなかったんだろうが、自分たちが運んでいるものの正体、そして、入手した経緯のせいで、神経が昂ぶって迷信じみた考えに取り憑かれちまったのさ。光輝く宝石の粒をじっと眺めてから河に投げ込もうとしたのも二度や三度じゃすまねえが、そのたびに決心を翻しては先を急いだ。

ところが、ラングーンに到着して乗船するや、マンダレイからこのかた連中の後をつけてきた片目の怪しい男の姿が見えなくなったこともあって、すっかり気が楽になり、国に戻ったら手に入るはずの大金をどう使おうかと算段しはじめた。

ただし、太っちょ(ファティ)のシンプソンだけは船の寝台でまんじりともしなかった。翌朝、奴は、連れのふたり、ラングーンに辿り着くまでに起こった出来事がすべて頭に蘇ってきたせいだ。翌朝、奴は、連れのふたり、カトラーとラングリッシュにこういった——「おれはもう手を引く。悪いことはいわねえから、おめえたちも宝石はひとつ残らず海中に捨てたほうがいいぜ。紅玉の色がどんなものなのか、おれはようく知っているが、こいつは違う。凝った血の色だ。ともかく、今はそういう色をしている。いいか、こいつは禍々しい石なんだ。まあ、ともかく、このおぞましい石からあがる儲けはおめえたちにきれいさっぱりとくれてやるから、うめえことやるがいいさ」。

だが、実のところ、奴は自分が怖気づいた理由を仲間にすべて話したわけじゃあなかった——船の前方甲板を見やったとき、インド人水夫たちに混ざって、赤褐色の肌をした例の独眼野郎がマストの綱を牽いているのに気づいていたんだ。カトラーとラングリッシュは奴が臆病なのを嘲笑ったが、約めて言うなら、そのお蔭で、このおれさまが後で巻き込まれる羽目になったのさ。

ロンドンに到着すると、宝石の「権利」をもつ七人の男が待ち構えていた。奴らを入れると、全部で十人という勘定になる。親玉はギル博士だ。モガウンの寺院にあの宝石がたんまり眠っているとの情報を最初に聞きつけたのは、博士、ラングリッシュ、それにカスバートという人物の三人で、分捕るために「組織」をこしらえた。誰が現地に行くかは籤で決めたという。ただし、ラングリッシュが言い張っていたところでは、奴、カトラー、シンプソンが「当たり」の玉を箱から引き当てたのは、ギルと他の連中のインチキに嵌められたせいらしいぜ。

だが、とにもかくにも国に戻れて万々歳、ロザーハイス（テムズ河南岸のサザークに位置する）の安宿で他の七人と会合をもったときには、それまでの遺恨もすっかり忘れ果て「めでたや、めでたや」と祝杯を重ね、立てねえくらいに酔っ払っちまった。ファティ・シンプソンでさえ恐怖をすっかり忘れて、自分の分け前なんぞいらねえという前言を撤回する始末さ。

ところがどっこい、会合を終えて、奴、カトラー、ラングリッシュの三人組がジェリコ埠頭までテムズを下っていくと、河岸の陰に隠れて背後から一艘の船が進んでくるのが目にとまった。漕いでいる男の顔は見えやしないが、そいつの後ろ姿が、《ビルマの女王》号の前方甲板にいた、隻眼の怪しい男に似ているときたもんだ。

つまるところ、すったもんだの諍いのあげく、宝石は全員で山分けと話は決まったのさ。自分の取り分は売っぱらっても構やしないが、ただし、用心して時間をじっくりかけるという条件つきだ。だがな、こんな具合に取り決めたのは、連中のどいつも正直には認めたくねえ理由があったからだ。つまり、奴らとしては自分たちがやらかしたことから逃げ出したかった。仲間とは金輪際手を切って、すべてを忘れたかったのさ……。ラングーンから船出して以来、略奪してきたルビーが「おとなしく」していたのは確かだが、寄り合いを牛耳ったのは例のファティ・シンプソンだったからな。恐怖でびびるってのがどんなもんか知ってるだろ。そうさ、伝染るんだ！」

ここで突然〈悪夢のジャック〉は甲高く響く荒々しい笑い声をあげた。猫のポンゴが、少しの間、喉を鳴らしながら手を舐める動作をやめたぐらいだ。叫んで突進しようとしたコーエンを、クラブが押しとどめた。「どうってことねえよ」と彼はいった。「悪夢にうなされると、奴はいつもこうなんだ」

ほどなくして笑いは急にとまり、ひっそりした嗄れ声で話は再開された。

「三年間かそこらというもの、十人の男たちは互いに顔を合わさないようにして暮らした。奴らは皆ロンドン近辺にいたんだが、宝石を分配してからは、数万マイル離れているも同然さ。宝石を売りさばくのにえらく時間をかけたもんだから、どいつもまだ分け前の四分の三が手元に残っているような有様で、そうこうするうちに、妙なことが起こりはじめた……。

ファティ・シンプソンが事の始まりというわけじゃあなかったが、おれがいっとう最初に聞きつけたのは奴の口からだった。さて、こういう話さ。

その当時、ファティはテムズ河沿いのグレイズ（ロンドンから東へ約三十キロに位置する町）に家を買っていて、宝石を三粒売りさばいたところで、ある日、もう一粒処分しようと汽車でロンドンに出てきた。

ロンドン塔近くのフェンチャーチ・ストリートまであと六、七駅というところで、奴はうとうとして夢を見はじめた……。

奴がどんな夢を見たかは、もちろん合点承知さ。いつも決まって同じなんだよ。今日の今日まで、おれにしろ他の連中にしろ、この夢については口外してねえ。訊かれなかったということもあるにせよ、話したところで何の役にも立たねえからな。

目を閉じた刹那、おれの眼前に浮かび上がり、夜も昼も取り憑いて離れないものを世間の奴らに話していたら、はてさて、いったいどんな反応（こたえ）が返ってきただろう？　ひとりの男のひょろりと長い褐色の前腕――腕首の先はこわばった手で、指はこちらをさしている。常に指さしていやがるんだ！

ストラトフォード・マーシュ越しに北を眺めているとき、車窓の外にファティが目にしたのが、まさにこの手だった。奴は慌てて鞄を開けると携帯用酒瓶を取り出して、ぐいと呷ったという。ちょっとはしゃきっとしたので、もういちど外を見やると、影も形もありゃしねえ。ほどなくしてフェンチャーチ・ストリートに到着、奴は駅を出ると、すぐそばの酒場に飛び込んだ。動転をしっかり抑えようと、立て続けに数杯飲ったわけさ。東へとテムズの方向に歩きだした頃には——むろん、懐中の財布にはルビーが一粒入っている——あの奇怪な「夢」を笑い飛ばす気分になりかけていた。だがな、心の奥は何だかぞっとしたままで、「笑って済ませられると思ったら大間違い、すでに万事休すだぞ」と囁くものがある。

そのとき財布に入れていたルビーは特大級の代物で、ふたつの輪が同心円状に刻まれている。ファティが足を運んだ故買屋は、店の二階でルビーを調べると、奴を奇妙な面持で眺めた。「変だね」と故買屋がいった。「半年前、これとそっくりの宝石を持ち込んだ男がいた。ふたつの輪もまるきり同じさ。大した値はつけられなかったよ。というのも、刻印の入った宝石なんぞは足がつきやすいからな」

故買屋は宝石、続いてファティをじっと見つめていたが、やがて、ふたたび口を開いた。「ところで、あんた、まさか、瓜ふたつの宝石を以前ここに持ち込んだってことはないだろうね」

「何だと？」とファティは切り返した。「おれがここに来たことがあるかだって？　とんでもねえ。そんな与太話を続ける気なら、ここには金輪際二度と来るもんか。いってえ、どういう了見だ？」

「いやなに、妙なのさ」と故買屋は答えた。「あんたが半年前の男と似てるなんて最初は思いもしなかったよ。ところが、宝石が瓜ふたつで、おまけに、あんたの頬にも男と同じ変な傷痕があるとくると、何とも面妖じゃないか」

「篦棒(べらぼう)め、おれの頬に傷だって！」とファティは気色(けしき)ばんだ。「ほら、これでも喰らえ！」というなり、奴は殴りかかって、拳骨の大きさほどの傷痕を相手の顔につけた。あとは、宝石を懐中にしまうと店を出た。

酒場で呷ったウィスキーが廻ってきたので、故買屋の話はさほど気にならなくなり、ともかく宝石を早く処分したいという一心だった。ふらりと床屋に入ったところ、顔を剃(あた)ってくれた職人が傷のことを口にするじゃねえか。

「いってえ、どこに？」と、鏡を眺めながらファティは訊ねた。「おれの頬に傷なんて見えねえぞ。どんな形だ？」

職人がいうには、左の頬骨の真下、染みか火傷みてえな黄色い斑(まだ)らが斜めについている。

「なんだ、そいつかい」と、いかにも見えるようなふりをしてファティは応じた。「酸だよ。今朝がた顔にかかっちまったんだが、痕が残ったとは気づかなかったぜ」

同じ日の午後、他にも三人の男が、頬に傷がついていると奴に告げたが、家に戻って鏡を覗いても、何も見えるもんか。一晩まんじりともせず翌朝になって、自分の身に何がふりかかったのか奴はようやく悟った。

こうなると、恐怖のあまり冷や汗がだらりと流れてきた。おれがここ何年というもの冷や汗を流しているのと同じ按配さ。そして、二日後、奴はまた夢に襲われた……」

ここで〈悪夢のジャック〉の話が途切れた。唇は相変わらず動いているのだが、聞きとれない。

金属製の盃に注いでやったブランデーを時間をかけて苦しそうに飲み干すと、少し間をおいてから奴は話を続けた。

「ブランデーをくれ」と彼は囁いた。「戸棚に瓶があるはずだぜ」

「ファティの話じゃ、翌週、ティルベリー（ロンドンの東方、テムズ河沿い）に向かう道を歩いていると、カトラーに出くわした。ビルマから宝石を持ち帰った仲間のひとりだ。

カトラーの野郎はなぜか大して驚いた顔もせず、どうでもいい世間話を始めやがった――自分の叔母御の体調が芳しくない、排水管が詰まって困る、家では瓜を育ててる、てな具合だ。ひどく窶れた様子で、しばらくして顔の向きを変えたとき、カトラーの左の頬骨あたりに漆喰みたいな斑らがついているのが目にとまった。

ファティにたちまち合点がいったのはいうまでもねえや、ふたりは情報を交換した。

ファティの身にふりかかったことは既に数ヶ月前にカトラーに起こり、しかも、どうやら他の連中の大半にも起こったらしいと分かった。少しずつ悪夢がひどくなり恐怖が募るにつれて、誰もが一味の他の面々に探りを入れようと心に決め、カトラーがファティと出会ったときには、行方が突きとめられねえのは僅か三人になっていたんだよ。

翌日、他の連中に引き会わせようと、カトラーはファティを例のロザーハイスの安宿へと案内した。宿に着いてみると、行方知れずの三人のうち二人をギル博士が既に見つけて連れてきていた。

つまり、消息不明なのは一人だけで、そいつはとうにお陀仏かもしれん。九人は宿のしょぼくれた二階で震えながら酒を呷り悪態をついたが、どいつもこいつもメリケン粉をこねたような蒼白い顔色だ。おまけに、頬にはふさふさと髭をたくわえていやがる。例外といやあ、髭を生やすのを頓馬にも思いつかなかったファティと、頬髭が白髪になっちまって染みが隠せなかったカトラーだけさ。

身にふりかかった出来事、次に起こるかもしれない出来事に全員とんでもなく怖気づいていたから、景気づけにブランデーを数パイント流し込みながら計画を評定して話が決まるまでに五分とかからなかった。「未処分の宝石ごと、おれたちをビルマまで運んでくれて、戻ったときには絶対に口をつぐんでいられる船長を、誰か知らないか？」とギル博士が訊ねた。「おれたちは全員でビルマに行くんだ。さもなきゃ、こっちに残った奴は疑心暗鬼になるだろうからな」

「ああ、知ってるぜ」とファティが答えた。「よけりゃあ、今すぐにでも連絡をつけよう。日曜までは陸にいるはずだ」

自分たちだけで船を出せないものか、宝石の一部を既に売り払ったのに残りだけ都合よく熨斗をつけて返せるものなのか、行方知らずの一人をどうするのか——と、ちょっくら議論になりはしたものの、とどのつまり、十五分もしないうちにファティは宿屋を出て、奴の知り合いをつかまえにいった。

ところがだな、ファティが出ていくや、奴がおれと——そうさ、とうにご明察の通り、奴の念頭にあった船長とは他ならぬおれさまだよ——話をつける前に、奴に是非とも伝えておかなきゃならんことがあるのに何人かが気づいたんだ。そこで、ギル博士はトビー・チャータリスて野郎に急いで後を追わせて、ファティが目指す波止場へと着く前に伝言しようとしたわけさ。

　近道を使ったチャータリスが狭い小路を進んでいると、突き当たりの河沿いをファティが足早に通りすぎるのが目に入った。そのときファティのほうも振り返ったから、チャータリスに気づいたのは間違いねえが、手を振っても、ずんずん歩いていって、あっというまに見えなくなった。足早に進んでいくのを目にして、トビーは冷や水を浴びせられたように感じた。ファティの姿にはどこか妙なところがあって、何だか分からねえが嫌な気がしたという。

　チャータリスは慌てて駆け出した。小路からテムズ河沿いの道に抜けてファティの行方を探ろうとしたんだが、ふと思い浮かぶことがあって、ますます嫌な気がした。つまりだな、ファティは怯えているのじゃあるまいかと——いいかい、怯えている、だぜ——誰かから、何かから、逃げようとしているように思えたんだ……。

　チャータリスは引き返そうかとも思案したが、既に河沿いの道に出ており、二百ヤードばかり前方にファティの姿を認めた。

　一分間ほど追いかけたところで、ファティが奇妙なまねをしているのが見えた。体を屈めて道端の溝から一枚の紙切れを拾い上げ、そいつを郵便ポストに押しつけながら何かを書き込むと、足元の舗石の下に隠したんだ。

　道には他に誰もいなかったから、チャータリスは紙切れが自分に宛てられたのを寸分も疑わなかった。

　そこで、紙切れに近づいていって、石の下から拾い上げると目を走らせた。内容はこうだった。

「絶対に後ろを見るな！」
一陣の強風が引き潮のテムズ河に吹きつけてくる。ファティの伝言にぎょっとなったトビーは、思わず紙切れを手から離しちまった。紙は風に舞っていき、奴は愚かにも摑もうとしたが、もちろん無駄に終わった。自分が駆けてきたのとは反対側に背を向けて、紙切れが道沿いに飛んでいくのを眺めていたトビーの眼に、ファティが見たにちげえねえものが映ったんだ。犬ころみてえに尻からへたりこむと、トビーは笑いだした……。

十人のうちでいっとう最初にそれは奴を襲ってきた――つまり、悪夢のでかくて穢らわしい恐怖だ。骨という骨はがらがらと崩れ落ちんばかりになって、五臓六腑がむずむず、むかむかしてくる。風に吹き上げられた埃を浴びながら、奴はへたりこんだまま女（あま）っ子みてえにくすくす笑っていた……。

その笑いときたら、何てえ始末（モン・デュー）だ、ロザーハイスの宿屋に戻っても止まらないときたもんさ！連中が奴に手錠をかけ猿轡（さるぐつわ）をかませて蹴りを入れても、止まりゃあしない。耳にするもおぞましい笑いとはまさにこのことだろうぜ。

だが、やがて奴は急におとなしくなると、風に吹かれた紙切れの行方を眺めていたとき目にしたものを、恐怖に身を震わせながら連中に説いて聞かせた。ひょろりと長い褐色の腕と指さす手――しかも、後ろのずいぶんと離れたところに、腕と手の持主の〈顔〉、片目の〈顔〉があって、ライフルで銃身に沿って狙いをつける按配で、視線を腕に沿って走らせている……。この顔のせいでどうにもこうにもならなくなっちまったと、トビーはいった。干からびた茶色の顔はにやりともせず、テムズ河を往来する船の帆柱や煙突の向こう、対岸上空に浮かんでいた。この顔がもっと近くにあって、もっと巨大だったほうがましだったろう……。トビーはそこまで話すと啜り泣きはじめ、他の連中は強いブランデーを無理やり奴に何杯も飲ませだしたのだが、まさにその場へ、ファティがおれを連れて戻ってきたという次第。

　御察しの通り、ファティのほうは、トビー・チャータリスの身にふりかかった災難を免れたんだよ。宿屋を出てから河沿いの道を歩いていたファティが、たまたま背後を振り返ると、ずうっと離れたところから奴をつけてくるのは、〈指さす手〉でも〈顔〉でもなかった。ビルマのマンダレイから三年間というもの奴と他のふたりにつきまとってきた片目の怪しい男だったのさ……。

　とはいえ、これだけでも奴の肝っ玉を震えあがらせるのには十分だったし、すぐに前に向かって走り出さねえと、いつなんどき〈指さす手〉が現れるかもしれねえと怖くなった。てなわけで、石の下に紙切れを残すや、一目散におれのところに駆けてきたわけだ。いきなりビルマ行きの話を切り出されたので、こいつ頭がいかれてやがると即座に思ったもんだが、ところがどっこい、宿屋に同行して部屋の扉を開けてみれば、車座になった奴の仲間たちがぐでんぐでんに酔っ払って罵声を上げるばかりか、その中央（まんなか）でチャータリスは泣いているという有様で、こいつらのほうが狂気の沙汰も三層倍じゃねえか。

　連中、何だか訳の分からねえことを喚いていたが、どいつもこいつもチャータリスの顔を指さすのに気づいて、ようやく合点がいったぜ。黄色い傷が奴の頰から消えちまったと叫んでいやがるんだ」

## Ⅲ

〈悪夢のジャック〉は、ここで話を転じると、恐怖極まれりとでもいう様子で——演技ではあるまいかとの疑いをわたしは当初抱かないでもなかった——今まで語ってきた出来事の奥に潜むと推測される事情を説明しはじめた。震え慄(おのの)く声で奴が話しだしたのは、モガウンの静謐な古刹(こせつ)、堂内に祀られる邪神、その傾きかけた像のことだった。寝台に横たわる〈悪夢のジャック〉の顔は蒼白で、屋外では風が黄濁した河面に吹きすさぶ。息も絶え絶えの言葉、さらには、狂乱した手振りと目つきによって、〈網目と塊〉をめぐる伝承、〈三重の糟(かす)〉の朧げな恐怖を、奴は我々に伝えたのだ。

奴が自分の言わんとするところを正確に伝えるために使った言葉については、今なお記憶に鮮明なので、以下そのまま用いることにしたい。ただし、のろのろとしたおぞましい口調を再現するのは不可能だ。

かの邪神は虱(しらみ)だらけの不潔な神官(じんかん)たちの間に分身権化(ふんじんごんけ)し、その力と欲望を頒(わ)け与えたので、神官自身が邪神の一部をなすともいえる。年に一度、邪神の精髄たるルビーが像から取り外され、ふたりの男が選ばれて宝石を肌身離さずに七夜を過ごす決まりになっていた。

その後、ふたりの男は見習いとしての苦行の期間を経て、頬に黄色の傷を帯び邪神に参入、かくて神官の一員となる。

実のところ、〈悪夢のジャック〉が厭悪(えんお)のあまり口をつぐんだこと、忌まわしく不可解で言葉にできないことがあり、それは奴にとってはビルマの邪教の本質に属していたにちがいない。風に舞う紙切れを眺めていたトビー・チャータリスの身にふりかかった出来事など、かの邪神に受け容れられ認められた兆し、端緒にすぎないと、奴は言いたかったのだ……。

　邪教にまつわる話をさらに続けて説明を終えるまで、奴は、ほとんど言い訳がましい臆病な笑い、仮借ない恐怖に震える笑い声を上げたのだが、それは今なお耳について離れない。こんな男をわたしたち四人は殺しにやってきたのだ。とはいえ、恐怖に慄きながらも、不思議なくらい理性的に超然として喋っていると思えるときもあった。奴は我々に――たぶん、特にわたしに――自分の置かれた立場を理解してもらいたかったのだろう。自分の魂を無罪放免にしたかったのだ。その奇妙で痛ましい願いは、わたしの眼を見つめる奴の視線に露わだった。奴が低い声で話すのを聞きながら、わたしは窓辺を振り返って河の濁流を眺めた。風はさきほどより強くなっており、どくんどくんと脳内を流れる血液のように窓を鳴らした。

　奴の話によると、一味がルビーを盗んだのは、それが新たな神官を産みだす儀式のために神像から取り外されようとする矢先だったらしい。ビルマからの帰途、ルビーを収めた財布を枕の下に置いて寝る役目を担ったのはファティだった。このために宝石に秘められた力をファティがすっかり吸収してしまったのかどうか、〈悪夢のジャック〉には分からなかったらしいが、とまれ、残りの連中に影響を与えるに十分な魔力は残っていたわけだ。普通ならば、邪神の〈源(たね)〉は、神官を「造出」した後でルビーから神像に戻され、余った〈力(ジュース)〉は翌年までとっておかれる。奴の想像では、トビー・チャータリスは自分の取り分の宝石を後生大事に胴巻にしまっていたせいで、魔力があんなにも働いたらしい。つまり、種痘みたいなもので、人によって「効き目」が違う。

　邪神は長いこと連中のうちの誰かを「受け容れ」ようとしていたのだが、その過程で何らかの純然たる修法上の障害が生じて、うまくいかないまま時間が経ってしまったというのが奴の推測だ。本来ならば、人間あるいは人間に似た姿のものが顕現、物質化するはずで、マンダレイから追ってきた隻眼の男というのはその出来損ないではあるまいかと、〈悪夢のジャック〉は説明した。

　いったん邪神に受け容れられた人間は自分たちだけで神官を「造出」できるようになるのだと、奴は匂わせた。かくて、指さす手と共に汚穢は伝播していく。疱瘡のように広まっていき、遂には世界全体が汚されてしまう。

　説明がここまできたところで、寝台に横たわる男は体を縮こめた。声がよく聞こえるように、わたしは顔を奴に近づける必要があった。今や邪悪な力が「解放」され——しかも、やがて明らかになるように、奴自身もルビーに手を触れてしまっていたから——邪神が自分をも欲していると覚悟しているらしい。「もちろん、そんな御利益なんぞ真っ平御免だぜ。忌まわしい神官なんぞにはなりたくねえからな、そうだろ？　なあ、そうだろ？」

〈悪夢のジャック〉がやがて話の本筋に戻ったとき、徐々に暗くなってきた部屋の外では、依然として吹きつける風が窓を鳴らしていた。

## Ⅳ

「宿屋から出るのに怖気づいて、ファティとその仲間たちは深夜まで居座り、おれも馬鹿みてえに奴らに付き合ったんだが、これが証拠だと真紅の宝玉の粒を見せられるに及んで、おれの眼はたちまち眩み、黄色い傷など糞喰らえさ、ルビーを戻しにビルマまで船を出すのをふたつ返事で引き受けた。あんたたちも先刻ご承知の通り、おれは宝石にかけてはちょいとした目利きだからな。こんなありがてえ石を気の狂った連中の好きにさせるくらいなら魂を悪魔に売払ったほうがましだと、すぐに腹を括ったんだ」

〈悪夢のジャック〉は眼をぎらりと輝かせ、少しのあいだ口を閉ざすと、宝石の粒を撫でるかのように、長くて繊細な褐色の指の先を動かした。声は徐々に弱くなっており、盃からブランデーを一口啜って話を続けるのもひどく大儀そうだった。

「あんな連中で全員揃ってビルマに向かうのを計画するなんぞ、頭がおかしいにちげえねえ。疑いを招かずに、船と乗組員を手配して無事に出航するだけでも容易な業ではあるまいと分かっちゃいたけれど、ギル博士から手付の札束をたんまりもらったうえに、何しろルビーの現物を拝んでいたからな……。

時間は喰うわ気は揉むわのあげく、ようやく、二本マストの帆船と乗員を確保した。最新式の汽船なんぞはおれの好みに合わねえ。

出航前日の夕方、面妖な出来事が起こった。トビー・チャータリスは、それまでの一週間というもの、いつくたばっても不思議じゃねえ状態だったんだが、奴がギル博士の船室の前を勢いよく駆けていったのさ。様子を見に船室から出てきた博士を奴は甲板に張り倒すと、舷門を飛び越えて岸壁に降りた。奴を捕まえようと、連中のうちのふたりがすぐさま後を追ったが、奴は何とか逃げおおせて、戻ってきたのは日が沈む頃だった。

奴は奇妙な話を全員に聞かせた。奴のいうには、頭が急に変になって、盲滅法に駆けだしたのだが、ふたたび不意に意識が戻ってきた。はっと気づいてみれば、しゃんと背筋を伸ばして立った姿勢で、奴はひとりの男を指さしている。場所は船の近くのどこかの埠頭で、夕暮れの淡い光の中、その男が笑いながら後ろに倒れて尻餅をつき、日干しになった虫みたいに身を縮こめるのが見えた……。

よろよろと船上に戻ってきたトビーからこの話を聞かされて、連中は総毛立ち、すぐさま奴に手枷足枷をはめた。自分たちが奴に指さされるのではと恐れたからだ。笑いながら倒れるのが見えたというのはどこのどいつだとトビーに問い質してみても、奴には答えられなかった。あるいは答えようとしない。結局、海に出て三日目に奴はお陀仏さ――奴があの〈顔〉を目にしてから一月ちょいだったな。

安宿でルビーを初めて拝むやいなや、おれが何をやらかそうと決めたかは、あんたがたにも当然お分かりだろう。トビーが死んだ夜から数日後、船が満帆状態でスペイン沖を通過していたとき、おれはギル博士の船室の戸棚から宝石をくすねると、ふたりの頑強な乗組員を引き連れて、出港前にそっと積んでおいた差し渡し二十三フィートばかりの小型ヨットでずらかった。帆船の底には十やそこらの穴を開けておいたから、どんどん浸水するという仕掛だ。

ビスケー湾はひでえ天気で、確かに危ない橋を渡ったわけだが、ジブラルタル海峡を抜ける前に是非ともやってのける必要があったから、夜の闇に乗じて陸（おか）に近い航路をとったのさ。できるものなら一人でトンズラしてえところだが、当直の乗組員たちを始末して、しかも小型ヨットを下ろすには、〈ちび助（タイニー）〉とクラドックの助けがいった。

あの夜、おれたちは、烈しい北風に煽られながら、ヨットの主帆は畳んで三角帆を半分張った状態で航行した。夜明け頃には南東に陸地が見えたが、ヨットは右船尾四十五度の方角から風を受けて、三十度以上も西方向にずれていた。「東に廻してくれ」と、タイニーがおれにいった。「そうすりゃ、二時間もしないうちに陸に辿り着けるぞ」

おれは舵を大きく切ったが、三角帆を使いながら旋回する際に主帆の綱を牽（ひ）かなかったので、でかい下桁（したげた）が揺れながら勢いよく墜ちてきて、タイニーの腹を直撃、奴は叫ぶ間もなく海中に転落しちまった。

クラドックが「おめえ、わざとやりやがったな！」と大声を上げるなり、おれに飛びかかってきたので、死に物狂いの殴り合いになった……。奴は巨漢（おおおとこ）だったから、舵を何とか取り外して脳天に一発喰らわせていなけりゃ、危ねえところだった。こうやって奴を片づけると、舷側から海に放り込んだ――メリケン粉を詰めた袋みたいに、静かに落ちていったぜ。一、二時間経ったときには、おれはひとりでもう陸に上がっていて、コルク材を運ぶ船に乗ってビルバオ（スペイン北部の都市。ビスケー湾に臨む）からロンドンへと舞い戻ってきたのさ」

わたしたちの眼前にいる男は急速に衰弱しつつあった。長々と話してきて精力を使い果たしたのだ。とはいえ、奴の小さな眼の輝きからすると、語ることに慰めを見出している。頭がおかしいのは疑えないけれども、少なくとも悪事の話は本当のようだ……。暗くなってきた部屋の隅から、コーエンが声を上げた。

「それで、ルビーは？　結局どうなったんだ？」と彼は嘲った。

〈悪夢のジャック〉は頷いた。顔には歪んだ笑いが広がったが、それは同時に嫌悪で顔をしかめているようにも思えた。

「ああ――」と彼は呟いた。「ルビーがどうなったかって？　おれが手に入れたときには〈力〉（ジュース）はすべて失せていたらしい。使い果たされていたにちげえねえ。だが、いずれにせよ、おれの手元にあったのは予想していたより短い期間だった。帆船を走らせていたとき、タイニーとクラドックを海中に沈めたときには、さんざっぱら苦労して手に入れた宝石をおれから奪う野郎がイギリスで待ち構えていようとはまさか思いもしなかったぜ。でけえ薄汚れた幽霊みたいに、奴はにんまり笑いながら波止場に立っていた。おれが上陸するや、奴は馴れ馴れしく腕をおれの脇の下に差しこんで、そっと優しく話しかけてきた――「やあ、ジャック」と奴はいった。「えらく早いお帰りだな。とところで、仲間たちはどこにいるんだい……？」

　口をふさぐために、ルビーを一粒か二粒くれてやったんだが、そいつはこれでは満足しなくて、「おい、山分けといこうじゃないか？」といいだした。「そうすりゃ、あんたはひどい目に会わずに済むぜ」ルビーの半分を渡す段になって、奴はこちらの眼を見つめたが、そのときになって、おれにはそいつの正体が分かった。この野郎が頭を縦に振るたびに、宝石を結局はひとつ残らず渡す羽目になると分かったんだ。

　五年かそこらというもの、釣り針にかかった魚をそのまま泳がせるような按配で、奴は悠然とおれにつきまとった。その間、自分の名前や過去については一言も口にしなかったが、おれに教えるまでもねえと先刻承知してやがったのさ。奴がにんまりと笑いながら、かつては傷がついていた頬を軽く叩き、調子のよい甘ったるい口調で喋るのを聞いていると、十人のうちで行方不知になった男、さらには、波止場で夕暮れの光を浴びて身をよじるのをトビー・チャータリスが目撃した男のことが頭に浮かび、奴が腕を上げて指さすだけで、おれも相手と同じような虫みたいに汚らわしいものに変えられてしまうのだと悟った。

　ルビーに潜む悪霊はそんな具合に作用するんだ。トビー・チャータリスの体内に毒みたいに入り込んだものを、まるで当たり前の喰い物のように喰らって、そいつは肥え太る……。五年ほど前に、おれの手元から宝石がすべてなくなると、奴も姿を晦ました。だが、今日の今日まで、あの野郎の目つき、声、体臭は片時も忘れられなかった。壁にかかった鏡に映る自分の姿を眺めるたびに、おれ自身には見えねえが他人様には見える黄色い傷がついてるんじゃあるめえかと思えてくる……」

〈悪夢のジャック〉の声は一時は弱まるばかりだったが、途中から徐々に現れてきた別の変化にやがて取ってかわられた。途方もない悪業と恐怖を滔々（とうとう）と語っていたのが、話の終盤、邪悪な相方（あいかた）に付きまとわれた顚末に焦点が移るにつれて、奴の恐怖が本当は何に由来するのかを見極めるのは容易になった。というのも、奴の話には荒々しい力があったとはいえ、最初のうちはどこか他人事のような非現実味を帯びていた――人から聞いた恐ろしい話を練習した上で正確に再現する小学生を思わせた。だが、話が終盤にさしかかってからは、奴は、ギルクリストが座って耳を傾けている部屋の暗い隅を見つめながら手をゆっくりと握っては開き、勢いよく喋っては口ごもるを繰り返したので、我々全員、これはまだ何かあるなと半ば予期していた。

　クラブも、死にかけている男が不安を募らせるのに気づいて、張りつめたような奇妙な口調で話しかけた。

「で、それ以降は夢を見るのか？」と彼はいった。

「ああ」と〈悪夢のジャック〉は呟いた。「あれからというもの夢を見る。何ていう夢だ……ひでえ夢だ……だが、それをいうなら、あの野郎も同じだぜ。あいつと話をしていると、恐怖が奴の顔に広がるのを幾度か目にしたからだ。おれにとっては無上の愉しみだったぜ。今夜こそ、おれは奴に借りを返してやる！　あいつのほうこそおれを始末するはずだったけれどな……」

　少し前までは衰弱のせいで奴の声は力を失っていたように思えたが、このとき勝ち誇ったような荒々しい叫びが不意に上がった。だが、その叫びもたちまち消えて恐怖に息をつまらせたのにはぞっとさせられた。いま味わっている断末魔の苦しみからすれば驚くべき力を見せて、奴は寝台で起き直ると、ギルクリストの影のような姿を凝視した。〈悪夢のジャック〉は身を必死に守ろうとでもするかのような奇妙な動作で片手を顔の前にかざし、嫌悪と恐怖がないまぜになった激情に襲われて、二度と耳にしたくないような声を出した――切れ切れの慄然たる叫び、なかば呟き、なかば金切り声で、奴の臨終の言葉は発せられた。

「おれを救ってくれ、奴らの忌まわしい手先から……女みたいにしゃべる、山羊の匂いのする野郎……猫はとっくに……」

言葉は唐突に途切れ、奴は上体を倒した。奴はさらに口を動かして話を続けようと虚しい努力をしたが、我々は、よろめきながら部屋の隅から既に立ち上がっていた人影に視線を向けた。〈鮫野郎〉という渾名で通っていたギルクリスト、あの下衆野郎――奴の請け負う仕事ときたら、そのお蔭で利益を得ていた極悪非道な連中すら恥ずかしく思うくらいのものだった――は部屋の中央でふらついていたが、依然としてハンカチを顔の傷に押し当てながら、空いているほうの手で寝台で悶え苦しむ男を指さした。

黙ったまま、ふたりは互いに見つめあった。次の瞬間、自分を苦しめてきた男を睨(ね)めつけながら、〈悪夢のジャック〉は、満ち足りた様子で枕元に座っている猫の大きな体を引き寄せた。最後の力を振りしぼると、自分のシャツを襟元から下に引き裂き、心臓あたりに猫の前足の爪でギザギザに歪んだ線を引いた。一瞬の間があってから、奴の胸に鮮血がジグザグ状に迸(ほとばし)りでた。にやりと勝ち誇ったような笑いが顔に浮かんだかと思うと、頭が後ろに倒れて壁に当たり、息の絶えた体は寝台に沈んだ。

少ししてから、ギルクリストがぐらりと床に昏倒した。

## V

夕暮のなか、ボートを繋留しておいた場所まで〈悪夢のジャック〉の死体を運んでいく間、我々三人はずっと無言だった。死体を船尾から河の渦巻く流れに投げ込んで数分後、クラブがゆっくりとオールから顔を上げると口を開いた――「あいつはいったいどうなったんだ？　失神から回復した後、どうして姿を消したんだ？　おれたちに続いて階段を降りてきたよな。ボートでかなり待ったし」。

「ああ、ずいぶん長いことな」とコーエンが応じた。「もう待つ必要はない。奴はおれたちを長すぎるくらい騙してきたんだ。明日の晩には、あいつは自分が狂わせた男と一緒に眠るのさ……」

だが、ノットマン埠頭を通り過ぎてから少し経った頃、クラブがオールに何か柔らかいものを引っかけて、ぎょっとした叫びを上げたので、わたしは彼の肩越しにランタンをかざした。船尾に渦巻く水の中をグロテスクに浮き沈みする白っぽいものが一瞬だけランタンの光に浮かび上がったが、澪（みお）に沿って夜の闇に消えていく。満潮に乗って上流へと漂っていく死体で、誰のものか一瞥するだけで判別できた。

「ギルクリストだ、間違いない！」とコーエンが囁いた。「一体全体、どういう――」

そのとき、陸を離れる際に我々のボートに飛び込んできた猫のポンゴが微かな鳴き声を上げ、コーエンが叫んだ。

「そういうことか！」と彼はいった。「猫だ！　艀に落ちたぞ。ギルクリストはもういちど気を失って河に落ちてしまい、おれたちのボートより先に流されたにちがいない。ジャックはうまいこと企んだもんだ。単なる引っ掻き傷じゃないとは思っていたんだ……」

「えっ？」とクラブがいった。「どういう意味だ？」

「意味だって？」とコーエンが少し笑いながら相手の言葉を繰り返した。「いいかい、ジャックは、おれたち三人に加えて奴も来たのを知った。だから、準備をしたのさ。それだけのことだ。猫の足が寝台に青い跡を残すのに、おれは気づいていた。毒が塗ってあったんだ」

ちょうど十年前の今日になる。クラブとコーエンの消息は分からないから、あの夜の出来事を思い出して、狂った男の譫言(うわごと)の奥にさらにどんな恐ろしい謎が潜んでいたのだろうかと訝(いぶか)しむのもわたしだけになってしまった。まさに光陰矢の如し……。そして、河での出来事は不思議なくらい早く記憶から消えていく。

# ふたりの提督

横山茂雄訳

The Double Admiral

I

「ふたりの提督」の話はあまりに多くの不可解で驚くべき側面をともなっており、全体として奇怪きわまりないので、ある主教が真実だと請け合っていなければ、信じるのがためらわれても当然だろう。

件（くだん）の主教、ジョン・チャールズなる人物は、昨年の十月、旧友から手紙を受けとった。ハンプシャの海辺の家で週末を過ごさないかという招きである。友人は退役した海軍提督で、このところ健康をそこねており、チャールズは数年来顔をあわせていなかった。とはいえ、提督の奇矯な暮らしぶりは耳にしており、噂の真偽を確かめるために訪問してみたいという気持は以前からもっていた。おまけに、提督の手紙には、気の合った友人と一緒に過ごしたいという望みにとどまらない妙に切迫した気配が窺えるように思えた。

ジョン・チャールズはすぐさま行くことに決めて、誘いに応じる旨の電報を打ってから、昼食を急いで済ませると午後の汽車に乗った。かくて、手紙が届いて約六時間後には、吹きさらしの小さな駅で提督の出迎えを受けていた。

どこか具合が悪いのはたしかだった。握手した提督の手は冷たくて震えており、陽気な挨拶は明らかにわざとらしい。

ジョン・チャールズは、提督の具合について何か言うのは後刻にまわすことにして、馬車で家に向かう道中は世間話をいつものごとく親しげにかわすだけにとどめた。白塗りの小さな家の前に停まると、「ところで」と提督が切り出した。「ベヴァリーが滞在中だときみに伝えておいたかな？彼も再会できて喜ぶだろう。ほら、あそこだ！　奴は窓辺にいるよ」

二輪馬車から降りたふたりは、潮風に吹かれたまま、少しの間立っていたが、その間に馭者が主教の荷物を下ろした。ベヴァリーが家から出てくると、チャールズの手を握った。

ベヴァリーは背が高く、無口で夢想に耽りがちな男で、眼は黒く、髪の毛も黒くてふさふさしている。主教は彼とは以前に一、二度会ったことがあったけれど、怪しげな心理学に手を染める人物だと心の中では軽蔑気味だった。ベヴァリーはロンドンでひそかに治療施設を開いており、心霊家（サイキスト）を自称して、仄暗い一種の神殿のような場所を設けて情緒不安定な娘たちの診察をおこなっていたのである。

荷物が二階に運び上げられ、長旅にいささか疲れたジョン・チャールズも垢を落とそうと階上の客用寝室に入った後で、提督とベヴァリーは居間に赴いた。暖炉では薪が元気よくはぜており、食欲をそそるような料理が既に用意されている。

「おい、ベヴァリー」と提督が口を開いた。「今夜はどこかちがうのに気づいたかい？」

この言葉に心霊家は窓辺から暖炉のほうに視線を転じたので、彼の顔は薄明が不思議なかたちで混じり合った光を浴びて輝いた。「いや、わからないな、フッド」と彼は答えた。

提督は窓辺まで歩いていくと、庭の芝生越しに外を眺めた。暮れなずむ光の中でわびしく見える庭に、微風がさっと吹きわたる。

「ここからは見えない」と提督が話を続けた。「角のあたり――ちょうどあのあたりだよ」家の真正面に位置する海と芝生に面した窓は居間の他にふたつあったが、その片方を提督は指さした。どちらの窓にもブラインドが下りている。

「奴は知っているのかい?」と、眉を思わせぶりにひそめながらベヴァリーが訊いた。

「いや、まだだ。夕食の後で話すつもりにしている。静かに! やってきたぞ」

ジョン・チャールズが居間に入ってくると、そのすぐ後においしそうな湯気をたてたスープが運ばれてきた。三人が腰を下ろしたとき、風の勢いが強くなるのが耳に入った――海辺の断崖では溜息のような音をあげ、窓辺では中を覗きこみたくてたまらないような喘ぎ声をあげている。

食事の間、会話はとぎれがちで、提督がしゃべりだしたのは、召使のトマスの退出後、三人が暖炉の周囲に腰を落ち着けてからのことだった。彼が話しかけたのはもっぱらジョン・チャールズだった。ベヴァリーのほうは、古い話が繰り返されるのにうんざりしたとでもいうように、諦めたような、なかば不機嫌な様子で暖炉の炎を見つめている。

「ジョン、どうして来てもらったのか、もちろん訝しく思っているだろう」と提督は話を始めた。「いったい何が起こっているのか、何かよくないことがあったのかとね。いいかい、実はベヴァリーには既に事情を伝えて意見を聞いている。そこで今度はきみの意見を伺いたいというわけなのさ」

天井の片隅に映るベヴァリーの頭の影が大きく揺れて、提督の言葉に随喜せんばかりに賛成しているかのようにみえる。提督は影と実物の双方を眺めてから言葉を継いだ。

「この家に入ったとき、何か気づかなかったかね、ジョン？」

「きみの顔色がひどく悪いのにはすぐ気づいたよ」

「他には何も？」

「ああ、何もないね」

「そうか」と言うと、土気色のたるんだ顔をした提督は、落ち着きのない黒い眼で暖炉の火を凝視した。屋外では、風が依然として囁くような奇妙な音をたてている。いっぽう、室内では、風の囁きにうやうやしく応答するかのように、暖炉で灰の落ちる静かな音がときおり聞こえた。

「この家は——」と、提督は左手をあげながら早口で話を続けた。「穢れている。しかも、他ならぬわたしが穢れの根源なのだ。わたしの具合がよくないのは分かるだろう。だがね、普通の意味での病気というわけじゃない。よく聞きたまえ、わたしは穢れてしまったのだ。どこの具合が悪いのか分かるかい？　わたしをじっと見つめたら、どこの具合が悪くなっているのか、きみに言い当てられるかな？」

「いったい——」と、主教は張りつめた口調で応じた。「どういう意味なんだい、フッド？」

「いいかね、ベヴァリーの他にもわたしが事情を打ち明けた男がいるのだが、奴は何と笑いとばしたのだ。笑うような奴がまたいたら、今度は殺してやる！　さあ、わたしの眼を覗きこんでくれ。そして、どこが悪いと思うのか教えてくれたまえ」

　主教は自分のほうこそ答えを教えてもらいたい問いに正解を出すよう求められたわけで、不可解な状況もここに極まれりとの感があった。とはいえ、電流の流れるような緊迫した瞬間を経た後で、彼の頭脳は必然的ともいえる結論を導き出していた。暖炉の光を反射する老いた提督の黒い眼が燃えるビーズ玉のように輝くのに主教は気づいていたし、頬髭をはやした提督の顔に不気味で恐ろしいものが潜んでいるのにも気づいていた。のみならず、自分がこれから何を話そうとするのか、なぜか分かっていた。しばらく口を噤(つぐ)むうちに意味を帯びてきて、いわば答えがひとりでに出てきたのである。

「きみのいいたいことは分かるよ、フッド」といってから、ほんの少しだけ間をおき、彼は友人の土気色の顔を眺めた。答えは明らかだった。そのやつれた顔の皺すべてにまざまざと記されている。彼は言葉を継いだ。「きみの表情は、まるで、心が何かにさいなまれている、何かに怯えているかのように見える。もちろん、単なる気のせいだといえなくもないだろう。つまり、きみは何かにつきまとわれていると思いこんでしまったにすぎないと。実のところ、外見だけから判断すれば、きみは……まさに取り憑かれているよ！」

　ふたたび数秒の沈黙があった。ベヴァリーはパイプから灰を叩きおとし、いっぽう、奇妙な興奮を覚えるあまり自分が身を前に屈めていたのに気づいた主教は背をのばした。

　提督が口を開いた。「海上はるか遠くに見えるものがある。いつもあるわけではなくて、ときには消えるのだがね」

「で、その正体は？」とジョン・チャールズは単刀直入に訊ねた。

「とりあえず〈島〉と呼んでいる」と提督は答えた。「水平線上に見える一種の茶色い染みで、現れては消えるのさ。ベヴァリーも目撃しているよ」

提督がここで言葉を切ったので、ジョン・チャールズは続きを聞きたそうに心霊家のほうを見やったが、相手は視線を避けている。

「だが、他の連中はどうなんだい、フッド、どういう意見なんだ？」

「他の連中には――」と彼は応じた。「見えない。わたしにだっていつも見えるわけじゃない。思うに……」

いったん口を噤んでから、提督は話を続けたが、その言葉は不自然で奇妙なまでに滑らかな口調で淡々と発せられた。彼の眼は向かい側の壁の一点に釘づけになっている。

「それから逃れられない。どこまでもついてくる。窓のブラインドがおりているときに居間に入っても、同じことさ。存在を感じるからだ。いまもそこにいる。ほら、そこに」頭は頑として動かさず、左腕だけを窓のほうに伸ばして、提督は指さした。

「ねえ、きみ」と主教はやさしい言葉をかけた。「ここをすぐに引き払いたまえ。主教館で一、二週間過ごせばいい。グレースも喜んで迎えてくれるよ」

首を横に振ると、提督は「むだだよ」と応じた。「一週間前に、汽車に乗って内陸部のイーストハムに行った。逃げられると思ったのさ。実際、その日の大半はあれを見ないですんだけれども、小さなレストランでお茶を飲んだとき、窓の外を眺めたら、そこにあった。遥か離れた丘の頂上に、例の茶色の忌まわしい染みが……」

話は途切れてしまい、彼の眼に恐怖の色が浮かんだ。風にあおられて木製の窓枠が音をたて、暖炉の灰が崩れるのも聞こえた。窓枠はまるで物思いにふけっているようで、暖炉は提督に同情するかのようだった。

「留意すべき重要な点は――」とベヴァリーが口を開いた。「フッドの場合、それが見える際には、あるいは頭に思い浮かべるだけでも、彼の人格がいわば弱まって稀薄になってしまうことだ。心がどんどん吸いとられて蒸散していくのさ。どんな感じだと言っていたかな、フッド？」

長い脚を組んだまま頭を壁のほうに突きだすと、提督は答えた。「それが出現すると、わたしは何かを失うように思えるのさ。いつ出てくるのか分かるんだ。まず、ひどい頭痛がする。次に、自分から何かが吸い出されていくような感じがする。うまく説明できないが、そう――」

適切な言葉を探そうとするかのように、興奮した面持で提督は一呼吸おいた。暖炉の光を浴びた顔にいくつもの長い皺がのたくるのが見えたが、口元がひくひくと痙攣しているせいだった。チャールズとベヴァリーは言葉をはさみかけたが、提督は片手ですばやく制した。

「――いわば、〈生命力（ヴァーチュー）〉が吸われてしまうのだ。吸いとられて海上に運び去られてしまう。子供の頃にも似たような体験があった。自分の中に潜む何かが逃げ出そうとして、他の何かに飛びつく。そういう感じだ」

「それなら――」とジョン・チャールズが言った。「わたしも幼いときは五十歩百歩だったよ。とてもおぞましくて言葉にできない恐怖がまとわりつくものがいくつかあった……。たとえば、部屋の天井についた黄色い染み。あるいは、古い本の挿絵の一枚とか。その絵が何頁に載っているか覚えていたので、そこだけ飛ばしたものさ。学校に通う鉄道沿いの壊れた電信柱もそうだった……。妙なものだね」

木製の窓枠が感に堪えたような音をたて、その響きになぜか心が沈んだ主教と心霊家は悲しげな様子であたりを見回したので、提督はふたりに手で合図しながら、「わたしのような老人は――」と続けた。「こんな始末になるのさ。年はとりたくないものだ。いいかい、でも、そのうちに〈あれ〉を迎え撃ってやるからな。〈あれ〉のせいで死にかけている――根元からやられているんだ！」

## II

主教の語ってくれた話では、この翌日、提督の小型帆船(カッター)に乗り込んで三人が謎の〈島〉を訪ねていくのが次の場面となる。この驚くべき航海に主教が加わったのは、もっぱら友人の気が済むようにさせるためであったのは明らかだろう。〈島〉はあそこだと提督の指さした水平線上の海域には雲がいくつか低く垂れこめているだけで、他に怖ろしそうなものは何も見えなかった。おいしい朝食をたっぷりとったのだし、昨夜の話のようにぞっとさせられるのは御免こうむりたい。

出発したのは十時頃で、冬用のセーターを着込んでソーセージのように丸々となったジョン・チャールズは、船尾から遠のいていく岸をいささか残念そうに眺めた。海上には靄(もや)がうっすらとかかり微光を放っていたが、この上天気ならすぐに消えるだろう。

　舵を操るのは他のふたりに任せきって、しばらくの間、主教はくつろいで腰を下ろしてパイプを燻らせながら、考えにふけった。提督が前例のないような神経症に苦しんでいるのは残念至極で、主教館に連れていこうとの決心を新たにした。神経症以外の可能性など頭に浮かばなかったし、昨夜の会話は朝のまともな光のなかでは馬鹿げたものとしか思えない。陰気で謎めいたところのあるベヴァリーでさえ、帆走用にフランネルを着こんでいるとごく普通に見えるではないか。

　提督は帆桁の下に座って海の彼方を凝視していた。背をかがめて頭を突き出し、両手が膝の間でぶらさがっている。風に吹かれて舞う、額の生えぎわの髪は、顔や体と同じく褪せた薄い色だった。髪がときおり眼に入るたびにいらだたしげに片手で払ったが、その動作を除けば、異様なまでにこわばり張りつめた様子で腰を下ろしていた。

　穏やかな風をうけて頭上の縦帆がなめらかに膨らむのを、主教はのんびりと眺めた。帆柱の頂上の檣冠が船の動きにつれて雲間を背に動いてきらきらと輝く軌跡を描くさまを、彼は目で追った。岸で鷗が小競り合いをして鳴く甲高い声が聞こえ、ぴんと張った乾いたロープのたてるリズミカルな音がときおり間にはさまって心地よく響く。ジョン・チャールズはとてもくつろいだ気分で、何事にも煩わされたくないという気分になった。幸せな幼児のように彼は眠りにおちた。

　だが、ほどなくして、ベヴァリーに起こされた。舵をとるのを替わってくれというのだ。言われた通りに舵をとり、彼は既に消えていたパイプにまた火を点けた。出航してから半時間ほど経っているにちがいない。風は穏やかで向きが一定しなかったが、航海は順調だった。この時点まで、ふたりはほとんどひとことも交わしていなかった。

陸地に沿って進むのをやめ、〈島〉が位置するという方角へジグザグの航路を描いてゆっくりと向かいはじめた頃、ふたりは次第に奇妙な感情にとらわれはじめていた。それまでは物見遊山だということになっていた航海が実は訳のわからないものである事実が明瞭になり、とりわけ、黙ったまま不自然なまでに凝然と座っているフッドの姿に彼らは漠然とした不安をおぼえた。ほぼ同じ頃、心霊家が不意に主教のほうを向いて睨みつけたので、その暗い表情に狼狽した主教は自分が子供時代に怯えた挿絵を思い起こした。

「陸地からどのくらい離れているんだろう?」と主教が口を開いたけれど、船の位置に興味があるのではなく、沈黙を破りたかったからにすぎない。「せいぜい三海浬(マイル)だろう」とベヴァリーが答えた。「この風ではそれくらいが関の山だ。ところで針路は合っているんだな、フッド?」

「まだ少しの間は直進だ」と提督が応じた。「まっすぐだ。だいぶ近づいてはいる」

この後、またもや会話は途切れてしまい、言いようのない不安にジョン・チャールズはふたたび襲われた。夢幻のような陽光に潜む何か、向きがたえず変わる風に潜む何かが、張りつめたあげく断ち切れようとしていた。波が舷側に打ち寄せる音、両手でつかんでいる舵のきしる音を聞くうちに、彼は叫び声をあげたいという衝動を抑えきれなくなった。だが、何とか彼は持ちこたえ、依然として黙りこんだままの三人を乗せて船は進んでいく。

主教がついに〈島〉を目にしたのは、まさにこうした不可解な予感にとらわれたときだった。船の動きにあわせて帆柱の陰に見え隠れする黒っぽいかたちをそれまでもなかば意識してはいたのだが、舳先（へさき）が不意に左側に向いた際、黒い染みが船の右側へと見かけの位置を変えて海上に浮かぶのが視野に入ったのだ。

「見ろ！」とベヴァリーに囁きながら、ジョン・チャールズは染みを指さした。

ベヴァリーは頷くだけで黙ったままだ。彼は提督のほうを見やったが、相変わらず凝然と座って前方を睨んでいる。

船が近づきつつある黒い塊は奇妙に輪郭がぼんやりとしていた。目を凝らすと崖らしきものが見えるように主教には思えたが、まだ離れているうえに、その周囲に靄がたちこめているので、確たることは何もいえない。

針路を変更せずにおよそ五分ばかり進んでから方向を転換したので、〈島〉の見かけの位置はふたたび船の左側へと変わった。ベヴァリーはしばらく望遠鏡でそれを眺めてから、望遠鏡を主教に手渡した。

望遠鏡を使っても裸眼で見える以上のことは何も分からなかった。〈島〉のあるあたりを褐色の影が覆いかぶさり、周囲の波間に揺れる陽光と不思議な対照をなしている。ジョン・チャールズは望遠鏡の向きを自分たちが後にしてきた陸地へと転じ、さらに水平線もざっと見渡した。はるか彼方に、帆柱の三本ある大きな船が海峡の方向に進んでいる。いっぽう、西の海上には黒い点が見えるが、おそらく、帆柱が一本しかない小さな船が風上に向かっているのだろう。この二艘だけが人間の活動している徴（しるし）だった。

ジョン・チャールズは望遠鏡を提督に差し出したが、相手は身動きひとつしない。主教は望遠鏡をベヴァリーに返した。

　せいぜいが穏やかというところだった風は今やほとんど止んでしまい、船はいらいらするような低速でじりじりとしか進まない。だが、不思議なことに、ついさきほど主教の目撃した小さな船がおよそ四分の三海浬（マイル）の距離にまで接近していた。凪（な）ぎつつある風に乗っているらしい。

　ベヴァリーはものめずらしそうにその船を見やったが、やがて望遠鏡を手にすると長い間じっと眺めていた。

　しかし、それが小型帆船であり、しかも自分たちの船と瓜ふたつらしいのはジョン・チャールズにも裸眼で容易に見てとれた。のみならず、甲板には暗い人影が三つ——舵をとる人物、帆桁の下にいる人物、そして、このふたりより暗くて、しかし、くっきりとした人影が帆柱の下から首をつきだしている。

　暖かくて肌がむずむずするような陽光に包まれながらも、主教は全身が震えるのを感じた。ひどい頭痛がする。実際とは反対方向に動いているという、列車でときに経験する奇妙な感覚に主教は一瞬とらわれた。自分たちの船が進む方向はなにゆえか一分前とは逆転したのだと、彼はほとんど確信しかけていた。

「おい」と、ベヴァリーが提督に低い声で呼びかけた——「あの船を見ろ、フッド」

　答えはなかった。

　ベヴァリーは提督が腰をおろす帆柱の下まで大股で歩いていったが、舵をとるジョン・チャールズの位置からでも、心霊家の顔が突如ひきつって蒼白になったのが見えた。「何てことだ！」と彼は主教にむかって叫んだ。「こっちへ来てくれ！　かわいそうに、死んでいる！」

主教は飛び上がってベヴァリーのところに駆けつけ、ふたりして足下を眺めた。

木製の彫像のように身動きせず、提督の姿は座ったまま海を睨んでいた。あまりに凝然としているため顎さえ前方に突き出ており、獰猛にして滑稽という不気味な外観を呈している。いっぽう、長い腕だけは船の動きに合わせて膝の間で力なく揺れていた。風にあおられた薄い色の髪が大きな青い眼にかかっている。

狼狽した叫びをあげると、主教は屍体をそっと揺すった。それはぐらりと傾き、なかば俯けの姿勢で帆柱にもたれかかったが、青い眼だけは依然として前方を見つめていた。

ベヴァリーはかがみこむと、心臓に片手をおいた。「臨終だ」と彼はいった。「手のうちようがないよ、チャールズ」

「いったい――」と主教は訊ねた。「何が死因だろう、ベヴァリー？」

心霊家は返事をしなかった。そうするかわりに、ふたたび手にとった望遠鏡で数分前に通過した例の帆船を指した。きわめて高速で進んでいるにちがいない。というのは、あの奇怪な三つの人影はもはや判別不能で、上下に揺れながら視界からあっというまに消え、前方にたちこめてきた霧の中に突入していったからだ。

ベヴァリーが唐突に口を開いた――「提督がどこにいるか分かるかい？」

主教は愕然として相手を眺めたまま黙っていた。

「どこにいるか教えてやろう」とベヴァリーは続けたが、かくも不気味な暗示を孕んだ言葉を主教はこれまで耳にしたことがなかった。「奴がどこにいるか教えてやろう。あの通りすぎた船にいる、きみやわたしと一緒にね。望遠鏡で奴の姿が見えたからな」

相手の言葉の意味するところが腑におちる間、主教はじっと立ちつくしたまま、まずベヴァリー、次に屍体を見つめた。提督の屍体は醜悪な人形のように虚空だけを睨んでいる。それから周囲の海を眺めたが、新たな混乱が襲ってきて恐怖と混ざりあった。

彼は船尾の方角に顔を向けた。遠方にあの気味の悪い帆船が見えるが、もはや黒い点にすぎない。と、その左手、陸地が見えるべきところに、巨きな暗雲のように海上に横たわる黒い塊のおぼろげな姿がちらりと浮かびあがった。そちらの方角に急いで体を動かして、主教は〈島〉であったものの姿を探したが、なかば予期していたごとく、それは既に消えており、かわりに見えるのは自分たちが出発してきた陸地だけだった。

心理学者が〈方向感覚失調〉と呼ぶ奇妙で一過性の精神状態が存在する。慣れない道を通ってよく知っている場所に不意に辿りついたりすると起こるもので、両者の相対的な位置の認識にひどい混乱が生じてしまう。人によっては、この衝撃が大きすぎて心的能力が一時的に機能不全となることさえある。ジョン・チャールズは数秒間なかば茫然自失の状態に陥ってしまい、いっぽうで、彼の心の羅針盤はいわば渋々ながらも再調整をおこなった。

やはりそうだったのだ——実際とは反対方向に動いているという不自然な感覚が突如として裏づけを得て、この面妖な逆転状態の惑乱のなか、主教はベヴァリーの存在はおろか提督の恐ろしい死すら束の間忘れてしまった。

陸地は彼らが一時間ほど前に出発してきたままの姿で眼前にある。船着場の東には険しい崖が聳えたち、背後には、海原のように広がる丘陵が複数の動く点や染み、ゆるやかに進む光の帯で奇妙に輝いている。本来の陸地は自分の背後にあるはずだという意識に執拗にとらわれたまま、しばらくの間、主教は、何かが恐ろしい悪戯で自然を狂わせて、自分の知るハンプシャの岸と崖も丘もすべてが瓜ふたつの岸を眼前につくりあげたかのように感じた。

尋常ではない異様な気配が空中に放たれたように思えた。爽やかな風が吹いている。ジョン・チャールズの頭からひどい痛みは消え去り、かわりに切々たる調べが次々と鳴り響いた。非現実的なもの、夢のように燦めく蜃気楼のようなものが、眼前の陽光を浴びた岸には漂っていた。黄金色の靄から不思議なかたちが幾つも高く浮かびあがって主教を誘うかのようだ……。

一切を忘れて、彼はそのかたちを眺めたまま立ちつくした。顔は苦痛に引き攣れている。眼前の光景は心を惑わすような美しさ、甘美で現実離れした狂気に包まれているようだ。穏やかな海に連なって聳える崖……。主教は欲望に煩悶しながら祈りを捧げた――こちらをなかば嘲るようでいて、しかし、胸苦しいまでに愛おしい女の顔に捧げるように。

彼はよろめいた。この美しさに憔悴しきったからだ。言語を絶する畏るべきものが烈風となって吹きつけてきたのだ。セーターの襟をつかむと、彼はまた祈りを捧げた。「我が父なる神よ」と彼は言葉を発した。意識が朦朧となって倒れる際、ベヴァリーの姿が視野の端にちらりと映った。ベヴァリーは気にくわない奴だという思いがちらつく。汚いフランネルを着ているが、心霊家とやらはそんな服を身につけるべきじゃない……そうとも……。場違いのつまらない思いが次々と浮かび、切れ切れの考えが脈絡なく襲いかかってくる――さきほど自分を直撃したとてつもなく訳の分からない光景を何とか理解しようとする虚しい努力だ……。それから、紫色を帯びた甘美な忘却がおこった――気高い忘却。

ジョン・チャールズの話してくれた驚くべきではあるが明らかに誠実な物語には、思い遣りに満ちた感動的な点がいくつかあって、意識を回復した彼が〈もうひとりの提督〉の出現を知ってから示したという態度もそのひとつだろう。「すべては――」と、ベヴァリーはいった。「逆転が完了したかどうかにかかっている。〈あいつ〉は実際のところ提督本人に他ならない。砂時計を思い浮かべてくれたまえ。上から下へと砂が落ちはじめるときに起こるのは、上の砂ぜんたいが漏れていく、崩れていく過程と呼べるだろう。だが、その過程がほぼ完了に近づくと、上の砂が消滅したというより、下に砂が創造されたというほうが適切だ」

「で――」と主教が訊ねた。「砂はすべて下に落ちてしまったのかい?」

「そう思うよ」と心霊家は答えた。「かくて、〈もうひとりの提督〉が出現したのだ、きみが意識を失っている間にね。七時間前のことさ」

ここに記録しておくべき最後の場面は同夜に起こった。真相を〈提督〉から隠しておこうとベヴァリーと共に試みた心遣いは、思いがけない事態のために水泡に帰したと、ジョン・チャールズは語る。彼は自分の感情を心霊家に吐露していたのだが、そのとき、二階にいるとばかり思っていた提督が不意にふたりのところにやってきたからだ。ふたりの会話を漏れ聞いたので、その意味を知りたいという。

主教は作り笑いをした。「いや、ぼくは居眠りをしてしまってね。ベヴァリーにいま話していたのは、そのとき見た夢なんだ。きっと昨夜の食事に出してくれたものがどれか体に合わなかったのだろう」

ベヴァリーもにやりと笑うと、「真に迫った夢だな――」といった。「とりわけ、最後のほうの麗しい崖のあたりは。きわめて東洋的だよ。ペルシアの大詩人オマル・カイヤームがちょっとばかり暴走したというところか。もちろん、夕食に出た胡瓜のせいで悪夢を見たのさ」

提督は暖炉の火をかきおこした。「いや――」と彼はゆっくりと口を開いた。「ベヴァリー、それじゃあ話が合わないよ」

「どうしてだい?」とふたりは同時に嗄れた声で応じた。

「というのは――」と提督はいった。彼の声には恐怖に満ちた世界の脈動する響きが聞きとれる。

「あいにくだけれど、わたしも居眠りをしたのさ――しかも、同じ夢を見たのだ!」

# 煙をあげる脚

横山茂雄訳

The Smoking Leg

# I

奥地に住むいかさま医師ゲイガンが根気よく手当してやったインド人の水夫(ラスカー)は、背が高くて痩せている他には目立ったところのない男だった。彼が医者の小さな屋敷に飛び込んできたのはある日の午後のことで、目を血走らせ、切れ切れに叫び声をあげながら、ヴェランダの横手にある木挽き穴にうまい具合に転がり落ちたのだ。

ゲイガンは男を穴から引き上げ、全身を念入りに抓(つね)って怪我の箇所を確かめようとした。膝を抓ると、水夫は金切り声をあげた。「ははあ、腹痛(はらいた)かい。どれ、ひどいのかな」といいながらゲイガンが再び抓ると、相手は力をふりしぼって唾を吐きかけた。

「顔つきが気に入らんな」と医者は召使のモハメド・アリにいった。「唾を吐くのは悪い兆候だよ、水夫のやることじゃない。なかにいれたほうがいい」

ところで、ゲイガンは気が狂っていると評判の人物だったのだが、もちろん、水夫にはこれを知る由もなかった。医師の家で曹達水(ソーダ・パーニ)を飲み、同じ釜の飯を食って十日間を過ごした頃には、水夫は自分の保護者に少なからぬ愛着をおぼえるまでになっていた。水夫にしてはとても善良な人物であったし、実のところ、まだ年端もいかない少年だった。名前をアブダラ・ジャンという。

ゲイガンへの好意は、しかし、十一日目にはばっさりと断ち切られた。その日、医者は寝椅子に水夫をきつく縛りつけると、下に白い布を広げて、ぴかぴかと光るメスが入った大きな黒い革製の箱を開けたからだ。

「やめて――」とアブダラ・ジャンは口ごもった。彼の職業は水夫(カラシ)だから、少しは英語もしゃべれたのだ。「やめてくれ!」

「騒ぐんじゃない」とゲイガンは命じた。「騒いでも、こっちが不安になるだけだ。それに、痛みはまったく感じないだろう」彼は水夫の右脚に施してやっていた副木と包帯を取り去ると部屋を出ていったが、すぐに大きな金庫をもって戻ってくると、低いテーブルの上に載った手術器具の箱の横に置いた。いまやアブダラは金切り声をあげていた。

ゲイガンが十二番径の銃で水夫の頭をしたたかに殴りつけると、悲鳴はとまった。

アブダラ・ジャンが意識を取り戻したときには、白い布は血で汚れ、ウィスキーの強い匂いが部屋を満たしていた。開いて空になった金庫が床にころがっている。怪我をしたほうの脚は再び包帯で巻かれていたが、激しく痛む。ただし、以前の箇所ではなく、膝の真上で少し内側のところだ。

ゲイガンはメスを洗っていた。

「いい子だったな」というと、医者は顔を上げて患者を眺めた。「気分は快適かい?」

水夫は言い表わすことのできない烈しい感情をこめて両眼をぎょろつかせた。ほどなくして、低い、悪意のこもった唸り声が喉から洩れた。ゲイガンが包帯を水夫の口に押し込んで黙らせにかかると、相手は嚙みつこうとした。

医者は寝椅子の横に腰を下ろしてからウィスキーをグラスに注ぎ足すと、おしゃべりをはじめた。

一ヶ月もすれば膝はすっかりよくなって船乗り稼業に戻れるだろうと、彼はいった――もちろん、こんな奥地にまで水夫の少年が逃げてこざるをえなくなった理由がなくなればの話だが。ただし、乗り組んだ船がロンドンに到着したら、アブダラ・ジャンは脚を再検査してもらう必要がある。「腕のたつ医者の住所を教えてやる。そいつには既に説明の手紙も送ってあるからな」とゲイガンは締めくくった。

すべてを患者に話し終えると、ゲイガンは最初から同じ話を繰り返し、二度目が終わると、すぐさま三度目にとりかかった。そのたびに調子は熱を帯び声は少しずつ甲高くなるいっぽうだったが、言葉は不明瞭になっていく。話を繰り返すまえに彼は毎回ウィスキーを一杯あおった。九回目の話が終わる頃には、声がすっかり嗄れてしまったので、彼はようやく諦めると、召使のモハメドに寝床まで自分を運ばせた。アブダラ・ジャンは寝椅子に縛りつけられたままだった。

それから二週間というもの、水夫の両腕は、癒えつつある傷口を搔かないようにと背中に縛りつけられ、ゲイガンは毎日その枕元に腰を下ろしては同じ話を繰り返した。とはいえ、相手に興味をもたせるためにときおり話に色をつけた。

飲んだくれの狂人の支離滅裂な話には、しかし、絶えず一貫して反復される主題が流れていた。つまり、水夫の少年は、遥かロンドンで、ある医師を訪れなければいけないということだ。「おい、アブダラ、船医みたいな藪医者に傷口を絶対にいじらせるなよ」と、黄ばんだ眼をらんらんと輝かせて、彼は幾度も叫んだ。「おまえの膝には魔法がかかっているんだ。わかったか？　そこには悪霊が取り憑いていて、世界中でそいつを追い払えるのはただひとり、わしの友人のフレディ・ショウだけだぞ」ところで、召使のモハメドが通訳として有能でなかったうえに、ゲイガンは現地語の知識に乏しく、いっぽう、水夫は英語をわずかしか知らなかったので、意図を伝えるのに時間がえらくかかった。だが、執拗な反復はついに功を奏した。ある夜、アブダラ・ジャンが高熱をだして死にかけたとき、譫言でショウの住所を叫んだのである。医者は喜びを抑えきれなかった。

　二日後に水夫の熱病は癒え、一週間経って、モハメドとその主人が寝椅子のそばに跪いて、腕を縛っていた紐をほどいたときには、じっと横になったまま、ありがたそうに眼をぎょろつかせるまでに恢復していた。

　いまや自由になった水夫の手に、医者は重々しい態度で六十センチもある大きなマニラ紙の封筒を置いた。緑色の蠟で封印され、薄紅色のリボンがついている。「このなかには推薦状が入っているから、おまえはラングーンで《ビルマの女王》号に乗船できる」とゲイガンはいった。「ただし、船が出港するのは二年先のことだから」と、彼はつけくわえた――「おまえには、まだ嫁にいっていないおばさんたちに愛情のこもった別れの挨拶をしてから、モーターボートで川を下るだけの時間くらいはたっぷりあるぞ。ボートも貸してやるからな」

　アブダラ・ジャンはこの言葉に反応を示さなかった。けれども、夜通し飲んだくれていたゲイガンがさらに酒をもってこようとよろめきながら部屋を出るとすぐに、水夫の顔には、一瞬、微かではあるが何かを予期するような笑みが浮かんだ。

モハメドが昼飯の差配のために部屋を去るまで待ってから、アブダラ・ジャンは、壁にかけられた長く不格好な短剣(クリス)を用心深くそっと吊金具から外すと、足を引きずりながら剣を片手に医者の後を追った。

廊下の突き当たりで酒の入った大きな瓶(かめ)にかがみこんでいたところを、ゲイガンは襲いかかられた。酒を汲みだすのに熱中していたために、剣を脚の付け根に切り込まれてようやく、アブダラ・ジャンの意図に気づいた。そして、ほぼ背骨と並行するかたちで剣が体を上方に切り裂いていくと、彼は悲鳴をあげつづけた。刃先がとうとう口元にまで達して血の泡がほとばしったとき、おぞましい叫びはとまり、びくっと最後に全身を痙攣させてから、彼は動かなくなった。

アブダラ・ジャンは、モハメドのことは放ったまま、体力の許すかぎり迅速に家から逃げ出した。虫が羽音をたててゲイガンの死体にたかりはじめる頃には、彼は既に家から二百ヤードほど離れた生い茂った森のなかにいた。

うまく逃げおおせたのだと得心してから、彼は茂みに腰を下ろした。そして、いためたほうの脚を見やって啜り泣いた。

啜り泣きはしかし唐突にやみ、彼は恐怖と狼狽を覚えて息を呑んだ。ずきずきする激痛に襲われたからだ。顔は歪み、恐怖から発する奇妙な本能で、彼は両手で膝を覆うと傷口を見まいとした。

ほどなくして痛みが少し弱まったので、アブダラ・ジャンの心にも余裕ができて、痛みに慄然とするような特徴があることに気づいた。つまり、痛みは球状に広がっていた——完全にして完璧な球状をしているのだ。

彼は震えながら両手を膝からどけると凝視した。右膝の上、腿の内側あたりに肉が青黒く盛り上がっており、その輪郭は、鋳造されたばかりのルピー硬貨、あるいは冬の夜空に浮かぶ満月のように完璧な円形をしていた。

恐怖と苦悶のまじりあった喘ぎ声をあげながら、水夫は何とか立ち上がった。彼が小暗い森のなかを駆け出すと、その荒々しい叫びは周囲に響きわたった。

## II

それから三カ月後、チッタゴンに近い海岸沿いの掘建て小屋で、擦り切れた夏服を着た、落ち着かない表情のみすぼらしい男が、机に向かって腰かけ、脚を揺らしていた。

彼はロイド保険社の代理人で、背後には、もうひとりの落ち着かない表情のみすぼらしい男がやはり机に向かっている。同社の事務員だった。

「海上の怪事件といえば」と代理人がいった。「なあ、ワトキンズ、起こるときには波のように次から次へと押し寄せるというのがおれの持論さ。分かるかい、伝染病みたいにな」

「ああ、フェロウズ、まったくその通りだ」と事務員は答えた。疲れ果てていたので、気の利いた言葉が返せなかったのだ。

「消息不明になった船を考えてみろよ。続々と起こっている。半年で六件、場所もだいたい同じだ。

いいかい、《ポンベイの星》、《海の女王》、それに《ジョサイア・C・プラット》——いや、まちがえた、《レオニダス》だ。あと二、三件あったな。そうだ、《モヒカン》が最初だったと思う」

「ちがうよ」と、ワトキンズが物憂げに体を揺らしながら訂正した。「最初は《薔薇色の暁》だ。どうして憶えているかといえば、ジャングルからさまよい出てきた気のふれたインド人水夫のせいさ。奴は乗組員として雇ってもらってイギリスに行きたがったんだが、脚があんなに不自由な男を使う船長はいやしない」

「それで水夫はどうなった?」気怠そうにフェロウズが尋ねた。

「結局、奴は船にこっそり忍びこんだのさ。《マイティ・ハリー》の船長カーファクスは、ある日海上で《薔薇色の暁》に出くわして、このあいだ入港したときにその話をしてくれた」

「ワトキンズ、おまえの話で」と、活気づいた口調で代理人はいった。「ひとつ思いついたことがある。モルジヴ沖で《レオニダス》が発した奇妙な信号のことさ——それっきり船は姿を消した。憶えてるだろ。モルジヴの北で目撃されたんだが、炎上していた。気のふれた水夫がひとり、かろうじて救出された。そいつの名前が分からないのは残念だ。同じ奴かもしれないぞ。放火癖をもっていたのかもしれない」

「さあ、どうだかな」とワトキンズは応じた。

代理人はあくびをすると、ふたたび脚を揺らした。

## Ⅲ

ここでまたもや舞台は変わり、ベンガルの密林、そして、チッタゴン近隣の孤独な保険代理人に続いて登場するのは、美しい甲板、きらめく真鍮細工の装飾をそなえた定期客船《エルギン・シティ》である。

この船の上で起こった怪事件は、バロウズという二等航海士の日誌に記録されている。およそ十六時間の出来事だった——正体不明の水夫が驚くべき状況の下で海から救出されて船上に出現したことに端を発し、出現に劣らず不可解なかたちで彼が姿を消して幕を閉じた。

この水夫の姓名は不詳だったが、いささかロマンティックな趣味のあるバロウズは呼び名をつけており、それを五頁にもわたってびっしりと綴られた記録の標題にした——大文字の楷書で「煙をあげる脚をもった男」と冒頭に書かれているのだ。

二等航海士の記すところでは、五月十八日、午前十時きっかりに、《エルギン・シティ》に乗船しているほぼ全員が、まさかと思いつつも茫然としながら、不可解な現象、途方もなく信じがたい、頭の混乱するような奇蹟を目の当たりにした。

《エルギン・シティ》の西二海浬(マイル)あたり、べた凪の海上を一艘の蒸気船が航行、旗と煙突にはよくある三匹の海豚(いるか)の紋章をかかげているのが見えた。ところが、この船は暴風雨に襲われたかのように突然烈しく揺れはじめたかと思うと、船体中央から巨大な煙の柱を立ちのぼらせてあっというまに炎上し、次の瞬間には大きく傾いて、舳先から海中に消えてしまったのである。それから十五分後、惨事が起こった場所を示す残骸物のなかに、鶏籠につかまって漂うひとりの人間の姿が認められた。男だった――水夫で、唯一の生存者とおぼしい。

注意深く《エルギン・シティ》に引き揚げられた男は、倒れ込むや失神した。

水夫が甲板に大の字に横たわっている間に、救助した人々は彼の右脚の状態に気づいて驚いた。炎症をおこして赤く腫れあがり、膝のあたりには奇妙な線や円が浮かんでいたのである。

むりやり口に流し込まれたブランデーのおかげで、アブダラ・ジャン――それは他ならぬ彼だった――は意識を恢復し、くしゃみをしてからしゃべりはじめた。言葉を聞き取ろうと身を屈めていた通訳は、仰天して体を震わせた。ぐったりと甲板に横たわったまま、水夫が、脚には絶対に触ってくれるな、煙をあげているからと懇願したからだ。少したつと、彼は訴えかけるような低い声、唄うような声を発しはじめた。執拗に反復される文句があったけれど、意味はそのときには突きとめられなかった。いっぽう、この水夫の言動は乗組員の志気を挫き脅かすという理由で、甲板から下に移すことに話が決まった。

二等航海士の船室の隣の空き部屋に水夫を放り込み、見張りをひとり立たせてから、一同による話し合いがはじまった。

バロウズの記録では、それから数時間というもの、一同の興奮は昂まるばかりで、今朝がたの事件に関する途方もない解釈が次々に提出されては討議の末に却下、いっそう荒唐無稽な解釈が提出されるの繰り返しだった。

夕刻になって、船医のサヴィルが、心労をあらわにした表情で幹部船員用の食堂に姿を現した。錯乱した水夫の状態は、不可解な脚の症状を除けば好転しているように思われたが、これまでのところ、船の沈没についても自分の脱出の詳細についても語るのを頑固に拒んでいた。ただし、彼のあげる叫び声のなかで絶えず反復される文句の意味がようやく分かったという。「名前なんだ」とサヴィルはいった。「それも英国人の名前さ。奴は『フレディ・ショウ』という男に呼びかけ続けている……」

深夜十二時を少し過ぎた頃、自分の船室にいたバロウズは、水夫の部屋から聞こえる唄と興奮した声で目をさました。寝台から飛び起きて急いで隣室に入ると、アブダラ・ジャン、通訳、それにサヴィルの三人がいた。

微かな月影が舷窓から射しこんでおり、救出された水夫は起き直っていた。唄のような叫びは不意にやんだが、水夫の口は依然として大きく開かれており、バロウズが扉を閉めると唄はまたもや再開された……。

それから四十五分もたたないうちに、船医と二等航海士は嗚咽と笑いを交互にあげながら水夫の部屋から飛び出してきた。きついブランデーを数杯あおってからようやく、ふたりは船長のウィロビィに驚くべき話を伝えることができた。

水夫はなかば譫妄状態にあるらしく、まず、ゲイガンに関して、殺害の件を除いては洗いざらいしゃべり、続いて、嵐、難船、火災、沈没について物語ったが、あまりに途方もなく信じがたい話であったので、通訳は、耳をふさいで水夫にもうやめてくれと頼みたい気持だった。そして、この慄然とする話が終わろうとするときに、サヴィルが偶然あやまって〝脚〟に触れてしまったために、それは本物の煙と炎をあげたというのだ。

「もしゲイガンが絡んでいるのなら、どんなことだってありうる」と船医はいった。「奴のことはよく知っているからな。医学校で同期だった――同じ日に免許をもらったんだから。七年後、あいつは酒浸りになって奥地の密林でおぞましい連中と暮らすようになった」

船長のほうは脚の火が消えたのかどうかを心配していた。

「少しの間、燃えていました」とバロウズが告げた。「かなりの炎と熱でしたよ。でも、ほかのものにいっさい燃え移りはしなかった。そして、歌いかけてやると消えたんです」

「歌いかけるだって?」ウィロビィは仰天して訊ねた。「いったい何のために?」

二等航海士と船医が心底信じているところでは、ゲイガンは脚に魔法をかけたのであって、抑えてなだめるためには歌いかけることが必要だというのだ。だが、これにも危険が伴う――あやまった唄を歌うと、文字通り火に油を注ぐことになるから。これまで五、六艘の船ではすべて、これでしくじったのだ。最初の二、三艘では、船尾から出火、乗組員もろとも沈没した。もう一艘は「爆発」、そして、最後の一艘がどうなったのかは船長自身が目撃された通りですと、ふたりはいった。

ウィロビィは顎鬚をしごいた。

「もちろん、いまや」と、明らかに狂乱状態に近いサヴィルが話を結んだ。「本船の現地人水夫にこの話は広まっていますから、水夫部屋はやっかいなことになるでしょう」

ウィロビィは「残念な事態だな」とだけしか答えなかった。

この船長は迅速な決断と断固たる行動で知られた人物である。テムズ河畔のティルベリからラングーンまで、サウサンプトンからカルカッタにいたるまで、彼は、みずからが好んで口にする標語のせいで、〈とっととやれのウィロビィ〉なる綽名を頂戴していた。とまれ、彼に対する評価というのは、乗客と乗組員への義務感が如何ほどかを考慮して下す必要があろう。

彼は顎鬚をしごきながらアブダラ・ジャンの部屋へと直行し、そこに五分間ほどいてから出てきた。少しやつれたような面持ではあったものの、いっそう毅然とした様子であった。

翌日の朝食時に、船長はアブダラ・ジャンにふりかかった不幸な運命を幹部船員たちに告知した。すなわち、かの水夫は昨夜周囲を騒がせたので、船首部の寝棚に移すよう命じたのだが、移送中に付き添いの手から逃れて、海中に飛び込んでしまったという。「もちろん、錯乱状態だった」と船長は説明した。「いちばん問題なのは、アブダラ・ジャンが飛び込むのを目撃した他の水夫たちが、それを黙殺した点だろう……」

「連中はどうして警報を発しなかったんです？」

「彼が悪運をもたらすと考えたのさ」とウィロビィは答えた。「いわば聖書に出てくるヨナというわけだ。救助されては困ると思ったのだ……」

「ひょっとして突き落とされたのでは？」とひとりがほのめかした。「縁起が悪いと水夫たちが考えたのなら、ありうるでしょう。不法行為があったのかもしれない」

「いや」と船長は動じずに応じた。「不法行為があったとは思わない」

しかし、船医と二等航海士はウィロビィの眼光に一種の冷酷さが潜んでいるのを見逃さなかった。

かくて、バロウズの日誌に関していうならば、驚くべき物語はここで唐突に終わりを告げる。

「煙をあげる脚をもった男」は謎として出現、さらに大きな謎に包まれたまま姿を消した。

だが、英国サウサンプトンに入港したとき、〈とっととやれのウィロビィ〉は、不可解な沈没事故が依然として続いており、行方不明になった船の数が既に三十艘にも達する事実を知ったのである。

## Ⅳ

医学士フレデリック・ショウ氏は不健康な中年の独身男だった。ロンドンの繁華街、ウェスト・エンドの一角でかつては光輝を放っていた診療所の看板――それはいまや青カビのついたチーズのような色合いに変わり、シェパーズ・ブッシュ近くの貸家街の柵にいかがわしい雰囲気を漂わせて掲げられていた。看板の背後にあるショウ氏自身もまた黒ずみ薄汚れていた。彼の才能は輝きを失うばかりで、生計手段のほうも怪しげで後ろ暗いものとなっていた。首は古びたゴムのように皺がよってたるみ、襟元はひどく汚れていた。頭はほとんど禿げていたが、わずかに赤茶色の髪がしょぼしょぼと円く生えている。

彼は陰気な居間に腰を下ろして、何ヵ月も前に届いたゲイガンからの手紙を手にしたまま愕然とした表情を浮かべていた。

「いったい何てことだ！」彼はしわがれた声で囁いた。「何てことだ！」

彼はウィスキーのグラスを空にした。ショウ氏の人生における大半の出来事はウィスキーに責任があった。ウィスキーのせいでシェパーズ・ブッシュに移転したわけだし、汚れた襟元も同じ理由からだ。ウィスキーのせいでやがて命そのものを失うのも疑いないだろう。

ゲイガンの手紙は到着した折には、たいして関心は引かれなかった。もちろん、その文章からゲイガンが思っていたより遥かに頭がおかしいのは分かったけれど、とてもじゃないが、個人的に真剣な関心を払う理由などは……。彼は嗄れた笑い声をあげて手紙を放り出すと、焼却予定の文書の山の下に突っ込んでおいたのだ。

だが、今晩、彼はそれを震える手で取り出して、怯えと恐慌で大きく見開いた眼で一言一句落とさずに、幾度も読み返す羽目になった。

困ったことに、気のふれたゲイガンの譫言が現実のものとなったからだ。

今から一時間前、まさにこの部屋で、アブダラ・ジャンは沈没と苦難の狂おしい物語をしたばかりか、おぞましい「煙をあげる脚」をショウに実際に見せて助けを乞うたのである。

水夫がコーンウォールの海岸に打ち上げられたのは三日前のことだった。唯一の生存者であった彼は、ロンドンに移送され、船員互助会館に収容された。そこで一晩を過ごしてから、翌朝にはフレディ・ショウの探索を開始すべく飛び出していった。

馬鹿げている。狂気の沙汰だ。ショウ氏の既に崩れかけた世界は、眼前に展開した光景に思いをめぐらせているうちに完全に壊れてしまった。色あせた緑色のビロード地の安楽椅子、彼が毎日見ている椅子に、水夫は腰を下ろして話をしたのだ。それから片脚を伸ばすと別の椅子の上にもたせかけ、傷口の包帯をほどいた。

それは光を発していた。光っていたことをショウはいまも否定できなかった。燃えているのでも煙をあげているのでもなく、ただ光っていた。透きとおった檸檬（れもん）色に輝いており、その光で部屋中が満たされた。

続いて何が起こったのか記憶は混乱している。彼は自分の椅子に倒れかかった。おそらく気を失ったのだろう。意識が戻ったときには、水夫は包帯を丁寧に巻き直していた。帰ってくれというと、水夫は気を悪くしたようだった。

脅しをかけたり、なだめすかしたりでとりあえず追い払ったものの、水夫はきっとまた戻ってくるだろう。厄介な問題だ。とても面倒な事態になるだろう。光り輝く下肢をもった肌の黒い男が診療所に毎日押しかけるようになったら、ショウのかなり怪しくなっている評判はどこまで堕ちることやら。

少なくとも百回くらい、ショウはゲイガンの浮かれた調子の手紙を熟読した。

「宝石と護符が一緒に脚に縫い込んである。宝石はある偶像の眼にはめこまれていたものだ。紅玉（ルビー）で、その値打は二千ポンドをくだらない。ただし、とんでもなく奇怪な真似をしでかす。おれはえらい目にあった。護符のほうは魔除けの効果を除けば二束三文の代物だ。宝石をおとなしくさせて水夫に生き延びるチャンスを与えるために、そいつを仕込んでおいたのだ。護符と宝石は一緒に仲良くやってくれるかな。どちらを先に取り出すのかに注意しろ。まあ、こういう事情なので、よろしく。おれがあらかじめ警告を与えなかったなんて後で文句をいうなよ」

ショウは呻いた。

不安に心を奪われて彼はしばらく椅子に座っていたが、ほどなくして、彼の視線は乱雑な薄汚れた居間から手紙へと転じられた。

「二千ポンドか」と、彼は感嘆するように呟いた。

ふたたび彼は呻き声をあげたが、前より漠然とした響きだった。呻くにしては思案する調子が際立っていた。

## V

十日後、舞台は依然として医師のみすぼらしい居間で、時刻は午後七時半——寝椅子の上には、期待と恐れをいりまじらせながら目をぎょろつかせて、アブダラ・ジャンが横たわっている。部屋の反対側の隅では、ショウがウィスキーを立て続けに二杯あおって神経を落ち着かせようとしている。ふたりを除けば、部屋には病院にはつきものの不吉な備品があるだけだ。スポンジ、包帯、手洗消毒用の洗面器、タオル、それに、横たわる水夫の身体の下に広げられたシーツ。シーツの白さは不安と怯えを誘うもので、強心臓の人物でも身がすくむことだろう。

とうとう、こうなってしまった。こうなるとショウが思っていた通りになってしまった。だが、つまるところ、他にどうすることができたというのか？　水夫を無理矢理どこかの病院に追い払う？　不可能だ。あるいは、誰か好奇心の強い外科医でも引き込んで、この件で好き放題にやらせる？　もっと不可能だ。自分の診療行為に、偽善者ならば違法だといいかねない点がいくつかあるのをショウは意識していたからだ……。おまけに、医師会の連中はルビーを見つけたら取り上げてしまうだろう。実のところ、数日前、ショウは思いきってバリモアの意見を聴くことまでしたのだ。バリモアというのは、レスター・スクウェア界隈のいかがわしい薬局のカウンターで催淫剤や橙色の強精剤を淡々と処方して暮らしている男だった。彼と共にショウは〝脚〟を調べてみたのだが、結局のところ、馬鹿にされたような結果に終わった。というのは、脚はいたっておとなしい状態にあり、いわば、手前は悪巧みなどしておりませんというような顔つきをしていたからだ。腫れたり炎症を起こしたりしているわけでもなく、おまけに、光についていうならば……。これほどまでに何の異常も見せないのは驚きだった。人をじらすだけで正体を明かさない脚をバリモアは嘲るように眺めてから、憤慨して立ち去った。

そうこうするうちに、準備万端整って、ここに最後の場面が展開されようとしていたのである。ショウは背を患者に向けて立ち、沮喪しかける勇気を自分でも何か分からないものに向けて奮起させようと懸命だった。

これからゲイガンが魔法をかけた脚に手術をほどこすのだ、煌々と輝くのを目撃した肉に神聖を汚すメスを突き刺そうというのだ。だが、本当に光を発したのか？　十日前ならば光ったと確言できただろうが、このところ、脚はとても神妙にしている……単なる想像にすぎない可能性もおおいにある。酒のせいでありもしないものを見てしまうのだ。酔眼に桃色の尻尾をもったドブネズミが見えるならば、輝く脚をもったインド人が見えたって少しもおかしくはあるまい。いずれにせよ、行動を起こす必要があった。さもなければ、水夫のせいで気が触れてしまう。落ち着くためにウィスキーをもう一杯、それから――彼はついに思い切った。

まず麻酔をかけてから、震える手で切開をほどこした。恐ろしい破壊的な怪現象が起こるのではと予期して、彼はいったん手をとめた。額には汗が滲む。

それからは熱にうかされたように仕事を進めた。手に負えない異常な事態が起こる兆候がわずかでも現れたら、ただちにやめようと内心決めていたのだが、しかし、いまや、奇妙な興奮が彼に取り憑いて離れない。数分間というもの、彼はおそるべき早さで手術をおこなった……。

不意に彼は動きをとめ、叫びをあげながらメスで切り開かれてあらわとなったものを驚異の念で見つめた。

人間の肉という牢獄のなかに横たわっていたのは、紛れもなく、ゲイガンの手紙にあった宝石と護符だった。かつては偶像の眼にはめこまれていたルビー、その脇には翡翠色の護符があって、宝石の怒りを抑えこんでいる。これほど奇妙な宝物がこれほど奇妙な隠し場所に秘められたことなどたしかになかっただろう。

数秒の間、ショウは身をすくませたまま動けなかったが、やがて体が震えはじめた。これまで気分を昂揚させていた不思議な興奮は急速に消えつつあり、そのかわりに、恐怖が着実に募っていく。

おぞましくも恐ろしい出来事が目前に迫るのを感じ、命を奪われるような危険を不意に察知して怯えているようだった……。

ぎょっとした目つきで彼は自分のメスがこしらえた傷を凝視した。何らかの点でとりたてて変化が認められたわけではなかったにせよ、脚はただただおぞましかった――魂が吐き気を覚え、五感が働きをとめてしまうような究極の特別なおぞましさ。一瞬、彼は体を翻して逃げだしかけたが、即座に引き戻された。容易に手の届くところに、高価な宝玉が横たわっているのだ。その輝きに彼の眼は釘づけとなった。なかば啜り泣きながら、彼が宝石と護符の上に伸ばした片手は血の気を失って、そのまま動かなくなった。

ふたつの相争う力のうち、どちらをまず最初に取り出すべきなのか？　血のような色をしたルビーか、あるいは護符か？　数秒間、彼は決めかねたままで、魂のなかでは恐怖と貪欲が争闘を繰り広げた。ほとんど声にならない恐怖の叫びをあげて、彼は指を傷口に深く突き入れた。

ゲイガンの警告が頭に浮かんだものの、それには構わず、彼の指は深紅に輝く石をつかんで引き出した。

目も眩むような閃光がほとばしる。息がつまるような黒煙が立ち昇り、部屋を穢（けが）した。すべてを呑み込む薔薇色の光が柱となって天井にまで届いた。あたりは苦痛に満ちた泣き声に引き裂かれた。そして、同じような絶望に満ちた恐怖の声を上げながら、アブダラ・ジャンが目を覚ました。

彼は目をこすって周囲を凝視した。薔薇色の光の柱は彼には見えなかった。立ち昇る煙も、煙の源である焼き焦がすような閃光も見えはしない。

不意に解き放たれた宝石の魔力がおのれの意志を行使した対象である哀れな男の姿も見えない。

彼が目にしたものといえば、輪になって渦巻く蒸気が急速に薄れつつある光景だけで、それはシヨウが立っていた場所から発されたものだった。

しかし、略奪を受けた宝物庫である水夫の膝のなかでは、満足の笑いをあげて優しく祝福するかのように、翡翠色の護符が煌いていた。

# 悪い土地

北川依子訳

The Bad Lands

十月中旬のある日、ブレント・オーメロッドが夕暮れ時にトッドに到着したのは、おそらく十五年ほど前のことだ。厄介な神経症を退治するため、休養と転地を求めてこの町へやってきたのだ。ガタガタの一頭立ての貸し馬車が、予約しておいた地元で唯一のホテルへと彼を連れていった。季節は十月頃だったと彼が考えるのは、ぞっとするようなこの乗り物に腰掛けた自身の姿が、目に浮かんでくるからだ。ほんとうなら荷物だけ馬車に乗せてホテルまで歩きたかったのに、夕闇がみるみる深まってきたせいで自分も乗らざるをえなくなったことを、彼はいまでもはっきりと覚えている。

五時というのは、トッド到着には適さない時刻だ――来るなり彼はそう思った。いうなれば歓迎する雰囲気が欠けていたのだ。秋の冷気には人を拒絶する気配が漂っていたし、暮れゆく路上で急に風が起こって、落ち葉が嫌らしくこそこそ渦巻く光景には、妙にはっとする不快なものが感じられた。

ホテルでの夕食も、彼が当てにしていたような慰めは与えてくれなかった。食事そのものは可もなく不可もない味で、季節のわりに人の入りもよく、食堂は賑やかだったのだが、ある些細なことが原因で彼はすっかり動転し、神経を昂らせてそそくさと自分の部屋へ引っ込んでしまった。片目の男と同じテーブルに座らされたのだ。おかげでその夜は、空っぽの目の夢に延々悩まされる羽目になった。

ともあれ、トッド到着後の八日間ほどはなかなか順調な滑り出しだった。何度も冷泉に浸かり定期的に運動をして、身体が十分疲労してからホテルに戻るよう努めたので、たいてい床に就けばすぐ眠りに落ちた。ケンジントンにいる妹のジョーンへは、すでに神経のほうはずいぶん回復したから、あと二週間もすれば治療は終わるだろう、「全般的に見て、おおいに満足な一週間だった」と返事を書いた。

トッドを訪れたことのある人は、ノーフォークの海岸沿いに連なる低い丘陵の谷間に、用心深く身を隠すように存在するこの町を、ひっそりした静かな湯治場として記憶している。その道の権威も「安らぎを与える」土地だと述べていた。まるでそよ風に流されていく怠惰な雲のように、ここでは日々の時間が夢見心地で過ぎていくのだ。しかしその裏で、この土地は奇妙に人を寄せつけない顔を持ち合わせているから、海辺や近隣の村に留まっているほうが賢明である。たとえばソルタートンなどは、たいへん安全でまともな場所だと見なされてきた。

西方には砂丘がずっと広がっていて、その横に九ホールのゴルフコースがある。ブレントがこの地を訪問した当時は、ここに古い朽ちかけた塔が立っていた。謎めいた建物で、その完全に不毛なさまが彼の興味を引いた。塔の後方には不可解な道が決然と伸びているのだが、どこへ続くのかわからないため、ひどく気がかりだった……。トッドという土地は、と彼は思った。さまざまな意味でよい場所ではあるが、どうも人の心をじわじわと不愉快に支配してくるきらいがある。

彼は九日目の終わりにこの結論に至った。というのも、そのときになって、ある特有の不安、説明のつかない違和感に気づいたのだ。

最初、彼はこの不穏な感情を説明することも分析することもできなかった。ケンジントンを発って以来、見たところ神経の症状はおおいに改善されていたし、健康状態は概して良好だった。だが、おそらくまだ運動が足りないのだろう。そこで彼は、ゴルフ場沿いに砂丘を通って奇妙な塔と不可解な道へと至る、あの散歩コースを、以前のように一日二回ではなく三回歩くことにした。

不快感はみるまに増していった。散歩に出かけるといつも妙に気が沈み、独特の説明しがたい精神的動揺を覚えるのだ。こうした感覚は砂丘を登りきって目的地に達したときにもっとも強くなる。そのとき感じたのは、心が崩れていく疼きとでもいうか、それに近いものであるように思えてならなかった。

十一日目になって、ようやくこうした特異な兆候の意味について、かすかな手がかりが浮かんできた。はじめて彼はこう自問した。つまり、トッドに到着してから、何度もあてどない散歩をしてきたけれど、いずれの場合も最後はかならず同じ場所——すなわち背後に謎めいた塔の立つ黄色い砂丘——に行き着いたのはなぜだろうか、と。いかにもばかげたその塔の様子には、彼を惹きつける何かがある。塔を見るたびに不思議と興奮してきて、気がつけば、あたかもそれが人間であるかのように眺めているのだった。

白いナイトキャップに似たドームと淡い黄色のスタッコの側壁のせいで、塔はときに指差して笑いたくなるような、とてつもなく滑稽な人物に見えることがあった。そうかと思えば、その様子は少し変化し、十八番(おはこ)の冗談が無残に失敗した道化が悄然とうなだれている姿に見えることもある。そしておそらく最後には、ぎょっとする速さで愉快な老紳士へと変容する。そんなとき塔は少し離れたあの場所からオーメロッドを見下ろし、底抜けに明るく笑い狂っているのだった。

むろんブレントはこの種の妄想がいかに危険かは十分意識していたので、不健全に夢中になるのはやめようとすぐさま決心した。塔まで直行したらそのまま素通りし、先の道をどんどん進むことにしよう。

こんな決意をして、十月末のある朝、彼はホテルを出発した。十時頃に砂丘に着き、重い足取りで坂道を登って塔の方へと向かう。近づくにつれ、いつものあの感覚が生じて苦しくなり、どんどん嵩じていったものだから、彼にはもうひたすら前進することしかできなかった。

うねうねと続く道の奇妙さに、その日も心を打たれたのは覚えている。道の先はぼんやりと霞み、影のような靄のなか、何もかもが溶けて泳いでいるように見えた。左手には開いた門があり、右手にはあのグロテスクな塔が脅かすように立っていて……。

ついに彼は塔に到着した。その影が行く手に横たわっている。立ち止まって観察しようとはせず、彼はただまっすぐ門を通過すると曲がりくねった道に入った。その途端、驚いたことに心臓を掴んでいたあの苦しい感覚がなくなった。同時に、彼が〈精神的〉不安と形容した、あのいわくいいがたい気持ちも嘘のように消えていた。

少し先まで歩きつづけたところで、彼はもうひとつ、おもしろい事実に気づいた。周囲の田園がもう霞んではおらず、むしろ珍しいほど鮮明に浮かび上がってきて、庭園風の土地をはるか遠くまで見渡せたのだ。たしかにひどく哀愁をおびた灰色のうら悲しい景色ではあった。だが、少なくとも見た目はきちんと手入れされ、ところどころ青々とした樹木も茂っている。振り返ると、トッドの町と海が目に入った。そちらの方角はびっくりするほど不鮮明になり、幻のように見えた。

周りの鬱々とした田園を眺めているうちにどうしようもなく気が滅入り、やがて神経が参ってきたので、彼は即刻ホテルに帰るべきではないかと自問した。周囲のごくありふれた事物がたちまち邪悪な意味合いを帯びはじめ、四方の景色が身の毛もよだつ何かへと気味悪く変わりつつあるように思えた。おまけに時計を見ると、十一時半だ。昼食は一時から始まる。慌てて彼は踵を返すと、ぐねぐねの道を下りはじめた。

それから一時間ほど経ったころ、彼はふたたび塔に辿りついて、いつもの砂丘がまた眼下に広がっているのを見た。どういうわけか、行きよりも帰りのほうがずっと長く感じられ、ようやく門を通過してトッドの方角を見たときには、はっきりと安堵の念を覚えたものだ。

その日の午後は出かけず、ホテルで腰掛けて煙草を吸いながら考え事をしていた。ラウンジで、彼は隣の椅子に座っていた男に声をかけた。

「あの砂丘の向こうの土地は、なんとも奇妙なところですね！」

相手はなんだか眠そうな唸り声をあげただけだった。

「あの塔の向こう側ですよ」とオーメロッドはしつこく話しかけた。「ゴルフコースのいちばん先におかしな塔があるでしょう。あんなに荒涼とした陰気な場所はほかには想像できないな。しかもそれが何マイルも広がっているんだから！」

相手は不本意にもまどろみを邪魔され、ゆっくりとこちらを向いた。

「それは知らなかった」と男はいった。「おっしゃっている場所には大きな農場があって、その向こうには川がある。その先はたしかハーカビーかどこかに続いていますよ」

男がまた目を閉じたので、オーメロッドはこの発言に含まれる数々の謎について、ひとりで思いを巡らすしかなかった。

夕食で、彼はもっと好意的な聞き手を見つけた。スタントン＝ボイル氏はブレントが到着する一週間前からトッドに滞在する客で、年のわりに若く見えるこの男の繊細な顔や真剣な目つき、神経質そうにヒクヒク動く眉などが、ブレントは着いた当初から気になっていたのだ。これまでのところ月並みな挨拶しか交わしていなかったのだが、今夜はふたりともが打ち解けて話したそうな気配を見せていた。まずオーメロッドが口火を切った。

「この辺りの裏手の田園を、ずいぶん歩きまわっておられるんでしょうね」

「いや」と相手は答えた。「もう行っていません。一、二度歩きましたが、それで十分でした」

「なぜです？」

「いや、ただ神経に障るんですよ。こちらでゴルフはなさるんですか？」

こうして話題が移ったため、この話にふたたび戻ったのは、ラウンジでブランデーを飲みながら一緒に煙草を吸っていたときだった。そこでふたりはある驚くべき結論に至ったのだ。

「ここの裏手の田園は」とブラントの相方はいった。「なんというか、忌まわしい場所ですな。爆破するとか何とかすべきだ。前からあんなふうだったわけじゃないんです。たとえば僕が去年来たときには、気になったという記憶はありません。陰気な場所ではありましたが、つまり、その、忌まわしくはなかった。そのあとなんですよ、忌まわしくなったのは。とりわけ南西の一帯がね！」

トッド南西部について今後も意見を交わすことに同意して、ふたりはお休みをいって別れた。その夜、オーメロッドはなんとも侘しい夢を見た。夢のなかで、彼が坂をどんどん登って不思議な薄暗い田園に着くと、そこはため息や囁きに満ちていて、陰気な木々が周囲に押しよせ、うつろな風が発作的に吹き荒れている。そして、背の高い松の木に囲まれた奇妙な家が、赤く染まった毒々しい空を背景に白く輝いて……。

翌日、彼はまた散歩に出かけて塔を素通りし、門を通過すると曲がりくねる道に入った。トッドを後にして緩やかな丘を登りはじめるにつれて、彼は気づいた。ある奇妙な力が、まるでたれ込める霊のように田園を覆っているのだ。前日のあの明瞭さはそこにはなかった。何もかもに靄がかかってぼやけ、夢のなかで非現実の世界が麻痺したまま後退していくように、もの悲しい景色が前後に連なっている。

時刻は四時頃で、彼がその寂しい場所へとゆっくり登っていくうちに、晩秋の灰色の夕闇は徐々に深まった。午前中からずっと西方の雲が厚みを増してきていたのだが、いまは湿った空の鈍い疼きが、すぐにも雨の降り出しそうな不安を伝えている。ときおり突風が吹いて、十一月の薄暮のなか、枯葉の黄金の炎を掻き立てた。地平線では鉛色の分厚い雲の塊が、海の方へと動いていく。

風がため息をもらす田園を、ひとりとぼとぼと登っていくこの散歩者は、耐えがたい孤独を感じた。あちこちにひっそり立つ人家でさえも、夢のなかにいるような非現実感を募らせるだけだ。高地はどこもかしこも湿った風に身をこわばらせ、暗い地平線を背景に、ひょろ長い樅の木が海へ向かってずらりと隊列を組んでいる。もの憂い空がどんより垂れ込め、傾いた樅の木が整然と並ぶなか、冷たい突風に吹かれて落ち葉が発作的に路上を舞っている——その光景は、なにか言葉にできぬほど悲しくみじめなものとして、彼の心を襲った。右手のひょろ長いリンボクは、灰色の曇天に向かって針金のごとくまっすぐ伸びている。前方では林の木々が、薄闇のなかギザギザの黄色い旗を揺すっていた。

ふいに人の姿が目の前に現れ、やがてそれが男で、おそらくは人夫であることが見てとれた。肩に道具を担いで俯いていた男は、オーメロッドが声をかけるとようやくこちらを向き、しわくちゃの顔を見せた。「この一帯は何と呼ばれているんだい?」ブレントは腕を大きく広げてそう訊いた。「ここですかい」と男は答えた。疲れきってか細いその声は、さながらそばを吹き抜ける風の冷たい吐息のようだ。「ヘイズ・イン・ジ・アップですよ。だけどフェニントンに着くまで、あと一マイルは歩きますぜ」男は自分がいま来た方角を指し、落ちくぼんだ目でもう一度オーメロッドを見ると、道を下ってすぐに姿を消した。

ブレントは不可解な思いで男のあとを目で追ったが、周囲を見渡すと腑に落ちる気がした。降りそうで降らない重苦しい空の下で、陰鬱な田園はぐらぐらと揺れているかのごとく見えた。湿った十一月の風が悲しげな警笛を吹き鳴らすなか、高地はまるで波に揉まれながら必死で前進する帆船のようだ。こんなに寂れた黄昏の地に住む男なら不思議はない――普通より早く老けこんで、目つきが邪悪になり、やつれた顔じゅうに陰気な表情が浮かんでいても！

　こんなふうに考えながら、彼はひたすら歩を進めた。まもなくさっきの男の言葉が、不穏な暗示とともに意識に浮かんできた。フェニントンとは何だろう？　どういうわけか、それが別の村の名前だとは思えなかった。むしろ彼がしばらく前に見たあの夢と、不吉に結びついている気がしたのだ。彼は身震いをして歩きつづけたが、数歩も行かないうちに自分の直感が正しかったことがわかった。

　小さな谷の向こう側、巨大な松の木に囲まれた暗がりに、あの白い家があった。巨木のあいだを吹き抜ける強風は、ほとんど目に見えるほどだ。背後のもの悲しい空を雲が飛ぶように移動していくせいで、景色全体がなにか不可思議な液体のなかを、目も眩む勢いで動いているかのようだった。松が驚くほどヤシの木に似ており、おまけに流れる雲を背景に、家の白い正面が光の奇妙な効果でまばゆく揺れていたからだろうか、すべてがどこか異国風の光景に見えた。

　小さな谷を隔ててそれを凝視しながら、オーメロッドはどういうわけか感じた。これがまさしく悪の国の中心、拠点なのだ――疲れはてたように広がるこの悲しい不健全な土地の、核心であり、真髄なのだ、と。この嫌悪こそが彼を惹きつけ、破滅的な魅力でもってはるばるここまで誘きだし、未知の惨事の脅威にさらしていた。ほとんどすすり泣くようにして彼は谷を下り、反対側の斜面を登ってその家へと向かった。

家の周囲には庭園のような土地が広がり、滑らかな芝生に松が生えていて、そこここに灌木の茂みが見うけられる。オーメロッドが用心深く歩いていくといきなり開いた窓が目に入り、地上を這うように茂った大きなセイヨウイチイの陰から、小部屋を覗き込める位置に来ていた。

その部屋は奇妙にがらんとして人気がなかった。片方へ押しやられた小さなテーブルの上には、埃が分厚く積もっている。オーメロッドに近い側には椅子が一、二脚おかれ、奥から巨大な黒い暖炉が陰気にこちらを睨みつけていた。そして床の中央には、部屋全体を支配するかのように、ある物がおかれている。

近よりがたい空気を漂わせる、大きく不恰好な紡ぎ車だ。それは暗がりで汚れた光を放ち、いくつもの尖った針がなんとも恐ろしい様子で鋭い先端を突き立てている。息詰まる静寂のなか、じっと観察していると、ペダルが動くのが見えるような気がした。心臓が高鳴り、突如嫌悪を覚えて、彼は慌てて踵を返した。そして目隠しの茂みのなかを縫って、来た道を引き返し、谷の底へと下りていった。

反対側の斜面を登ると彼はほっとして、曲がりくねった道を足早に歩いた。振り向けば、たったいま後にした邪な家はもう見えなかった。

すっかり歩き疲れ、早くあの見慣れたホテルに帰って安心したいと願いながら、彼が門と塔の近くまで辿りついたときには、六時近くになっていたにちがいない。突然、彼は暗闇のなか自分と同じ方向に歩いている男を見つけた。スタントン＝ボイルだ。

オーメロッドは素早く彼に追いついて、声をかけた。「きっとわからないだろうな」とオーメロッドはいった。「君に会えて、僕がどれだけ嬉しく思っているか。これで一緒に歩いて帰れる」

ホテルまで帰る道々、ブレントが自分の散歩のことを語ったとき、相手は震えていた。やがてスタントン＝ボイルは真剣な顔でこちらを向くと、話しはじめた。「僕もあそこへ行ったことがあるんだ」と彼はいった。「僕も君とまったく同じように感じるよ。あのフェニントンという場所は腐敗の中心だ。僕も窓からなかを覗いてみたが、紡ぎ車があって、それから——」ここでふと言葉が止まる。「いや」少しあとに、彼は静かに続けた。「いわないでおこう、僕がほかに何を見たかは！」

「破壊しなくては！」とオーメロッドは叫んだ。奇妙な興奮で血が滾ってきた。大声だったので、道行く人びとが振り向いてじっと彼らを見ている。オーメロッドの目は輝いていた。彼は断固たる様子でスタントン＝ボイルの腕を引っ張った。「僕が破壊してみせる！」と彼はいった。「僕が燃やしてやる、あの古い紡ぎ車を徹底的に叩き壊して、恐ろしい尖端もへし折ってやる！」自分がどこかおかしなことを話しているというおぼろげな意識はあったものの、説明のつかない高揚感は鎮まるどころか、さらに強まった。

スタントン＝ボイルもいくらか異常な様子を見せていた。彼はギラギラ光る目をブレントに向けながら、目を引くほど堂々となめらかに歩道を歩いていた。「破壊したまえ！」と彼はいった。「燃やしたまえ！　手遅れにならないうちに、君が破壊されないうちに。それができたなら、君は言葉にできないほど勇敢な男だ！」

ふたりがホテルに着くと、ジョーンからの電報がオーメロッドを待っていた。しばらく手紙が届かなかったので、心配になって、明日こちらに来るという。彼女が着くまえに早く行動しなくては。

妹はこのことに共感してくれないだろうから。その夜、スタントン＝ボイルと別れたとき、オーメロッドの目は固い決意で爛々と輝いていた。「明日こそ」と彼は相手と握手しながらいった。「僕はやりますよ」

翌朝、この神経症の男は約束を守った。彼はマッチと石油の缶を荷物に入れた。普段は青白い頬が紅潮し、目は怪しい光を放っていた。ホテルを出発するところを見た者は、彼の手足が震え、言葉も途切れがちだったと、あとになって回想している。スタントン＝ボイルは塔のところで彼を見送る予定だったのだが、程度の差こそあれ似たような兆候を示していた。熱心に話し込みながら腕を組んで出発したふたりの姿が目撃されている。

正午頃、スタントン＝ボイルがホテルに戻ってきた。オーメロッドとともに砂丘まで歩き、そこで彼と別れて、あとはオーメロッドがひとりで奇妙な任務に挑んだのだ。スタントン＝ボイルは彼を見送った――朝の太陽が斜めに射すなか、彼が塔を通過してあの運命の門を威勢よく叩き、曲がりくねった道をどんどん歩いて、最後にはあの謎の道の上のくっきりした小さな点となるまで。

ホテルに戻る途中、誰かがつけているのに気づいていた。振り向くと、五十ヤードほど離れたところを、ひとりの警官が放心した様子でぶらぶら歩いている。ホテルの入り口でまた振り返ると、青い制服の同じ男が、隣の街灯の陰から、向かいの家を感心したように眺めていた。スタントン＝ボイルは顔を顰めて、お昼を食べにホテルへ入った。

二時半にジョーンが到着した。彼女は不安そうにオーメロッドはどこかと訊ね、すかさずスタントン＝ボイルが声をかけた。ブレントに頼まれたとおり、入り口のホールで彼女を待っていたのだ。

「オーメロッドさんはお出かけです」と彼は告げた。「すまないとおっしゃっていました。無礼を承知で、自己紹介させていただけますか？　私はスタントン＝ボイルと申しまして……」

ジョーンはオーメロッドが言付けたメモを開封した。内容に不満な様子である。というのも、兄の健康状態やトッドでの生活習慣について、矢継ぎ早に質問してきたからだ。それから、彼女はオーメロッドが戻ってくるであろう方角を確認すると、急いでホテルを出た。

スタントン＝ボイルは待機した。来るべき災いの予感がのしかかってきて、重苦しい不安な時間が過ぎた。彼は腰を下ろして煙草を吸った。ホテル内から聞こえる押し殺したような遠慮深い物音が、なぜだか不吉な暗示や凶兆に満ちているように思えた。ホテルの外では、薄暗い十一月の通りがなんとも陰気に見える。まちがいなく、もうすぐ何かが起こるだろう。

それは突然やってきた。足を踏み鳴らす音と興奮した叫び声が急速に大きくなり、ひっそりした秋の通りに奇妙に反響した。やがて喧騒がパタリとやみ、切れ切れの怒鳴り声と鋭い叫びが静寂を貫いた。スタントン＝ボイルは跳び上がって、ホールへと急いだ。

そこでは人だかりができて騒がしい口論が起こっていた。強い匂いがして、抑えつけたような興奮が漂っている。ジョーンがホテルの支配人にすごい早口でまくしたてていた。なにか自分の見解を述べているようだが、それが支配人の意見と食い違っていることは明らかだった。人だかりのせいで、しばらく騒ぎの原因がわからなかったものの、あちこちで言葉の断片は聞きとれた。「ハックニーのとこの古い農場に放火しようとして――」「だけど彼は以前にも目撃されているんだ。別の男も目撃されていて、だから――」「何度か納屋で寝ていたらしい」

まもなくホテルの滞在客以外はいなくなり、それでもまだ続く大混乱のただ中に、ふたりの警官に支えられたオーメロッドの姿が見つかった。三人目の警官は大きな手帳を持って背後に控えている。スタントン＝ボイルがじっと見つめていると、ブレントは俯いていた頭を上げ、ふたりの目が合った。「僕はやったよ」と彼はいった。「粉々に叩き壊した。あの尖端をひとつ、ポケットに入れて持ち帰った……コートの左側……証拠として」ここまで話すと、オーメロッド氏は静かに気を失った。

しばらく大騒ぎが続いた。まず警察とホテルが一時的にせよ事態を収めるため、しかるべき措置をとる必要があった。それが終わると、今度はオーメロッドをベッドに運ばねばならなかった。最初の興奮がおおかた鎮まり、食後のコーヒーの時間になってはじめて、スタントン＝ボイルは今回の事件を話題に出してみた。三人の警官のうちの一人は、彼がその日の朝、尾行に気づいた男だとわかっていたので、彼とその相棒たちがホテルを去るまでは、目立たないほうが賢明だと考えていたのだ。しかし、警官が去ったいま、聞く気のある相手には自分の見解を披露してもよかろうと感じていた。

スタントン＝ボイルは特別な熱意を込め、適宜身振りも交えつつ、自説を開陳した。彼は新種の〈悪い土地(テール・モヴェーズ)〉について――すなわち、この地上の特定の場所と結びついてはいるものの、どういうわけかそことは別の、それを超えたところに存在する不思議な地域について――述べた。「その関係は」と彼は続けた。「実際の連関というよりは、むしろパラレリズムであり、相関なのです。私はそうした地域がほんとうに存在すると心底信じているし、それらは我々の知る通常の世界と同様、やはり〈現実〉なのです。ある種の状態にある特定の精神のみが感応できるような、そんな特異な刺激のなかに在るといってもいいでしょう。そういう土地が、どうやらこの一帯の南西部の田園に、重ね合わさるようにして存在するらしい」

笑い声が起こった。「治安判事にそれを信じてもらうことはできないでしょうな」と誰かがいった。「あなたのおっしゃる砂丘の横の門の向こう側には、ハックニーの古い農場があるだけで、ほかには何もありませんよ」

「もちろん」と別の男が続けた。「私の理解では、彼が火をつけようとしたのは、ハックニーの納屋のひとつですよ。警官のひとりと話をしましたから。警官によると、あのオーメロッドって男はいつもあの辺りを嗅ぎまわって、二度ほど納屋で寝ていたこともあるって話だ。さしずめ悪夢でも見たんでしょう」

三人目が愚弄するようにいった。「まさか、あんたのいう〈悪い土地〉の話を我々が信じるとは思ってないでしょうな。ジャックと豆の木みたいな話だ」

「いいでしょう！」とスタントン＝ボイルは応じた。「好きなようにお考えください！〈悪い土地〉という語を私が選んだのは、正しくないと思われるかもしれない。なぜって、普通〈悪い土地（バッド・ランズ）〉というと、アメリカの地名（米国サウスダコタ州とネブラスカ州にまたがる不毛地帯）を指しますから。だけど、それは些細なことだ。いいですか、私は以前にもこうした事例に出くわしたことがあるんです。ドリー・ウィシャートのケースがある。だが、いいでしょう、それについてはもう何もいわなくても。どうせ信じてもらえないでしょうから」

周囲の人間は妙な目つきで彼を眺めた。そのとき、突如ざわめきが起こって、ひとりの男が戸口に現れた。彼はオーメロッドのコートを抱えている。

「これで解決するかもしれん」と男はいった。「彼がポケットに何か入れたといったのを聞いたんだ。彼は――」

スタントン＝ボイルは興奮して男の言葉を遮った。「そうだった。すっかり忘れていたよ。あなたたちにお話ししようとしていた、紡ぎ車です。おもしろい、確かめてみましょう――」彼は口をつぐむと、ポケットのなかを探った。つぎの瞬間、彼は何かをとりだし、皆に見えるよう腕を伸ばして掲げた。

それは脱穀機のハンドルの一部だった――農場の生活に少しでも馴染みのある人間なら、誰でも知っているようなものである。そして、ハンドルにはまだ読みとれる字で、G・P・Hと刻印されていた。

「ジョージ・フィリップ・ハックニー」彼の説を信じなかった男たちが、笑みを浮かべてそう講釈した。

# 時限信管

北川依子訳

Time-Fuse

I

エディ・フィスクが去ったあと、ミス・ムーディは裁縫部屋の自分の机に座り、彼のおいていった心霊主義の文献にざっと目を通した。

彼女の大きく男性的な手は、リウマチのため関節が少し腫れており、親指はごつごつとして太かった。書類をきれいに揃えて左側に積み、読みおわるたび右側へ移して、やはりきちんと重ねていく——その几帳面な動作には、抑制された絶望のようなものが感じられた。だが、彼女の表情はときおり活気づく。そんなとき息は荒くなり、その目は好奇心で輝くのだった。フィスク氏は彼女に『オカルト・レビュー』を一冊、『光明』を数冊、そして『来世』という題名の布教用チラシの束を渡して帰った。これらの文献は、せいぜい週末に斜めに目を通す時間しかなかったのだが、エディときたら無茶なことに、月曜夜の降霊会までには彼女がすべてを頭に入れてくると期待しているのだ。ミス・ムーディはなんとなく顔を顰めてため息をつき、書類の山のてっぺんに最後のチラシを注意深く重ねた。彼女の顔は陰気で細長く、馬のような面立ちだった。気落ちした忠実な表情からして、たしかに馬を思わせる。じつをいえば、フィスク氏はもっと念の入った比喩を用いていた。カナダ北西部から弟のギルバートと帰国したおりに、我々のかつての大家はヘラジカに似ているよ、と彼は断言したのだ。むろんミス・ムーディはそんなことはつゆ知らずにいたのだが。

戦前、エディとギルバートは三男のモーリスとともに、ゴードン・スクエア（ロンドン中心部にある広場）に面した彼女の下宿の最初の住人だった。婦人服の仕立屋だったミス・ムーディは、その建物のいちばん不便な最上階に住んでいたのだが、父親が亡くなったさい、建物全体の借家権を手に入れることができた。そこで、以前から住んでいた部屋はそのまま自分が使うことにして、彼女は建物の残りの部分を下宿屋に改修し、寡婦となった妹のジャネット・フィリモアにもこの事業への協力を仰いで、料理人を務めてもらうことにした。それから十年あまり、コツコツとささやかな収益を上げつつ、ふたりは――玄関の「メッセージ帳」の記録によれば――二千人以上の紳士を下宿人として迎え、みなにたいそう感謝されてきた。妻や家族による書き込みはせいぜい百程度で、数の違いが歴然と示すとおり、住人はもっぱら独身男性だった。

じっさいミス・ムーディの好みは男性に偏っていた。寛大で、不器用で、策略や意地悪とは無縁な人間だった。たいていの場合、下宿人たちは初め、彼女の骨ばった体つきや、まるで黒い口輪をはめたような奇妙な顔をばかにしたものだが、最後には愛情に近い気持ちを感じるか、そうでなくても敬意は抱くようになった。「いい人」、「善良な人」、「めったにない善人」……。フィスク兄弟のように彼女を親しげに「エレン」と呼ぶものすら数名いて、そうした住人は、かつて彼女が仕立屋の仕事をしていた最上階の部屋にまで、入室を許された。最上階の居間にはいまだにミシンがあって、窓辺の腰掛のそばに一対の人台（衣服の製作や陳列などに用いる肩から腰までの人体模型）が置かれている。この人台は、ミス・ムーディと訪問客との間のおきまりの冗談の種になっていた。とりわけエディはいつもこの人台に悪態をついたものだ。なにせ、いかにも淑女ぶってすましかえっているくせに、首のところまできたらピカピカする中性的な黒いノブがついていて、いきなりそこで終わっているのだ。ぎょっとするようなその姿を見るたびに、彼はつい罰当たりな言葉を吐きたくなるのだった。ジャネットは姉の交友関係にあまり文句はつけなかったが、エディがもう少し言葉に気をつけてくれればと願っていた。さらに、もっと深刻な問題として、ばかげた書物ばかり与えつづけて、エレンを悩ますのはやめてほしいとも思っていた……。

ユニテリアン主義、神智学、倫理教会、菜食主義、ヨガの呼吸法、老荘思想、そして今度は心霊主義。エレンはつねに何か新しい愚かなカルトに感染しては、気の毒な頭を悩ませていた。みなが麻疹や水疱瘡に罹るのと同じように、エレンはすぐおかしな宗教にやられた。そしてエディはそれを阻止したり諭したりするどころか、彼女のばかげた気まぐれにあくまで調子を合わせようとするのだ。この種の一時的な熱狂を、彼自身はほぼ大っぴらに笑い飛ばしたことだろう。だが、奇妙にねじれた性格のせいか、彼女をその餌食にして楽しんでいるように見えた。いっぽうでエレンは悩みながらも、こうしたとんでもない信条には「何かがある」にちがいないと盲信し、毎回落胆させられても、まだ希望を捨てず別の何かに染まっていくのだった。

ギルバートのほうが、ジャネットにとってはるかに許容しやすい存在だった。ギルバートは長身で堂々とした、じつに快活な人物で、甲高い声でおどけた振る舞いをするエディより「ずっと男らしい」と、彼女は思っていた。エディもギルバートももはや下宿人ではない。ここからかなり離れたケニントンで皮なめしの事業を始めたのだ。しかしふたりとも時間とついでがあれば、ちょくちょく顔を出した。とくにエディは心霊主義にのめりこんで自分の霊媒能力に気づいて以来、新しい論文や冊子を携えて、四六時中この下宿に来ていた。

三男のモーリスについては、誰も話したがらず、とりわけミス・ムーディは口を閉ざしていた。年々増えつづける彼女の「お気に入り」のなかでも、この人物は亡くなったあとですら特別な位置を占めていた。口に出してはいわないけれど、いつまでも消えないモーリス・フィスクのつらい記憶こそが、ジャネットをこんなにも嘆かせる姉の心霊主義への傾倒のいちばんの原動力となっていたのだ。モーリスはふたりの兄に比べると物静かで、ともすれば臆病に思えるほど優しくて控えめな青年だった。出征前、彼はエレンに別れを告げにやってきて、自分の写真を渡した。そのときの彼の目は、言葉にできない怯えた苦悩を湛えていた。正面の階段を下りてラウンジを通過し、ついに玄関まで来ると、モーリスは三度も彼女と握手をした。だが、それがぼんやりしていたせいなのかどうかは、定かではなかった。

「文献」にすべて目を通し、暖炉の火を起こそうとゆっくり部屋を横切りながら、モーリスはどんな死に方をしたのだろう、と彼女は思った。正確なことは誰も知らなかった。少なくとも彼女が訊ねたときには、エディは答えるのが嫌な様子だった。ある意味で、エディにはがっかりだ。数日前、まさにこの部屋でおこなわれた前回の降霊会のあと、エレンは彼に聞いたのだ。ひょっとして……何かメッセージが届いていない？　そうしたら、エディは混乱した妙な顔をして、機嫌を損ねたようにすら見えた。おかしな反応ではないか。花が消えたあの奇跡の記憶が、みなの頭にこれほど鮮明に残っているのだから、彼がモーリスからのメッセージを受けとったと想像するのは、そんなに不合理なことではないはずなのに……。

時刻は六時だった。三月の夕べは冷える。日が暮れかかっていた。下りていって、ジャネットのいる台所をのぞいてみないと。だが、階下へ向かうまえに、彼女は机に戻って、先ほどの冊子のうちの一冊をふたたび眺めた。ダニエル・ヒュームの人生と彼の霊媒能力に関する記事だ。周知のとおり、ヒューム氏はすばらしい才能をもつ正真正銘の霊媒で、真っ赤に燃える石炭を頭に乗せたり、手に持ったりしたのだ。彼女の目は輝きだし、呼吸が早まった。おそらく自分ではなぜだか説明がつかなかっただろうが、こんな気がしていたのだ——もしみずからこの芸当をやってのけることができたなら、もし彼女自身がこんなことを成し遂げられたなら、頭のなかでいま彼女を苦しめている何かが、論駁されるにせよ立証されるにせよ、とにかく解決して鎮まるだろう、そうすれば、モーリス・フィスクについても、気持ちが楽になるだろう。

## II

「つまりね」とジャネットはいった。「もしその花がほんとうに消えたとしてもね、それにわたしは消えてないなんていってないわよ、だけど、消えたとしても、それが何を立証してるっていうの？　花が消えたことを立証している、それだけでしょう。それが何の役に立つ？　この下宿の経営がもっと楽になるとでもいうの？　お言葉ですけど」

「あら、でも――たくさんのことを立証してくれるわよ、よくよく考えてみれば。そうね……」エレンは急に自分が何をいいたかったのかわからなくなって、口ごもった。ジャネットがこんなふうに「攻撃」してくると、いつも狼狽してしまい、話が続けられなくなるのだ。彼女は力なくこう締めくくった。「わたしたちがまったく知らない別の法則があるってことが立証されるわ。エディは四次元の存在を証明するっていってた」

ジャネットは姉より背が低く、辛辣で口達者だ。黒い髪と太い眉に加え、十二年も料理をしつづけてきたため、かなりの赤ら顔だった。彼女はガチャンと音を立ててストーブの蓋をとり、そこに大きなシチュー鍋をおくと、振り向いて見下すように答えた。「四次元ですって？　ちゃんとこの目で見て匂いを嗅げるなら、信じてもいいわ。いったいそれが何をしてくれる？　オーヴンの温度を保ったり、わたしの顔が火で炙られるのを防いでくれるっていうの？」

とても勝ち目はなかったので、ミス・ムーディはすごすごと台所から退散した。こういう機嫌のときのジャネットと議論するのは不可能だったし、それだけでなく、台所係の女中である若いアガサのまえでこの種の話をするのは、明らかに不適切に思えたからだ。おまけに妹の最後の言葉を聞いて、なんだか妙に心が騒いだ。あんなふうに火で炙られる話をするなんて、妙ではないか！

夕食が終わると、エレンはラウンジでしばらくブレイス氏と立ち話をした。ブレイス夫妻は越してきてすでに七ヶ月になる「永住組」だ。ブレイス氏は頭の禿げたそうとう年配の紳士で、定年前は靴下の小売業に携わっていた。髪を金髪に染めた妻はずっと若く、まだ中年ともいえないくらいで、ときによってはたいそう綺麗に見えた。ふたりとも降霊会には出席している。

「月曜に上に来られるかって？　もちろん行きますとも。だけど、聞いた話を全部鵜呑みにしているわけじゃないですよ。どうも、ご友人には浮ついたところがあるように思えますな。ふざけすぎというか。それに、あの消えた花……たぶん私の頭が現実的すぎるんでしょう。だけど、喜んで伺いますよ」

ミス・ムーディは自分の階へと向かった。ブレイス夫妻はまだ懐疑的ではあるけれど、にこやかだったし、ジャネットのようにばかにした物言いはしなかった。夫妻と話したおかげでなんとなく自信を回復できたようだ。彼女は縫い物を椅子からとりあげて灯りの下に持っていった。もうすぐジャネットが寝る時間になって上がってくるだろうし、「住み込み」になったアガサも隣の部屋の簡易ベッドで眠るために現れるだろう。だが、それまではしばらく自分だけの時間だった。

縫い物をしながら、彼女はブレイス氏がエディについていった言葉を思い返してみた。残念ながら、彼の発言はおおかた正しかった。心霊主義者として、エディには説得力が欠けている。そういう流儀なのだ。彼の振る舞いは往々にして軽薄で滑稽だった。だが、エディがどんなふうに振る舞おうと、たとえ彼自身は心の底では信じていなかったとしても、もしあれがほんとうに起こったのだとすれば、真実であることに違いはない。人は自分がそれに値しないような力を持ちうる。だが、もしその人がほんとうに誠実で、真に価値ある人間であったなら、さらに偉大な力を持ちうるだろう。

ミス・ムーディは立ち上がって指ぬきをとりにいきながら、鏡に映る自分の姿を見た。一瞬、ブレイス氏がかつて彼女の髪についていった言葉を思い出し、それまで考えていたことを忘れて微笑んだ。いつだったか、図々しいけれど褒め言葉だとはっきりわかるようなことを彼がいって、妻がわざと叱責してみせたのだ。「ゴッダイヴァ」だったかしら？（十一世紀の英国貴族の妻ゴダイヴァ夫人のこと。夫の課した重税を廃止させるため、長い髪で体を隠し、裸で馬に乗って町を回った）いけないおじさんだこと、しかもあの歳で！　エレンの茶色の髪は豊かでつやつやとしており、彼女の唯一美しいといえる部分だった。彼女は自分の髪を撫で、大きな歯と歯茎をむき出してにっこり笑った。「おっほほ、厚かましいけど、憎めない老人だわ！」しわがれた短い笑い声をもらすと、彼女は不器用にくるりと旋回した。ときおり予期せぬお世辞をいわれると、はにかんで急に赤くなり、もじもじする癖があった。若い娘の頃にはそうした媚びは好感を与えたけれど、いまの年齢にはそぐわない姿だ。

ほどなく彼女はまた裁縫を始めた。この最上階は普段は静かなのだが、今夜は夕食時から風が出てきて窓ガラスをガタガタと鳴らし、軒の辺りではあくびのような奇妙な音を立てていた。だしぬけに風が煙突を吹き降りて、部屋に煙が立ちこめた。燃えさしが一片、暖炉の火床に落ちてきた。エレンは激しくくしゃみをしながら、しばらくそれを凝視していた。真っ赤に燃えていた石炭が、次第に陰気な灰色へと変わっていく。だが、触るにはまだまだ熱すぎるだろう。

彼女はまたもやヒューム氏のことを考えはじめた。あの冊子にはなんて書いてあったっけ？　急いで斜めに読んだだけだったけれど、ある一節は一語一句思い出せた。「信頼に足る目撃者がいて公の記録も残っている故、彼らがペテンに共謀した疑いは皆無といえる状況のもと、ヒュームは数回にわたって赤く燃える石炭のなかに手を突っ込み、いくつかを取りだして、頭の上においた。この驚くべき実演は、彼に苦痛も、その他いかなる悪影響ももたらさず、手や頭皮に火傷を負った痕跡は微塵も見られなかった」。ミス・ムーディは深いため息をついた。このような離れ業の記述に、彼女は心惹かれるとともに恐怖も感じた。数分前そこに立って自分の髪に見とれた鏡にまた目をやると、その顔には苦悩に近い表情が浮かんでいる。それを消そうと彼女は無理に笑顔を作り、つづいて視線を落とすと、暖炉から少し遠くへ体をずらした。

信仰、そう、信仰があったからこそ、彼はあのような奇跡を成し遂げることができたのだ。深い信仰さえあれば、人は何でもできる。わたしだって、このエレンだって……唇が開き、彼女は息を呑みこんだ。苦悩を感じた。「ああ、神様、わたしに信仰を与えてください！」信仰を求めて神に祈ることに、問題はない。心霊主義者は神を信じるのだから。だけど火は——彼女は何よりも火が怖かった。おまけにジャネットが信じてくれないせいで、状況はより困難になっていた。いつだってジャネットに邪魔されてきた、せっかくわたしが……。

突然、彼女はビクッとして思わず叫びそうになった。ヒューム氏のことを考えながらしばらく機械的に裁縫を続けていたのだが、いま我に返った彼女は、愕然として針を見つめている。視線はそこに凍りついていた。縫い物を持つ左手の親指のこちらに、糸を通した針の穴が見えた。そして針の先端は、親指の向こう側からほかの指の方へ半インチほど突き出ている。

ということは、指を突き刺したのだ——どうやら針が親指を貫通したらしい。それなのに、何も感じない。信じられなかった。数秒間、彼女は指を凝視し、それからためらいがちに針を抜きとってみた。まちがいない、針はほとんど骨に触れるほど深く刺さっていたはずだ。針が抜けると血が出てきたが、さほどの量ではない。なぜ痛くなかったのだろう？

彼女は椅子から立ち上がり、にわかに奇妙な麻痺を意識した。たんなる感覚の欠如というのではない。何か、肯定的な何かが、彼女を満たし、内部に漲(みなぎ)っている。それが急速に侵入してきて、体の中心から頭や手や足に向かって広がっていくのが感じられた。少しずつ、脈が打つように、もしくは時計が秒を刻むように……。まるで彼女のなかですごい速度で数がカウントされ、あらかじめ定められた値までみるみる目盛が上がっていくかのように。やがて静寂が訪れた。通りの風の音はやみ、彼女の耳には届かなかった。彼女の頭のなかにも、より深遠な静けさが訪れた。最後の数までカウントされたら、この静寂は絶対的なものとなるだろう。エレンにはわかっていた。そのときには、自分は何でもできるのだと。

さあ、いまだ。彼女は腰をかがめて火のほうへ手を伸ばした。

自分の指が炎のなかに入り、石炭のあいだを動くのが見えた。彼女は赤々と燃える石炭を二つ、三つとりだして、もう片方の手に移した。半袖の服を着ていたので、しばらくむきだしの腕のうえで燃えさしを上下に動かしてみた。最後に、炭を頬に押しつけ、それから頭の上に乗せた。

ドアがゆっくりと開いた。誰かが覗き込んでいる。アガサだ。ミス・ムーディには彼女が近づく足音もノックの音も聞こえなかったけれど、激しい驚愕の表情がその顔に浮かぶのは、はっきりと見てとれた。

「お入り、アガサ。そしてドアを閉めなさい」エレンは安心させるよう、落ち着いた低い声でそういったつもりだったが、自分の声が相手に聞こえているのかどうか、わからなかった。

アガサの目は恐怖で大きく見開かれていた。彼女はいまにも叫びだしそうに、口を開けた。

## Ⅲ

エレンはガウンを羽織ってベッドに座っていた。日曜の朝、もうすぐ十一時だったが、午後になるまで起きるつもりはなかった。ジャネットは「え、起きないですって？ 具合が悪いの？」とはじめ戸惑った様子だったが、それ以上は何もいわずに階下へ降りていった。こんな異例の事態が生じたからには、姉はほんとうにどこか具合が悪いにちがいないと、おそらく確信したのだろう。その後、彼女は朝食をお盆にのせて、また上がってきた。「まあ、とにかく、食欲はちゃんとあるみたいね。お医者さんは呼ばなくてもすむかもしれない……」どうやら憤慨して嫌味をいうつもりだったのに、ミス・ムーディの目つきを見て考え直した模様だ。太い眉の下で、普段は鋭く威嚇的に輝くジャネット自身の目は、まるで何かを恐れるかのように急に伏せられた。

もちろん、ミス・ムーディには医者など不要だった。ただゆっくり休んで、前夜の出来事についてよく考えたかったのだ。あの奇跡を目撃したのは現在のところアガサだけだったが、事実はやがて驚嘆をもって世間に認められることだろう。いまはただベッドに座って、通りに響きわたる教会の鐘に耳を傾けていればよい。鐘の響きは、依然吹き荒れる風の音に邪魔されて、ときには完全にかき消されていた。

「わたし、エレン・ムーディは、超人的な能力を持っている」アガサが意識をとりもどしたとき、エレンは彼女にそんなふうに説明しようとしたが、あまりうまく伝わらなかったようだ。燃えさしの炭を暖炉に戻すと、彼女はドアの脇で気を失って倒れている年若い女中を抱きかかえて、ソファーへ運び、急いでブランデーをとりに戸棚へと向かったのだった。

だが、アガサの意識がようやく回復すると、彼女は一瞬怯えてエレンを見つめ、それから黙って顔を背けた。明らかにまた失神しそうな気配だった。エレンの聞いた話によると、その後三度も具合が悪くなったというが、自分が何を見たのか、ジャネットにもほかの誰にも話していないようだ。もっともな判断だ。ジャネットはアガサの体調不良の原因を知りたがってはいたものの、話を聞いてもきっと信じなかっただろう。あの少しあと、エレンがベッドに入ろうとしていると、ジャネットが不満顔で上がってきて、ヒステリーの人間を「甘やかす」とは何事かと小言をいった。今朝はといえば、台所は人手不足だし、下宿全体を監督できる人間も自分しかいないものだから、ジャネットはいつにもまして不機嫌にちがいなかった。

だけど、もうすぐジャネットにもわかるだろう。アガサと同じように、彼女も理解するだろう。けれどそれは明日の夜の降霊会まで待たねばならない。ミス・ムーディは枕を支えにして体を起こし、深く、長く、息を吸った。それまでは何もしないでおこう。授かった力のことを思うと、それが賢明だという気がした。じっくり考え、以前とは異なる新たな自分を知り、納得するための時間が必要だ……。それまでのあいだ、彼女はどうしても邪魔されたくなかったし、誰とも、アガサとも、話したくはなかった。じつのところ、自分でもなぜだかわからなかったのだが、アガサはいちばん話したくない相手だった。

同じ日の夕食後、エレンはベッドから出て階下へ行った。ブレイス夫妻をはじめ、ほかの下宿人たちもみな心配して具合を聞いてきた。病気だったのですか？　もうお加減はいいんですか？　ジャネットは文句をいおうと待ち構えていたのだが、妙な目つきで彼女を眺め、考えを変えたらしい。エレンはその理由を知っていた。ジャネットは彼女がいつもと違うことに気づいたのだ。すでに、彼らも、誰もが、この変化を感知できる。自信に満ちた静かな感情が彼女のうちに広がり、充満していくのがわかった。彼女は光を発していた、そばに来るすべての人に向かって。

お茶を飲みおえると、エレンはふたたび自分の部屋に戻り、エディの持ってきた書類に目を通しながらその夜を過ごした。気の毒に、エディはある意味で哀れむべき人間だが、彼にだって能力はあるのだ。それを忘れてはならない。あんなふうに無知で軽薄ではあるけれど、彼女を導き、道を示してくれたことは感謝すべきだ。彼があの花を消したのを見たからこそ、エレンは信仰を持てたのだから……。

それに、モーリスのために……。

彼女は鏡のなかの自分をじっと凝視した。「わたし、エレン・ムーディは……」

## Ⅳ

アガサはトランクに荷物を詰めて出ていった。階段ですれ違ったときのアガサの怯えた小さな顔を、ミス・ムーディはいまだに忘れられなかった。ジャネットは激怒していた。いったいあの娘はどうしたというの？　予告があって当然だし、少なくともあと一週間は残らせるべきよ。エレンはアガサがいなくなるのは残念だったものの、ジャネットの意見には反対した。行かせてあげましょう。いたくないのであれば、引き止めても仕方がないわ。

アガサが去ったのは早朝のことで、いまは午後だった。月曜の午後だから、降霊会はもうすぐだ。ミス・ムーディは普段どおり仕事をおこない、希望する下宿人のため、ラウンジの銅板で覆われた小テーブルでお茶の準備を整え、帳簿をつけ、請求書を一、二通作成し、その後、八号室の洗面台の蛇口を直しにきた配管工と話をした。夕食ではいつものように快活に食卓を仕切り、ブレイス氏の名だたる「石頭」ぶりをからかった。「いやいや、どうなるかわかりませんぞ。私はそれほど頑固なわけじゃない。もしそれがペテンでなければ、喜んで信じますよ。そうだな、去年自動車事故で死んだサミー・プライスと交信できるといいんだが……彼には四十ポンド貸しがあるんでね」

ブレイス氏ときたら、まったくとんでもないことをいう。それに、エレンはあんなふうに老人を焚きつけるべきではなかった。彼の妻は成り行きがお気に召さなかったし、ジャネットも明らかに不満顔だった。ジャネットは食事の準備担当だけれど、食事中はたいてい時間の余裕があるので、この日も姉の隣に座っていたのだ。だが、妹の渋面にもミス・ムーディは動じなかった。これまで人前で降霊術や諸々のカルトの話を控えていたのだが、今夜は悪く思われても平気な気分だった。「悪趣味」だとか、思慮不足だとか思われても、かまうものか。嫌がる人間がいたってかまうものか。ひょっとすると二、三人、はじめて耳にしたという人が興味を持って、降霊会に参加したいと思うかもしれない。

八時半を少し過ぎたころ、「警官の休日」のリズムに合わせて玄関の扉をドンドン叩く音がした。エディが到着したのだ。いっけん押し花プレス器に見える、二本の革紐で縛られた大きな箱型の物を抱えて、彼は登場した。エディはまずミス・ムーディと挨拶を交わすと、一緒に玄関ホールまで出てきたブレイス氏に向かって小指を差し出した（秘密結社で使われがちな儀式をふざけて真似ているものと思われる）。ブレイス氏は厳かな顔で小指と握手をすると、箱をコツコツと叩いた。「家族はみんな元気かね」とブレイス氏がおどけて訊ねた。「おとなしくしとるかい？」

エディは微笑んで首を振った。「ありがとう、おじいちゃん、そこそこ元気だよ。ソフロニアおばあちゃんは、映画スターのガーティ・ガッシュの支配霊を務めるようになって、ちょっと興奮気味だけど。ほかはみんな元気いっぱいさ」

エディ・フィスクは背が低く、金髪で、金色のちょび髭を生やしためかし屋だ。淡い灰色の目は鋭いが落ち着きがなく、エナメルボタンのついた青いシルクのベスト、足首部分が布製のエナメル靴という、やや過剰な洒落者ぶりだった。そして足はとても小さい。

「みんな、用意はいいのかい？」彼はエレンの背後のラウンジを一瞥して、そう訊ねた。「ギルバートが来られなくて残念がっていたよ。風邪を引いたんでね」

「ええ、準備はできているわ」ミス・ムーディは向きを変えると、片手で手招きをしてみせた。ブレイス夫人と、あと四、五人が、さりげないふうを装ってほかの下宿人から離れると、おずおずしながらホールにやってきた。そのうち二人の男性は今回はじめて降霊会に参加するため、ブレイス氏が彼らをエディに紹介した。まるで腫れ物にさわるような、たいへん丁寧な紹介の仕様である。

誰かが気まずい笑い声を発した。

「さて、上へ行きましょうか」ミス・ムーディが一行の先頭に立ち、いつも以上に仏頂面をしたジャネットがしんがりを務めた。ブレイス氏は気持ちを抑えきれない質（たち）なので、エディの箱を持とうと申し出た。「いや、ダメですよ。僕のご婦人たちは見知らぬ人は嫌がりますから……」背後からこんな軽口が聞こえてきたので、エレンは振り向いて、咎めるようにこういった。「ねえ、お願い、ふざけるのはやめましょう……」

全員が部屋に集まるとすぐに、エディはてきぱきと指で人数を数えだした。「八人だな、ご婦人が四人、紳士が四人。なかなかいいね。先週と同じように男女交互に座りましょう。ミス・ムーディはここ、僕の隣に。ミス・ウィンターはあちら。それからサープ氏とフィリモア夫人は……椅子があと一、二脚あったほうがいいな……」彼は参加者がテーブルの周りに輪になって座るよう、席を割り振った。「さてと……そろそろ始めましょうか。フィリモア夫人、よろしければ電気を消していただけますか？」

照明が消えると、エレンはぞくぞくした。暗かったが、真っ暗ではない。暖炉の火が鈍く光って、辺りを赤く照らしていた。初参加は二名のみで、そのうちの一人である若いシンプソン氏が、遠慮がちにこう訊ねた。「前に衝立をおかなくてよいのですか？」部屋に漂う不気味な空気がさっそく効果を表したことは、その声を聞けば明らかだった。敬虔といってよいくらいの口調だったたから。

「あ、いや、それはたいして重要じゃないんです……ただほんとうは音楽はあったほうがよかった、ピアノとかね……そうすれば始めるのが楽なんだが……残念だな……」ブレイス氏は急に咳をすると、それが懐疑的に響いたのではないかと心配になったようで、今度はもっと好意的に咳払いをした。ミス・ムーディの席からはエディの顔がよく見えた。本人が注意深く説明したとおり、彼は厳密な意味での「トランス」系の霊媒ではなかったものの、降霊会の開始時にはいつも多少「行って」しまうのだ。彼はいま目を閉じて、椅子の上でもぞもぞしていた。「始まるまでに少しかかるんでね。すぐにうまくいく夜もあれば、そうでない夜もある。条件によって違ってくるんです。つまり、ただ蛇口をひねればいいってわけじゃないから……」エレンはこうした前置きを以前にも聞いたことがあった。もうすぐ彼は少し体を揺すりだし、か細い声からは抑揚がなくなっていくはずだ。やっぱり、思ったとおりになってきた。

「ああ……」彼は背筋を伸ばし、勢いよく息を吸い込んだ。「ブレイス夫人、手を握らせていただけますか? ありがとう、僕は——ジョージという名前を与えられました。年配で、とうに中年は過ぎていて、中背で、とても濃い茶色の目で……何年か前に亡くなった……ここが充満して、締めつけられるようで、痛くて……」エディはもう片方の手を胸に当てていた。「肺炎か——気管支炎かな?」

「いいえ、肺病、結核です。七年前に亡くなりました、一九二〇年に」

「では、名前と説明を聞いて思い当たる方がいるんですね?」

「ええ、そう思います。ただ、名前はジェフリーでした——あと、そんなに年配ではありません」

「お兄さんですね、たぶん」

「あら、ちがいます」ブレイス夫人は混乱して答えた。「わたしより若いわ、弟です……」少し間をおいて、彼女は恐る恐る訊ねた。「彼は……その、メッセージはありますか」

「はい」とエディは応じた。「こういっています……待って、はっきり聞きとらないと――こういっています、いま経験していることは、ほんの一時のことで、長くは続かない。力と勇気を持つように、と」

「まあ、ありがとう」ブレイス夫人は手を引っ込めると、ありがたそうに暗闇に引き下がった。

会は続いた。つぎはシンプソン氏、そのつぎはミス・ウィンター、それからブレイス氏……どうやら今夜、エディはエレンと妹をのぞく全員へのメッセージを受けとったようだ。自分宛に何も届かなかったことについて、ミス・ムーディは残念に思っていなかった。いつもなら、息を呑んでフィスク氏の言動に夢中になっていたはずだ。だが今日は……彼女はそわそわと神経質になり、彼が「さっさと終えて」くれるよう願っていた。彼の出番の終了後に起こるであろうことが、楽しみでもあり、なかば恐ろしくもあった。ここにいる誰ひとり、ジャネットやエディですら、彼女が懐に何を隠しているかを知らなかった。もしかしたらモーリスは？　喉がからからになってきた。もしかしたら……？

フィスク氏はいまは自然な地声で話していた。照明がつけられ、彼は用心深い笑みを浮かべて、ときおり青いハンカチで顔の汗をぬぐっている。一連のセッションですっかり消耗した様子だ。ジャネットは皮肉な顔で彼を見ようとして、急に瞬きをしたと思うと、ものすごいくしゃみをした。

「さて、今度は」とエディが口を開いた。「石板のトリックをちょっと試してみましょう」

あんな不敬な物言いはやめてほしい、それに態度や外見も、あんなふうにスズメみたいに「ご陽気」じゃなければいいのに——エレンはそう思った。もちろん、「トリック」などというのは、たんに彼がそういう話し方をするからだ。だが、たとえばブレイス氏には理解できないだろう。だから当然思うにちがいない、あれは……。

しかしブレイス氏は、自分がすっかり惑わされたと認めざるをえなかった。エディは彼の箱から、学校で使うようなごく普通の石板に見えるものと石筆一片をとりだした。彼とブレイス氏はテーブルの裏面に石板を下からしっかり押しつけながら、向かい合って座り、二人の間には石筆がおかれた。シンプソン氏は前もって頼まれていたとおり、小さな紙に「質問」を書いて折りたたみ、自分のポケットに入れていた。しばらくすると、引っかくようなかすかな音が聞こえだし、それがおよそ三十秒ほど続いた。音が止んだら石板がとりだされ、そこに書かれた内容と紙に書かれた内容を比べるというわけだ。シンプソン氏が書いたのは、「私のスーツにボタンはいくつあるでしょう?」だった。というたわいのない質問で、それに対する答は「あなたの生まれた年の数字を足しなさい」だった。シンプソン氏が生まれたのは一八九九年だったから、合計は二十七。もしズボンのボタンも含めるのなら正解になる、と彼は認めた。

「どうですか」とエディは満面の笑みでいった。「予想以上の結果だったでしょう?　ああいう答だったってことは、追加の証拠になる。我々のうちの誰ひとり、あなたの生年を知らなかったんですから」

「ふむ」とブレイス氏はつぶやいた。「巧みだな、じつに巧みだ。私の考えもぐらついてきたと認めねばならん。それにとても興味深かった。きっとみんな、おおいに感謝していますよ」

「あら、でも」とエレンがいった。「まだ終わりじゃないでしょう。九時半を過ぎたばかりだし。またあの花のトリ、いえ、花の実験をしてくださると思っていたのに」

あやうく「トリック」といいかけたことに苛立って、彼女は赤面した。だが、これはエディのせいだ。「まだ時間はたっぷりあるわ」動揺を隠そうとして、彼女は慌てて続けた。「とても楽しみにしていたの……」

自分の声が奇妙な不安と興奮を含んでいるのに、エレンは気づいた。どういうわけか、エディのほうも急に動揺して平静を失い、彼女の願いに応えるのを渋っている。「残念だけど、ちょっと時間がかかりそうだから。僕はいまは川向こうに住んでいるのでね」

V

エレンは頬が紅潮するのを感じながら、彼に反論した。「あら、でも、そんなに長くはかからないわ。一分足らずのことじゃない」

彼女は思った。なぜわたしはこんなに激しく主張しているんだろう？　わたしが得心して確信を抱き、二日前に成し遂げたことをするための信仰を得られたのは、そもそも花を消したあの奇跡のおかげだったから？

エディはまだ異議を唱えていた。「今夜はあまり時間がないんだ。ギルバートが病気だし。それに、道具も手元にないから……」

「おや、おや」好意的な口調ではあったが、ブレイス氏がこういった。「『道具』ですと！　それはどうもいただけませんな」

「ばかなことを」エディは顔を赤らめて応じた。「石板や石筆も道具と呼ぶのなら、さっきの実演にも道具が必要だったじゃありませんか。だからといって、それが、つまり本物でなくなるってわけじゃないでしょう。次回は花の芸当でも何でもやりますよ。声の直接伝達もね――もっとも、トランペットが必要だから、それを道具だと咎められなければの話だが」

「うむ」とブレイス氏がまたいった。前ほどは好意的でない口調で、明らかに議論を吹っかける構えだ。「よろしい。どんな演し物が最適かは、当然ご存じでしょう。だが、私の記憶が正しければ、あの不思議な芸当をされたときには、ありふれたカットグラスの花瓶とゼラニウム三本しか必要なかったはずだ。少なくとも、みなが見たのは、それだけだったが……」

「わかりました！」エディは笑顔は保っていたものの、すっかり頭にきて、癇癪を起こしかけていた。「もちろん……僕に挑もうっていうんなら……もちろん、あなたには、条件の大切さなんてものは通用しないんですね。花瓶はただの花瓶だし、花は花でしかない……やってみましょう。ただし、うまくいかなくても、責めないでくださいよ」

彼は唇を固く結んで、ふたたび着席した。ジャネットが隣の部屋から、カーネーション六輪が生けられた花瓶を持ってきた。

「灯りは消すんでしょうな？」ブレイス氏が茶化すように聞いた。

「ええ、最初はそうしてください」

暗闇になり、エレンはさっきと同じようにぞくぞくした。まだエディの隣に座っていたので、俯いた彼の横顔がときどきぼんやりと見え、手の動きも推測できた。彼はどういうわけか少し神経質になっている。彼女は不安になり、なんとか成功してほしいと強く願った。そうすれば、ブレイス氏も思い知るだろう！　そうすれば、わたしも——わたしだって、計画を実行する勇気が湧くだろう、全員の前でわたしのあの奇跡を再演して見せるのだ、赤く燃える石炭を使って。呼吸が乱れ、息が詰まりそうだった。

数秒が経過した。エディは何をぐずぐずしているのだろう？　たしか前回は灯りがつけられるとすぐに、花が花瓶からなくなり、部屋の向こう側にある彼女の裁縫箱にしまわれているのが見つかった。それから、みなの眼前で、花が消えたのである。今の今までそこにあったものが、ただ忽然と消滅した。二重の驚きだった。

しかし、今夜は最初の部分に時間がかかりすぎているようだ。ブレイス氏のせいだ。彼があんな物言いをして、条件を悪くしてしまったから。だけど、前回と同じように、彼はもうすぐ泡を食うだろう、そうすれば——

彼女の思考は突如停止し、その直後、苦しいほどの緊迫感を伴ってまた動きだした。不安が鋭い恐怖にまで高まっていく。その原因を認識できるまでに数秒が経過した。ついに理解した瞬間、心臓がひっくり返って気持ちが悪くなった。気を失いそう。エディだ。何かがうまくいかなかったのだ。ガラスが粉々に砕け、物が床に落ちる音——それに続いて、ブツブツと罵る声が聞こえた。あ、エディは何をしているの？　いったい何を——

灯りがついた！　突然、殴りつけるように。みな、とっさに目が見えず顔を顰める。叫び声。スイッチのところまでそっと移動して灯りをつけたジャネットが、割れた花瓶を指差しながら憤然と立っていた。その声は侮蔑で震えている。「ペテン師！　どう？　正体が暴かれた。ペテン師！彼を見て！」

そしてエディは――テーブルの下に潜って落とした物体を探している現場を押さえられ、顔面蒼白、いまにも泣き出しそうにうちしおれて姿を現した。目をしばたたき、口ごもりながら……「ほら、彼を見て！　手に糸を巻きつけているのを！　こんなこと、わたしもしたくはなかったけど……」

エディのその惨めな姿は、たしかに心奪われる暗然たる光景ではあったが、みなの関心はそこに長くは留まらなかった。詐欺師が大失態をしでかして、遅ればせながらとはいえ正体を暴かれたのは、当然の報いだった。だが、それよりもはるかにひどく、はるかに心をかき乱す事態が、同じ部屋のなかで起こっていたのだ。彼らの視線の先にはエレンがいた。

ミス・ムーディは席から立ち上がっていた。口は開いているものの、しばらく何の音も聞こえなかった。恐怖か、苦痛か、もしくはその両方のせいで、言葉が出てこなかったのだろう。彼女は両腕を上げてよろめき、倒れそうになった。ついに喉から声が漏れ、それは最後には甲高い悲鳴に変わった。「炎が……あの炎が……！」

ジャネットだけが彼女の言葉の意味を理解したようだ。「急いで、姉は――なぜだか火傷をしたにちがいないわ……」彼女は飛ぶように部屋を横切って姉の方へ向かい、途中でテーブルクロスを引き剝がしたので、エディの道具一式がガシャンと床に落ちた。「急いで、走って――テーブルクロスじゃだめだわ――薄すぎて――毛布よ――隣の部屋の――火傷をしたのよ！」

火傷！　激痛で頭がかすむまえに、エレンは悟った。拷問のような数秒間にそれを理解したのは、エレンだけだった。アガサがそこにいれば、アガサにもわかっただろう。あの炎だ！　二日前に彼女が侮ったあの炎が、いまや猛威を振るって彼女に襲いかかっていた。顔に、頭に、腕に、手に、石炭を押しつけたすべての場所に火傷が現れた。肉は黒焦げになりつつある。もう何もわからなかった。極度の苦悩のなか、意識は遠のき、崩壊していった。彼女は激しい勢いで走りだした。なんとか体を冷やそうと小さな円を描いて、あちらにも、こちらにも、何度も何度も金切り声を上げながら。

「毛布を――毛布を持ってきて！」ほかの人びとはまだ恐怖のため呆然としていて、助けにならない――ついにそう悟って、ジャネットは仕方なくみずから隣の部屋へ駆け込み、ベッドから毛布を引き剝がした。全速力で走り、二、三枚の毛布をつかんでほぼ瞬時に戻ってきたが、努力は報われなかった。

遅すぎたのだ。少しまえに部屋に轟いていた悲鳴は、もう止んでいた。

# 永代保有

北川依子訳

Mortmain

# 第一部

## I

暮れゆく光のなかこうして川から眺めると、あの屋敷はどうも邪悪な顔つきをしている。ジョン・テンプルはそう思った。

舵柄に片腕を乗せ、彼は操舵室(ウエル)の隅に体を凭せかけて立っていた。船室では、あの家から救い出されていまは彼の妻となったサロメが、夕食の皿を洗っていた。家が見えなくなるまで、彼女はけっして出てこないだろう。

屋敷が視界内に入ってから彼がそれに気づくまで、十五分はかかったにちがいない。無風の夕方、引き潮にのってペニー・マイルから川を下ってきたのだが、屋敷は気づかぬうちにこっそり忍びよっていた。大きな鳥が艶やかな羽を広げて湿地から飛び立とうとしているのをサロメに見せたくて、彼女を呼んだあとになって、その存在を思い出したのだ。川向こうに目をやると、屋敷がそこに立っていた。敗北したいまもなお、恐ろしく危険なあの家、ハンフリー・チャイルドがそこで生き、そして死んでいった家が。

この時刻だと細部は見えなかったが、それでも屋敷の印象は残った。冷んやりとした夕闇が深まっていくなか、崩れそうな壁や、川面から立ち上る靄で灰色に覆われた芝生が見てとれた。小さな木の桟橋には、まだボートが一艘、引き潮の川に浮かんでいる。ハンフリーが四週間前に死んで以来、荒廃は着実に進行して、あらゆるものを侵食していた。木々は繁茂し、テラスは荒涼としている。鷗だけが白い雲のごとく群れをなし、屋敷の広い正面を旋回していた。その後方、低い植え込みの奥のどこかで、一枚の窓ガラスが西日を捉え、怒って睨みつけるように一瞬光ったかと思うと、たちまち見えなくなった。

その唐突な消滅に、テンプルは身震いした。まるで肉体の死後もしぶとく残っていた生命の名残が、最後の瞬きののち、ついに消されたかのようだ。

「サリー」と彼は呼んだ。「そろそろ錨を下ろしたほうがいい。暗くなってきたから」

はっきりしない声が聞こえた。「まだいいわ。つぎの流域まで行きましょう。スキッパーズのところまで……」

やはりまだ怖がっているのだ！　七年間ハンフリーの妻だったから、あの屋敷が視界から消えるまで停泊できないだなんて。鈍い怒りがこみ上げてきた。あの男の吐き気を催す人生は終わった。あの男の地所は荒廃している。それなのに、死後もなお恐怖という貢物を、我々に求めるというのか？

だが彼の怒りは、こみ上げたときと同じくらい消えるのも早かった。もう一度、彼は流れの向こうを眺めた。

屋敷は刻一刻と遠ざかっていく。白い靄のかかった柱や、固く閉ざされた虚ろな窓が何列も続いているのが、テンプルにはまだ見てとれた。深まる夕闇ごしにぼんやりと見えるその屋敷は、口をあんぐり開けた盲人に似ていた。だが、それでいて、何かが内側で熱くざわめいている。まるであの虚ろな盲目の仮面の背後で、激烈な生命がひそかに充満しているかのように。内在する腐敗の感覚があまりにも強くて、川そのものから腐肉のにおいが漂ってくる気がした。

視界から消えるまで、彼は屋敷をじっと見つめていた。川が湾曲してついに見えなくなってもなお、その記憶は消えなかった。

## II

その夜はスキッパーズの停泊所で錨を下ろした。満ち潮になったが、風はまったく吹かない。ただ、靄は消えて、細い三日月が上った。

テンプルが船室のランプを灯すと、とたんに岸も空も暗闇に後退していった。彼らの下手に、蓄音機をのせた船がもう一艘停泊していて、調子のいいジグのメロディーが水面を淡々と流れてくる。

「あれはぜったいにクイックステップ号だな。フレミングの息子の船だ。彼はここに係留場を持っているから」

サロメは頷いた。開いた戸口から冷たい夜気がそっと入ってきて、何マイルも広がる湿地の草の匂いがする。ドアのところにいた彼女はぶるっと身を震わせて中へ移動した。

「寒くなってきたわ」

「うん、もう寝るか」

彼は服を脱いで先に自分の寝台に横たわったが、すぐに出てきてランプに手をおいた。

「いつ消すかいってくれ」

「いま！」

ふたたび暗くなった。ふたりはキスをした。彼がぐっすり寝入ってからも彼女はずっと起きていた。一度、うとうとしかけたときに、彼女はビクッとして起き上がり、つま先立ちで操舵室へ出た。蓄音機の音はもう止んでいた。おそらく急に訪れた静寂のせいで目が覚めたのだろう。心配することはない……。だが、川の深みの身構えるような静けさを見つめていると、一瞬ぞくっとした。記憶に留まるほどではない、捉え損ねたかすかな音か動き——水面を滑って伝わってきた呼吸のような何か。

なんだろう……まるで一瞬前に夜がため息をついたような。

なんでもないわ。彼女は自分の寝台に戻って、眠りに落ちた。

## Ⅲ

錨が投じられた。索導器を通ってガチャガチャと下りていった鎖は、やがてピンと張った。ウィンドホヴァー二号は静かに停泊した。

テンプルは船首三角帆（ジブ）を下ろした。「あの最後の風に救われたよ」

彼らは日の出とともにスキッパーズを出発し、午後の早い時間に寂しい入江に到着した。今日から数日はここが停泊地となるはずだ。

彼は主帆（メーンスル）を下げた。船尾にいる彼女は叉柱（帆を下ろすさいに帆桁を支える支柱）の準備をした。ふたりで帆桁を上げ、帆をしまった。

引き潮に逆らって彼らの船を運んできた風は、いまは止んでいた。ふたりが停泊したのは扇型のひっそりとした小さな入江で、奥の方は狭まってそこに小川が流れこんでいる。砂州の砂はすでに乾いてきていた。眼下に広がる水の世界は、みるみる後退していく。

「すぐそこに見える木立の辺がコレットの農場だ。牛乳や卵がちゃんと手に入る。それに水も。明日、水差しを持っていくよ」

彼らは遅い昼食を貪るように食べた。皿を洗うと、サロメは自分の寝台で横になって休んだ。四時すぎになって、彼女は船室の屋根に座っていた夫のところへやってきた。

しばらくふたりは黙って腰掛けていた。しきりに打ち寄せる波のほかには、暑い午後の静けさを乱すものはない。岸辺の水はのろのろと砂州を撫でていたが、川の中央では、締め上げられたようにほとんど固体状に見える水が猛烈な勢いで流れている。奇妙な丸い模様が水面に浮かんで、まるでガラスの上で震えているようだった。

「あれに逆らいたくはないな」とテンプルがいった。「運がよかったよ、俺たちが着いたあとで――おや！　誰かのボートがこっちに近づいてくる！」

小さなボートで男と女が懸命にオールを漕ぎ、岸に沿って少しずつこちらに進んでいた。

「あそこの大きな緑の帆船から来たんだな。まあ、面倒なことにはならないだろう……お茶を沸かせるようコンロを点けるよ」

しかし、しばらくすると激しい衝撃があり、彼は憤然としてふたたび甲板に出てきた。

「なんてことだ！　俺の船の塗装が！」

見知らぬそのボードが船尾にぶつかって、塗装を擦っていた。

痩せた顔の小柄な男が、がむしゃらに漕いだせいで顔を紅潮させて、帆桁の下の金属棒を摑んでいた。水着の上にゴム引きのレインコートを着た金髪の女が、サロメに話しかけている。

「ごめんなさい、ぶつかっちゃって。でも塗装はそんなに傷つけてないわ……船がここに入ってきたときにボートから見ていて、あなただってわかったものだから。少なくともわたしはわかったの。だからテッドにいったのよ。『あれ、チャイルド夫人よ！』って。それで、結合金具をもらえないかと思って、来てみたわ」

しばし沈黙があり、そのあとテンプルがいった。「説明するよ。この女性はもうチャイルド夫人じゃない。俺の妻なんだ。俺はテンプルだ。それから、余分な結合金具なら、あいにくひとつもないよ」

女は相棒に目をやって、「まあ、テッド」といった。「またヘマをやっちゃったみたい。だけど、思ってもみなかったから……」

サロメが口を開いた。「紹介したほうがいいわね。ジョン、こちらはスクリヴナー夫人。オッキー、こちら主人です……こちらはスクリヴナー氏……」

テンプルは頭を傾げて、ぶっきらぼうに訊ねた。「乗るかい？　お茶を淹れるところだけど」

「けっこうよ」とスクリヴナー夫人は応じた。「恐縮しちゃうわ。塗装のことがあったから……」

彼女はサロメの方を向いた。「とても居心地がよさそうね……彼の帆船（ヨット）じゃないんでしょう？」

「いや」とテンプルがサロメに代わって答えた。「俺の帆船だ。それに、ほんとうに持ってないんだ――」

スクリヴナー氏は棒を摑んでいた手を離し、神経質な仕草をした。「オッキー、もう行かなくちゃ……」

だが、スクリヴナー夫人は執拗だった。「ええと」と彼女は訊ねた。「どれくらい前だったかしら？」

サロメは頬を赤らめて体を震わせていた。

「ハンフはちょうど一ヶ月前に死んだわ」と彼女は答えた。「葬儀に来てくださったから、当然ご存じだと思ってた！」

「へえ！」とスクリヴナー夫人はいった。「まだ一ヶ月なの！　なるほどね。たいした男だったわ、いとこのハンフは。ふうん、ほんとうにおもしろいわね……」

彼女が「さよなら」と叫ぶまえに、ボートは動きはじめた。サロメとその夫は返事もせず、ふたりが遠ざかるのをじっと見つめていた。

## Ⅳ

お茶の準備をしているうちに、テンプルの怒りは鎮まった。カップと皿を手に甲板に上がってきたら、サリーのほうでも先ほどの訪問を不必要に深刻に受けとめていない様子だったので、彼はほっとした。「嫌な連中だな」とだけいうと、「ええ、わたしも好きじゃないわ」と妻が答えて、その後はふたりともこの出来事について話題にしなかった。

お茶が終わったとき、テンプルは明るく振る舞おうと決意したような顔で、停泊地を見まわした。

「で、気に入ったかい?」

「風変わりよね。ちょっと寂しいけど、もちろん気に入ったわ」

「こっちのほうがいいだろう? 海沿いの遊歩道を歩いて無理に腹を減らしたあとで、六時半に冴えないホテルへ戻って、ディナーのために着替えたりするよりは……。普通、ハネムーンっていうと、そういうもんだよ。世の中のやつらも俺たちを真似て、たまには独創的なことをすればいいのに!」

「しなくてよかったわよ。そんなことになれば、こっちが混んで困るもの……ジョン、あなたがアイルランド人でほんとうによかったわ……またあのシチューを温めるわね」

「フレー!」とテンプルが歌いだした。静かな川面に彼の声が突然響き渡る。

昔、男がシチューを作った
鼠と猫とユダヤ人を入れて
だがかみさんの胃のなかで
やつらはみんな生き返った
そこで男はかみさんを、動物園へ背負ってった
フレー！
かみさんがどれだけ暴れても知らんぷり

「あらまあ」とサロメがいった。「しょうがないわね、そんな歌を歌われたんじゃ！」彼女は船室に姿を消し、まもなく天窓からシチューのいい匂いが漂ってきた。「降りてきて」と彼女は呼んだ。「今日のはおいしいわよ――鼠と猫は入ってないし」

　船上で夕食をとるのは、これで二度目だった。ふたりは先週サウサンプトンで結婚し、昨日、テンプルの船（カッター）の停めてあるバースルドンまで列車で移動したのだ。乗船したころには日は沈みかけていて、冷たいローストチキンとワインで夕食をすませているうちに、操舵室に通じる戸口から見える東の空は、だんだん温かみを帯び、石榴石の色に染まっていった。

　昨日の夕食後も川を下りながら、テンプルは陽気に「テリー、ほうっ」と歌いだしたのだが、節の途中までできて、ふと歌うのをやめた。それが、川岸の屋敷に船が近づいた、あのときのことだ。サロメは体をこわばらせて座っており、幅広の唇は青ざめて半開きになっていた。妻のその表情を

見たとたん、テンプルは尋常ではない胸の痛みを覚えた。目が合うとぞくっとして、はしゃいでいた気持ちが萎み、思わず息を呑んで黙ってしまったのだ。

そして今夜もまた笑ったりふざけたりしているその水面下で、ふたりにとって、もっと強く深い流れが存在することにテンプルは気づいていた。

## V

彼らは一時間ほど小川でボートを漕いだ。空気はやさしく澄みわたり、遠くのものがくっきりと細部まで見えたし、ほんのかすかな音も拡大されて聞こえた。ときおり休憩のためオールをおくと、うっとりした小さなつぶやきに思いがけず気づいたものだ。どこからともなく、あらゆる方角から、泥がささめくようなとりどりの音が、ひそやかに絶え間なく聞こえてくるのだった。

「とにかく、ここには俺たちを邪魔するやつは誰もいない！」テンプルはぶっきらぼうにそういった。少し肌寒くなり、栗色の光に満ちた夕方の空気は、帆船を離れてから徐々に膨らんできた漠然とした不安と、みごとに呼応していた。「終点まで行って、また戻ってくることにしよう」

両岸では、泥の急斜面が小さな崖を形作っており、そこここで細い滝が川の水をかき乱している。流れ落ちた先で茶色い泡の固まりが揺れ動いていた。けれど川幅は少しずつ広がりつつあった。崖は低くなり、小さな島も、妖精の国のような岬も、ひとつ、またひとつと遠ざかっては水に呑まれていった。

「この辺りは思っていたほど寂しくないな」とテンプルがいった。「前を見てごらん、なかなか賑やかだ。クラブハウスなんかもあって――ほら、屋形船もある」

潮が高くなり、板張りのクラブハウスが見えてきた。ライトブルーと白の旗が、旗竿にだらりと垂れている。ボートが二、三艘、対岸の揚げ場で半分岸に乗り上げて斜めになっていた。さらに六、七艘が川の真ん中に停泊している。オールを少し漕ぐと、そのうちの一艘のところまで進んだ。

「ここがベリンガムだ。たいしたクラブじゃないって聞いてるけど。それにしても、屋形船のためにこんな場所を選ぶなんて驚いたな！」

サロメは答えなかった。テンプルが「屋形船」と呼んだものは、じっさいはマストを切って蓋をかぶせた大きな帆船（ヨール）にすぎなかった。小さな上階の船室のまえに通常より長細い甲板があり、メインマストはその中央に位置している。マストの根元の周囲に、一対のキャンプ椅子とデッキチェアーがひとつ置かれていた。マストと船室のあいだに張られた物干しロープには、水着が三枚干してある。だが、そのほかには、誰かが乗っている形跡は見当たらなかった。

「ふん」とテンプルはばかにしたように唸った。「誰かがたぶん夏のあいだだけ、町から来た人間に貸しているんだろう。俺にいわせれば、気の滅入る船だ……。少なくともあんな薄汚いピンクじゃなくて、もっとましな色に塗ればよかったのに」

「そうね」とサロメも同意した。彼らはボートを漕いで先に進んだ。小川は右手に曲がり、そこで唐突に終わっていた。さらに前方には潮のさす陸地が広がって、その上を鷗が低く飛んでいる。

「引き返したほうがいいな。あっちに行ってみてもしょうがないから」

「そうね」とサロメがまたいった。テンプルは心配そうにじっと彼女を見た。「どうかしたのかい？」

「いいえ、ただ、その、ちょっと寒くなってきたから」

彼らは方向転換をして、潮の流れに逆らって懸命に漕いだ。まもなくクラブハウスのところまで戻ってきた。セーターを着た男が俯いてポケットに両手を入れ、少しびっこを引きながらベランダを行ったり来たりしている。直後、あの屋形船をふたたび通過すると、甲板から椅子や水着がなくなっていた。

それから二十分漕いだのち、船に着いた。サロメは客室に下りていき、テンプルはボートをしっかり繫いで甲板でパイプを吸った。

その後、彼も客室に下りていくと、サロメはランプを灯し、テーブルの上に広げたたくさんの写真を眺めていた。驚いたことに、彼が近づくと彼女はビクッとした。

「どうした……？」

彼女は顔を赤らめた。「写真よ。その、帆船の写真なの。調べていたのよ、もしかして……」

彼女はそこでいいよどんだ。テンプルはさりげなく訊ねた。「ああ……チャイルドの帆船のことか。ここで乗ってたのかい？」

「ええ、ときどきは。ひとりで来てたわ。あの人がここで所有していたのは――正確には帆船じゃなくて、廃船よ。蛾のためにここに来ていたの」

「蛾だって？　こんなところで？」

「ええ、特別な種類の蛾がこの辺にはいるから。ジョン、わたし、どうしてこの写真がここにあるのか、さっぱりわからない。昨日、スーツケースに入っているのを見つけて、破ろうと思っていたんだけど。荷造りの途中でなぜだか紛れ込んだにちがいないわ。わたしの代わりに捨ててちょうだい」

テンプルは写真を受けとった。「うん、わかった」彼女の顔は無表情で、拗ねているふうにすら見えたが、同時に怖がっている様子だった。「サリー、もう終わったことなんだ……」彼はふいに彼女に近づき、抱きしめた。「だから、もう大丈夫、そうだろう?」

「もちろんよ」

ふたたび甲板に上がり、彼は写真を破って川に投げ捨てた。だが投げるまえにそのうちの一枚がちらっと目に入ると、一瞬不快そうな表情を浮かべた。その後しばらく、彼はパイプを点けなおそうともせず、座って考えこんでいた。ひょっとすると、こんな旅を計画したのは間違いだったんじゃないか。こんなに近い場所で。サリーはまだ不安がっている。さあ、下りていって元気づけてやらないと。

空気は冷たく、黄昏が迫っていた。彼は身震いをした。岸に沿ってかすかな灰色の霧が出はじめている。首の長い鳥が一羽、翼と胴体に最後の夕日を受けながら、しわがれた鳴き声をあげて湿地から飛び立つと、彼の頭上を通過した。何という鳥だろう、と彼は思った。

## Ⅵ

重苦しい暗闇のなか、テンプルは寒くて目を覚まし、船室の床に落ちた毛布を引っぱりあげて、その温もりのなかでふたたび眠ろうとした。目覚めるまえもだいぶ寝苦しかったにちがいない、と彼は思った。というのも、細部は思い出せないながら、苦しい夢のことがぼんやり脳裏に蘇ってきたのだ。

普段なら彼は寝台に横になって目を開けたまま、夜のかすかな音に耳を澄ますのが好きだった。昼間であれば、たぶんヒューヒューいう風の音や鷗の声が聞こえただろう。だが日が落ちて風が止むと、錨を下ろした帆船では、不思議なことに昼とは異なるさまざまな音が聞こえだす。動索（ハリヤード）がときおりマストをビシッと打つ音、ロープの拘束から逃れようと舵柄が軋む音、ボートが潮に逆らって鼻をもたげ、ときおり船尾に触れたりぶつかったりする音——テンプルは夜の船でそんな音を聞くのが好きだった。しかし、彼はいま落ち着きのない不安な気持ちでいた。船体の腹を叩く水の音は、ばかばかしいことに、大勢の小人がやみくもにせっせと仕事をする音を想起させた。ときどき船尾がかすかに震えると、まるで帆船が錨の鎖をつついているようで、見に行かねばならない気がした。いや、まさかそんな必要はないだろう……。

とうとう彼は眠りに落ちた。目が覚めたとき、眠っていたのはほんの一瞬だった感じがした。だが、その短い時間に、ある夢——以前に見たことがあるのに、記憶に残ってはいない夢——を見ていたようだ。それがハンフリー・チャイルドの夢だったことも、彼にはわかっていた。

あの家……。船が屋敷に近づいたときの映像が、脳裏に混乱したまま残っていた。落日を映す川の向こうから威嚇するように彼らを見ている屋敷の姿が、目に浮かんでくる。血の色の夕日を纏い、うっすらと毒気を放って、ふたりの存在を知りつつ猛り狂ったままじっと立っていた。空を背景にその輪郭をギザギザと縁取って、くすんだ茶色のツルが巻きついている。皮疹のごとくまだらに禿げた芝生の上にはイバラが繁茂し、絡まり合って水辺まで伸びていた。ぼんやりとしか見分けられない茂みの向こうで、暗褐色の下草が丸い頭のように三つ並び、薄暮のなかほつれた巻き毛を揺すっていて……。

テンプルは力なくため息をつくと、寝返りを打った。ハンフリーは死んだのだ。明日はこの小川を後にして、先へ進もう。

## Ⅶ

しかし、翌日、彼はほぼ考えを変えた。爽やかな夜明けが訪れると、夜に覚えた恐怖は消えていた。早朝の空気の含む強烈な生命の霊薬が、ひそやかに彼の周囲にも沁みわたり、みるみる満ちていく潮の流れのなかで船の側面を静かに滴っていた。パイプに火を点け、船室の昇降口にもたれて座りながら、神秘のエキス——液体状の鋼のように鋭く霊妙なエキス——が冷んやりと着実に川の水に浸透していくのを、彼は感じていた。目の前には沼地のパノラマが広がり、空では誰にも気づかれぬまま、絶え間なく雲が形を変えている。口にはしない思いをじっと秘めた事物が、沈黙を破るかのごとく、この光景のなかに立ち現れ、際立ち、やがて静かに退いて、彼の白昼夢に淡々と定着していった。彼は思った――コレットの農場から卵とバターを調達して、ここに留まるのも悪くない……。

だが結局のところ、彼は気が進まないながら、ここを発つことに決めた。スクリヴナー夫妻の船を通り過ぎるとき、彼らは挨拶を交わし、おざなりに手を振った。

テンプルは遠ざかる小川を名残惜しそうに眺めた。たまたま上流であの廃船に出くわし、それが妻の空想によればチャイルドの古い帆船に似ていたという、ただそれだけの理由で、彼は旅の計画すべてを変更せねばならなかった。あれほど好条件の停泊地は、なかなか見つけられないだろう……。

昼になり、潮が引きはじめたころ、クジラの背中のように盛り上がった土手が現れた。テンプルはボートで帆を運び、砂の上でそれを擦って洗った。サリーも彼を手伝い、そのあと一緒に熊手でトリ貝を掘った。

洗った帆をふたたび結びつける作業のおかげで、猛烈に腹が減った。夕食後、テンプルは錨を上げて南へ船を出し、その先にある内海へと向かった。

新鮮な空気と運動のおかげで元気が出てきた。小川を後にして、結局はよかったのだ。チャイルドの古巣にサリーを連れていこうとしたなんて、俺はばかだった、無神経な間抜けだった。まあ、これから埋め合わせもできるだろう。もし彼女がどうしてもというなら、ブライトンに行って毎日海岸の遊歩道を歩いてもいいくらいだ。

　だが、思慮のなさや心遣いの欠如という理由だけでは、彼の行動を説明するには不十分だった。おそらく彼のがわに、忌むべき思い出を軽蔑して借りを返してやりたいという頑固な意地のようなものがあったのだ。

　テンプルは突如不安になった。もしそうだとすれば、それは恥ずべき態度である。船がゆっくりと進むなか、彼は悩んだ。死んだあの男にいつまでも憎しみを覚えるのは、たんなる嫉妬だけではないとすると、いったいなぜだろう？

　ハンフリーには二度しか会ったことがなかった。彼の記憶に残るハンフリーは、背の低い片足の不自由な男で、茶色の髪、角ばった頭と土色の顔をしており、服装はキザだった。最初に会ったのはサロメとの結婚の直前だ。二度目はそれから二年後で、アイルランドでのサロメの子供時代からの古い友人として、テンプルは週末に彼らの屋敷に招かれたのだ。特別なことは何も起こらなかった。ハンフリーの態度は、少なくとも客をもてなす主人としては申し分ないように思えたのだが、もっと深い部分で、テンプルはどうにも「我慢ならない」ものを感じた。神経がふつふつとざわめいて、吐き気を催すような何か。奴にはどこか健全でないところ、自然に反するまともでないところがあった。

　予期せぬ組み合わせの結婚が成就した謎の経緯については、テンプルには皆目見当がつかなかった。彼は最初、何らかの強制があったにちがいないと確信していた。いっぽうでは束縛、もういっぽうでは、つまり彼の推測によれば、たんなる「獣の本能」があったはずで、そうでなければあのような結婚が成立するわけがない。この男はかつてサリーが憧れていたのとは完全に対極的なタイプだったから、いくら彼女がそう主張しても、彼に恋したのだとはどうしても思えなかった。せいぜい考えられるのは、不可解にも一時的にのぼせ上がったということくらいだろう。テンプル自身が即座に感じた強い嫌悪については、すぐに十分な根拠が見つかった――ハンフリーの動物や身分の低い者に対する心ない残酷な態度、身体的な臆病さ（これに関しては、いくつも兆候が見受けられた）、我慢ならないほど甘ったるい、熱のこもった奇妙な笑顔。「まともな男なら、あんなふうに微笑めるわけがない」にもかかわらず奴は支配的な空気を漂わせており、彼を嫌う知人のあいだで、いわくいいがたい、まったく説明のつかない威厳を誇っていた。それゆえテンプルの当惑と悔しさはますます募り、サリーと喧嘩の寸前まで行ったほどだ。彼はただただ信じられず、すっかり煙に巻かれたような惨めな気持ちで彼らの屋敷を去った。その思いはいまに至るまで心のどこかに消えずに残っている。

その後、よからぬ噂がつぎつぎ耳に入ってきて、チャイルドに対する彼の否定的な評価は固まっていった。なんとも不愉快な話ばかりだった。ときどき思い出したように信憑性の怪しい噂が、おそらくはねじ曲げられた形で伝わってくるのだ。それでも、噂を総合して、そこにサリーからの手紙の調子を加味すると、彼は腸（はらわた）が煮えくりかえる思いだった。「腸が煮えくりかえる」というよりは「胸くそが悪い」といったほうが正しいかもしれない。たとえば、蛾に関するこんな噂があった。ハンフリーの嫌っている女性が滞在したさいに、彼女が自分の部屋に上がっていって戸棚を開けると、蛾の大群が飛び出てきたというのだ。蛾はやみくもに女性の顔に羽を叩きつけ、髪にも絡まり、足下では踏みつけられて潰れた。腐肉に群がる類（たぐい）の蛾で、この客が逃げ去ったあと、戸棚の下に猫の死体が発見されたそうだ。

そして去年、事態はさらに悪化した。ハンフリーはもう単純に狂っていたにちがいない。彼はある種の女装をしてみなの前に姿を現すようになった――髪を長く伸ばし、顎髭もたくわえ、シャツブラウスとスカートを好んで身に着けて。治癒しがたいこの不快な病にかかった彼を、死に至るまでずっとサロメが看つづけたわけだが、もっとひどい噂が知れわたったのは、たしか病が山場を迎える直前の時期だった。それによると、一匹の犬がバラバラに切断され、灯油に浸されたのち、燃やされたという。それが真実なのかどうか、証明されることはなかった。

テンプルは身震いをした。彼は近づいてくる入江を念入りに見まわして、手元の『帆走案内』で不適切にも「背の高い楡の木」と書かれている目印を探した。そもそも背の高い木は山ほど生えているのに、特定の木を探して、それが教会の塔と一直線に並ぶ位置まで行かねばならないのだ。うむ、あの木だな。あれだけ高い木なんだから、まちがいない……。方位をうまく見定めると、彼は前方をじっと見つめたまま舵柄をしっかりと握りしめた。

## Ⅷ

入江に錨を下ろすと、テンプルは岸までボートを漕いだ。小さな農場らしき場所があるので、そこでまた水差しを一杯に満たし、パンも買わなくてはならない。

欲しいものが手に入るまで、そう長くはかからなかった。塀沿いに湧き水の汲める場所があったし、牛乳と新鮮な卵とバターは今後もいつでも買えることがわかった。おおいに満足して、彼はボートに戻ると川に漕ぎ出した。

しかし、船に帰る旅は行きほど首尾よくはいかなかった。馴染みのない入江だったため、流れ込む潮に出くわしてしまったのだ。先ほど感じた満足感はこれといった理由もないのに少し萎んでしまった。ついさっきまで、すばらしい停泊所をすぐに見つけられたと得意になっていたのだが、いまはおかしなことに気持ちが沈んだ。この場所は便利ではあるけれど、あの小川のように落ち着ける感じがしなかった。なんとなく気に入らなかったのだ、少しよそよそしい冷やかな雰囲気が……。

それに時刻は遅くなっていた。このいまいましい潮流のせいで、とてつもなく時間を食っている。もちろんサリーは帆船から彼が見えているだろうし、とくに心配はないとわかっているはずだが、彼はとにかく早く戻って、さっさと床についてゆっくり休みたかったのだ。ここ半時間で日は暮れつつあり、鋼色の空ではコウモリがバタバタと羽ばたいていた。

そのとき突然、不安は警戒にまで高まった。彼はオールを握ったまま、漕ぐのをやめた。どこからともなく跳びだしてきたかのように、不快で忌まわしいものがそこに在るという感覚が彼を襲った。何かが起ころうとしている——気持ちが無気味に沈んだ理由を明らかにする何かが。頭を完全に動かさずとも、目の隅をふとよぎってぼんやり認識されたその物体に、彼は気づいていた。

ゆっくりと片方のオールを漕ぐと、かすかに感知していたそれがまともに視界に入ってきた。彼は短い叫びをあげ、数秒間、身を硬くして凝視していた。

まちがいない、たしかに同じ帆船だ。高さのある乾舷（フリーボード）（喫水線から甲板までの部位）、広々とした船尾や切り落とされたマストに向かって、彼はいまにも罵りの言葉を吐きたい気持ちだった。昨夜、水着が三枚干されていた針金の洗濯ロープすらそのままだ……。だが、どう考えてもありえない。帆のない廃船がここまで運ばれて、二本の丈夫な係船索で岸に繋がれたのだとすれば、彼がそれを見なかったはずがないではないか。少なくとも、そんな可能性はかぎりなく低いように思えた。

　テンプルは狼狽しながら、それをむっつりと憎らしげに見つめていた。彼は当惑していた。いや、当惑などではすまない心境だった。それが幻覚であるという可能性を完全に排除するため、彼は水を数回掻いて近づくと、漕ぐのをやめて再度そちらへ顔を向けた。近距離から念入りに観察したすえに、テンプルはついに確信した。日は暮れつつあったものの、夕日の冷たい光線の名残が、ピンクに塗られた船体をぼんやりとバラ色に照らしている。そっくりの複製、レプリカでないかぎり、これは紛れもなく昨夜ベリンガムで見たあの船だ……。さらに不可解なのは、つい二十分前にここを通過したとき、なぜその存在に気づかなかったのか、ということだ。もっと明るかったし、いまとほぼ同じくらい近くを通りすぎたはずなのに……。

　彼は信じられない思いで、その疑問について考えていた。周囲はしんと静まりかえり、ときおり遠くからふと聞こえてくるかすかな物音——どこかの野原で門がカチッと鳴るほとんど聞こえないくらいの音、そのしばらくあとに、遠くでガタガタと静かに反響する列車の音——が静寂を強めていた。入江の水面は暮れゆく空を丸ごと映し出し、夕日が鈍い赤の染みを作っている。彼の鼻孔は夜の金属的な鋭い匂いを嗅ぎ、しばらくそうして夢見るように考え事をしていたら、甲虫が一匹、だしぬけに耳元をブウンとかすめ、頬にぶち当たった。

彼はビクッとして我に返り、慌ててオールに屈み込んだ。サリーのもとに帰らないと、不審に思うだろう。ひょっとしたら彼が凝視していたものを、サリーも見たのかもしれない……。

五分後、彼女は灯りのついた船室から出てきて彼を出迎えた。パジャマの上からガウンを羽織っている。「全部買えた？　あんまり遅いから、ベッドに入ろうと思ってたのよ」

テンプルは唸るように答えた。「パンを買ったよ、それから水と……」彼はいったん口をつぐみ、すぐにぶっきらぼうに続けた。「明日は早起きしないと。この場所はもううんざりだ。それに婆さんは一ダースの卵に三シリングもふっかけてきたんだ」

サロメは頷いた。「わかったわ……。五時十五分に目覚まし時計をかけましょう。満潮は六時よ」

彼はほっとして、彼女のあとについて船室に入った。どうやら何も気づかなかったようだ。

## IX

翌日、彼らはずっと順風を受けて帆走し、正午頃ひと気のない淵に着いた。テンプルはまず広い湖のようなところから外海へ出て、その後また別の小さな内海に入ったのだ。最初の内海のように外の波から守られてはいないものの、停泊した場所は長い砂利の土手で遮られていて、一箇所だけ狭い隙間があり、船はそこを通過してきた。

ふたりは陸に上がった。よく晴れた日で、肌を刺す強風が吹いている。牡蠣に似た青や白の乾いた砂利が歩くたびに足下で跳ねて転がり、ひび割れたベルのような気になる音を立てていた。下手には彼らの船がつやつやと輝きながら奇妙に小さく見えている。ほかに人の気配はなかった。テンプルは元気を回復していた。ピンクの廃船のことではもう悩んでいなかった。おそらく夕闇のせいで似ていると想像してしまったのだろう。朝の光で見てみると、さほど似ていないと確信できた。満潮に乗ってそっと船を出したとき、ふたりはすぐそばを通過したのだけれど、サロメは謎の帆船に気づいた素振りは見せなかった。

その夜、パイプを叩いて最後の灰を落としながら、テンプルはすっかり満足して眠気を覚えていた。新たな疑念が生じたのは、夜が明けてからのことだ。

## X

彼は早朝に目覚めた。何かの物音で眠りから覚めたのだが、それは彼の体の機能が完全に動きだすまえに消えた。サロメはまだ寝ており、毛布が床に落ちて胸が見えていた。そっと毛布を掛けなおしたとき、彼女の呼吸が不規則でいつもより顔が赤いのに気づいた。つま先立ちで船室から出ると、彼は船尾の甲板で少し気持ちを落ち着けてから、ざぶんと水に飛び込んだ。

この時間の水はきりりと澄みわたり、息を呑む冷たさで彼の心臓を締めつけた。ときおり彼の目と同じ高さで、上ったばかりの燃えるような太陽が膨らませた膀胱のごとくゆらゆらと不安定に水面で揺れているのが見えた。水に浸かった耳には、ぶぅんという鈍い反響や、容赦なく打つ脈拍のくぐもった音が聞こえてきた。

彼は泳いで帆船を二周すると、船上によじ登るまえに、仰向けに浮かんで休憩した。太陽は背後から差していて、陸と空の輪郭が、まるで卵の殻か凍った泡のように繊細で鋭利な線となって、細部までくっきりと浮かび上がっていた……。そのとき、彼はふいに首をぐいと上に曲げ、思わず出かかった叫びを抑えた。

魔法にかけられたのだろうか？ それとも夢を見ているのだろうか？ 確かめるのに時間はかからないだろう。彼は横向きになって数分間懸命に泳ぎ、いったん止まって水を蹴りながら目の前を凝視した。

さすがに今回は頭に血が上り、思わず罵りの言葉を口にしてしまった。ちくしょう、何なんだ！もちろん、こんなことはありえない、まったくもって不条理だ。男の幽霊につきまとわれるだけでも我慢できなかっただろうに、手品みたいに廃船の亡霊にしつこく悩まされるなんて、もってのほかだ。不愉快にもいまやすっかり見慣れたその帆船を眺めながら、自分の驚愕にどことなく滑稽な要素が混じっていることに彼は気づいていた。だが、それでいて、ぞっとするような、もっと深刻で差し迫った感情もあった。

以前と同じく、彼は不愉快な好奇心を覚えながら、忽然と姿を現した廃船を熱心に観察した。ピンクの塗装はところどころ剝げて、普通以上に薄汚れて見える。船首でも船尾でも、錨の鎖は錆びついて濃いオレンジ色になり、海藻が明るい緑のアーチ型の幕となって舳先や舵からぶら下がっていた。チャイルド氏のおんぼろ船は、少なくとも二年はずっとここにあったかのように、邪悪で冒しがたいみすぼらしさを見せている――テンプルはそう思った。張り出した船尾の下側に名前が書かれているのが目に入った。それを読んで、一瞬おもしろく感じたが、いっぽうでは悪趣味な冗談を聞いたときのように嫌な気分にもなった。なるほど、船名はデイジーか……。もれかけた笑いは唇で止まった（デイジーにはホモ、めめしい男、ぴかいち等の意味もある）。あまりに長いあいだ水に浸かっていたので、歯がガチガチ鳴っている。いつまでもぽかんと口を開けて見ているわけにはいかない。きちんと事態を収拾しておかないと。あの忌まわしい廃船に誰か乗っているのなら、ひょっとして、呼びかければ返事があるのではないか。

彼は船の方へ近づき、いったんそこで止まると、どうしても前に進みたくない気持ちをなんとか抑えて、もう少し泳いだ。あと数ヤードのところまできたとき、彼はぎくっとして血が凍りそうになった。あの音はなんだ？　たしかに叫び声が聞こえたぞ。

だが、それが聞こえたのは廃船からではなかった。もっと遠く、帆船の方角から、サリーの声だ。まちがいない、サリーが操舵室に立って手を振っている。この距離から見ても、彼女の仕種から、そうとう取り乱しているのがわかった。彼は手を振りかえすと、彼女の方へ泳ぎはじめた。

テンプルが船によじ登ると、サロメは彼をじっと見つめたまま立っていた。やがて彼女はこういった。「ここを出ましょう……すぐに出発できる？」

「うむ」テンプルはとりあえずやるべき作業があることがありがたかった。サロメはためらいがちに不自然な笑顔を浮かべている。彼のほうでも、妙にばつが悪く、一種の羞恥を感じていた。サリーは前回、あの入江でも廃船を見ていたのだ、と彼は思った。錨のところから振り向いて、彼は妻にぶっきらぼうに声をかけた。「帆桁は大丈夫かい？　動索の準備をしてくれ……」

彼女を手伝おうと船尾の方へ歩いていると、うろたえたような悲鳴が聞こえてきた。「どうした？」彼は走りだして素足のつま先を索道器(フェアリード)にぶつけた。「何があったんだ？　いったいどうした？」

サロメは船室の屋根に座っていた。「なんでもないの……ただ、ただね、蛾が――」

口がカラカラだった。「蛾だって？　こんな時間に……」

「そうなの、蛾がいて。うっかり踏んづけてしまって。川に捨てたわ」彼女が足先で示した場所を見下ろすと、潰れた蛾の染みが残っていた。ふいに怒りで顔が赤らむのがわかった。「それで、どうしたっていうんだ……いったい……」サロメは床の染みを見つめながら、うなだれて吐きそうな表情をしている。抑えきれない憤怒にとらわれて、気づくと彼は足を踏み鳴らしながら怒鳴っていた。「クソ忌々しい蛾がどうしたってんだ？　何を――いったい何を」

「やめて！」サロメは弱々しい笑みを浮かべていた。感情を露わにした爆発が、かえって彼女の気持ちを楽にしたようだ。「ジョン、やめて……大丈夫よ……だけど気をつけないと、岸に乗り上げてしまうわ……」

「くそ！」彼はまだ罵りながら鉤竿を持って船首の方へ走り、なんとか船の座礁を食い止めた。「右舷へ向けるんだ、強く！」数分間、彼らは力を合わせて奮闘した。船尾左四十五度の微風に助けられ、なんとか土手の隙間を通過して湾へ出たときには、テンプルはまだ服を着ていなかったにもかかわらず、汗だくになっていた。

つい先ほどの乱暴な振る舞いを恥じて、彼はサロメに何か謝罪の言葉を伝えようとしていたのだが、それをいいかけてふと口をつぐみ、遠ざかる岸をぽかんと眺めた。いまの位置からだと、いまいましいあの廃船がちょうど見えるはずだったのだ。だが、苦悶に近い感情を覚えつつ、どれだけ目を凝らしてみても、空っぽの土手とがらんとした水面以外には何ひとつ見えない。それは何の痕跡も残さず忽然と消えていた。

# 第二部

## I

それから四十八時間が過ぎた。緩急のある風に乗って、『月刊ヨット』掲載の地図をほぼ横切るように、彼らはゆっくりと着実に航海を続け、ついに地図の端の地点に近づいた。いちばん少なく見積もっても、二十マイルは旅しただろう。

テンプルはパイプの火を点けなおして、ぼんやりと燻らせた。蛾を踏み潰したあと大慌てで出発して以来、とりたてて困った事件は起こらなかった。少なくともサリーに気づかれたことはなかった。あんなふうに猛り狂って喚いたのだから、彼女が怖がったのも当然だ。

癇癪を起こしたことに対する謝罪は、ふたりの心を捕らえていたあの件について腹を割って話し合う、よいきっかけとなった。彼は隠し立てせずサリーと意見を交換できて嬉しかった。どうやら妻は毎回あの呪わしい屋形船に気づいていたらしい。おまけに、こちらがまったく気づいていなかったときにも、一度それを目撃した気がするそうだ。彼女の話によれば、淵に入っていくときに、それは一瞬現れ、すぐに消えたという。そしてもちろん、チャイルドの古い帆船に似ているという彼の推測は正しかった。

ふたりは一時間以上も話し合った。驚いたことに、船を片づけて残りの休暇を陸で過ごそうという彼の提案に、サロメは反対した。サリーは勇敢な女性だし、彼はその決断を誇りに思った。だが、太陽の照りつける前部甲板でとことん議論をしているあいだじゅう、妻の態度にどこか理解できない部分があるのに彼は気づいていた。なんとなく隠し事をしているような自制した様子なのだが、それを敏感に感じとれるものの、はっきりと定義はできなかった。

件（くだん）のもの——すなわちあの厄介な廃船——については、たしかに迷惑ではあったが、それ以上の問題はなかった。サリーが指摘したとおり、これまでのところ「何の害も及ぼしていない」ではないか。ずっと無視していれば、やがて落胆して、しつこくつきまとうのを諦めるだろう。あれが妄想や幻覚ではなく「現実」だという結論は、ふたりとも即座に却下することができた。かつてチャイルド氏が所有し、いまは見捨てられた屋形船が、彼らが入江や淵での停泊を決めるたび意図的に待ち伏せをして、現実にふたりをつけまわしている——そんな説は、あまりにも荒唐無稽だった。そのいっぽうで、使われなくなった帆船が亡霊と化したと想定するのも、同じくらい不条理に思えた。

しかし、自分の目を信じてはいけない、じっさい自分は〈幻を見ている〉のだという考えを、進んで受け入れる気にはなれなかった。テンプルはつねに健康を当然のものと受け止めてきたため、身体的にも精神的にも完璧ではないという疑念が頭をかすめただけで、まるで自分の品行をおおっぴらに非難されたかのように不安を覚えた。そして、これは明らかに、昼食前に薬を一服飲めば治るといった単純な問題ではないのだ。

彼は無理におどけてみせようとしたが、うまくいかなかった。「あいつの船に乗せてくれてたら、いろいろ見られたのに……」おもしろがっている目つきをしたつもりだったが、かすかな不安がそこに忍び込んでいたのだろう、サロメは彼と目が合うと、曖昧な笑みを浮かべて何も答えなかった。笑顔が消え、サロメはまたうなだれて甲板を見下ろした。話し合いは終盤に差しかかっていた。結局彼らは、いまのところハンフリーの船のせいで旅の計画を変えたりしないこと、ただしふたりのうちどちらかがまた廃船を見たときには、かならず相手にすぐ報告することを決めたのだった。テンプルはこの約束のあと、気持ちが楽になった。彼が怖がっていたのは、自分のためというよりは、むしろサリーのためだったからだ。

## II

いずれにせよ、船の亡霊はそれ以降ふたりを悩ませなかった。ただしウィンドホヴァー号はいつもほど快調ではなく、滑車がなぜか動かなくなったり、ネジが回らなくなったり、ロープが縺れたり、いますぐ必要な予備品が見つからなかったり、航路からふらふら外れたり、じっさい泥に乗り上げたり、ほかにも全般に「つむじ曲がり」な行動をとっていた。それがなければ、もっとよい旅になっていたことだろう。一度などは砂州に衝突する寸前だったし、些細とはいえ気になる出来事もひとつあった（テンプルはわざわざサリーに伝える必要はないと考えた）。それもこれもすべて含めて、ここまではまずまず順調といってよかった。

彼らは気まぐれな風に乗って、曲がりくねった流れを進んだ。この辺りはずっと川が蛇行していて、周囲には干上がった湿原やひび割れた沼が広がっていた。いちめん日に焼けて、色あせたスタッコのような黄灰色をしている。陸と海が渾然一体となり、広漠たる低地がイギリスというよりはオランダを思わせる、そんな地域だった。だが、ここでときどき目にする風車は金属製でひょろ長く、機械的にカチカチと鳴るそのかすかな音が、まるで耳障りに囁かれる秘密のように、何マイルも延々と信じられないくらい続く。果てしなく広がる金色の泥の平原に変化を与えるのは、ときおり気まぐれに現れる羊と、ぼんやり見える黒い斑点くらいだ。その陰気な斑点はタールを塗った納屋や小屋の壁のようにも見えたが、いつも遠すぎてはっきり見定めることはできなかった。二日目の夕方、遠くからたくさんの鐘らしき音が平板に響いてきてずっと鳴りやまず、テンプルは理由もなく苛立った。日付すらも忘れてしまい、サリーに教えてもらってはじめて今日は日曜にちがいないと悟ったほどだ。鐘の音は半時間も彼を悩ませつづけたというのに、教会はどこにも見えなかった。

にもかかわらず、全体として彼は元気を回復していた。そもそも自分はくだらない鐘が少し鳴っただけで、動じるような男ではない。川幅が広がった辺りで人懐っこい船長と出くわし、パンとコーンビーフ三切れを分けてもらった。また別のときには、昼食後にスクリヴナーの帆船を見かけた。あいかわらず平凡で気に障る様子をしているな……。いや、心配するなんてばかげている、あんなおんぼろ船(ボート)はじっさいおんぼろ長靴(ブーツ)みたいなものなんだから。テンプルはときおりあのピンクの廃船に滑稽で侮辱的な呼び名をつけて楽しんだ。だが、ほんとうはそんな価値すらない存在なのだ。

一度だけ、ちょっとした出来事がきっかけで、しばしハンフリーの船について真剣に考えたことがあった。夕食の少しまえ、前部甲板の昇降口にひとりで腰掛けていたとき、遣り出し(バウスプリット)（船首から前方へ斜めに突き出た円材）に蛾がとまっているのにふと気づいたのだ。彼はそっと立ち上がり、説明のつかない嫌悪を覚えてそれを追い払おうとした。日の光のなかで蛾は盲滅法に抵抗し、彼の指にべっとりとしがみついて離れなかった。その冴えない無力なさまに、彼は胸が悪くなった。不自然なほど太った蛾で、触るとじっとり湿っていて、汚い白地に肝臓色の気味悪い斑点がある。川に投げ捨てようと激しく手を振ったせいで、蛾は少し潰れ、手が汚れた。なんとか蛾の始末を終えたとき、彼はサロメが見ていなかったことを確かめようと、疚(やま)しそうに辺りを見まわした。

それと同時に、彼は気づいた——これまで通ってきた荒涼とした地帯、溝で囲われた沼地や広大な麦わら色の湿原を、船はいま抜け出ようとしていた。半マイル先に鋭く突き出している岬は、明らかに泥ではなく砂や砂利でできている。さらに左舷の方角には、木立が見えた。

## III

立ち上がると、彼は船室に入った。「たまには俺に雑用をやらせてくれ。きみには操舵を頼むよ。とうとう無人地帯を通り抜けた。じっさい木立も見えたんだ……」

少したったのち彼はサロメと交代して操舵を引きうけ、彼女は昇降口に座って煙草を吸った。サロメを甲板に誘い出せたことが嬉しかった。というのも、最近彼女はほぼいつも船室に閉じこもっていたのだ。

「ちょっと泳がないか?」と彼は訊ねた。「前に見えるあの湾で一時間ほど停泊すればいい。水着はパリパリに乾いてるよ」

彼は心のなかで顔を顰めた。ふたりは一着しか水着を持っておらず、サリーが泳がないときには彼がときどき着用していた(当時は男性用水着も上半身まで覆うスタイルだった)。本来の水着の目的のために着るときもあったし、暑い日にはたんにお飾りとして身につけた。たまたまその日の朝、ちょっと水浴びするため水着を使ったので、いまは洗濯ロープに干してあった。それを見たとたん、小川で見かけた屋形船の映像が蘇ってきて、彼は苛立ったのだ。これまでも何度か考えたのだが、あの種の船に水着やデッキチェアがあるなんて奇妙な話だ……。

「いや、どうも泳ぐ気分じゃないな」テンプルは不機嫌に頷いて、水を削るようにゆっくり過ぎゆく岸をぼんやりと見つめた。これは少し度を越している。まる二日たったというのに、俺たちはふたりして、あいかわらずハンフリーの帆船のことでくよくよしている。なんてことだ！　もうずっとまえに吹っ切れたと思っていたのに。もちろん最初のうちはまだ警戒していて、曲がりくねる海岸線に異変がないか目を光らせ、入江を通るたび、まるで折悪く毎回現れる蜃気楼のように、あの船が出てくるのではないかとびくびくしていた。だが、最近はあの船の活動圏からついに脱出し、うまく巻いてやったと悦に入っていたのだ。結局のところ最後にぶじに船を停泊させるときには、俺はこの旅を悔やんではいないだろう。

およそ十分後、彼らは湾に到着した。ガイドブックをとりに船室に入って、また甲板に出てきたテンプルは、泳がないかともう一度提案してみた。サロメは彼に背を向けて立ち、明らかに船の後方を見つめていて、舵柄はゆっくりと揺れていた。

「ほら、起きろよ！」彼はおどけて妻を叱った。「舵柄をしっかり握らないと、泥に乗り上げてしまうぞ。風がほとんどなくてよかったよ……。ここでしばらく錨を下ろして、ざぶんと飛び込まないか？」

彼がまたその提案を繰り返し、妻の肩に軽く触れると、ようやく彼女はビクッとして振り向いた。

「あら……そうね、いいかもしれない……わたし――」

彼女は何かに気をとられたように放心した顔をしていたが、彼が目を覗き込むとその表情は消えて、代わりに当惑と苦悩の色が浮かんだ。

「わたし――わからないわ。あまり長くならないなら……」

テンプルは妻の振る舞いに戸惑い、漠とした警戒心を覚えたが、それ以上議論をすることはできなかった。「わかった——だけどしっかり見張ってないと、せっかくのいい場所を通り過ぎてしまう。船を風上に向けるぞ……」彼が船首の方へ走って行って動索を下ろそうとしたとき、サロメが差し迫った口調で叫んだ。「やっぱり止めないで。わたし——わたし気が変わったの……」

彼はゆっくりと彼女のところへ戻り、反論しようとしたが、その顔を見て諭すつもりの言葉を呑みこんだ。「どうしたんだい？　気分が悪いの？」

サロメは震えていた。「いいえ——なんでもない……ここは日向で暑すぎたみたい。ちょっと船室で休むわ」

## Ⅳ

テンプルの不安は翌日になっても鎮まらなかった。じつのところ前の日よりさらに嵩じていた。別々に考えればどうということのない徴候や出来事ではあったけれど、それがいくつも重なったため、結果として彼の恐怖心は高まったのだ。

サロメはかなり具合が悪かった。朝食はほとんど口にせず、甲板で過ごすよう勧めたのに、言い訳をして船室の寝台に引っ込んでしまった。チョークのように青ざめたその顔を見て、彼の不安は募った。

テンプルは前部甲板にしゃがんで、陰気な物思いにふけっていた。乗船してからほぼ一週間がたち、サリーは旅のよい影響も受けていたものの、症状は着実に悪化していた。しかし、もし彼女をまだ苦しめているのがあの屋形船だとしたら、彼がウィンドホヴァー号を係留して上陸しようと提案したとき、なぜ彼女はあれほど執拗に反論したのだろうか？　彼はビクッとするなり唐突に立ち上がった。すぐに下りていって話し合い、即刻この船旅をやめて次の港で上陸すべきだと伝えなくては。

だが、その十分ほどあと、相談を終えて彼が船室から出てきたとき、ふたりのあいだで得られていた合意は、翌朝リミントンに向けて出発するということだけだった。

サロメは彼の不安を知ってもまじめにとりあわなかった。あと一日延びたところで、たいして変わらないし、船旅が彼女によい影響を及ぼさなかったと考えるのはまちがっている、というのだ。テンプルはおおいに不満なまま前部甲板に戻った。サリーの言葉が気になったというよりは、その態度を見て、彼はなぜだか動揺した。彼女の視線は彼の目を避けてさまよっていたし、何かに気をとられている様子で、その声には彼の記憶ではこれまで耳にしたことがないような、不自然でわざとらしい奇妙な抑揚が感じられた。それとも、自分が「神経過敏」になってそう思い込んでいるだけだろうか？　したくはなかったけれど、気づけば彼は記憶のなかの妻の顔や仕種を検証しなおして、自分の推測が正しいのか否かを判断しようとしていた。

だが、目下のところ彼は結論を出せなかった。いずれにせよ明白なのは、サロメの健康が改善しなければ、医者に診せる必要があるということだ。サロメの意見に耳を貸したりせず、もっと「毅然とした態度」ですぐにそうしろと主張すべきだったのではないか？　いっそいますぐボートで岸まで行き、船は放置して、いちばん近い村まで歩くという方法もある。もしくは、それが無理なら、自分がひとりで行って誰かを連れてくることはできないだろうか？　彼は逡巡した。まあ、どのみち明日には出発するんだ。それまで様子を見ようか……。

テンプルは疲れたように周囲を見まわしてため息をついた。彼が錨を下ろしたこの砂浜の入江は、真ん中辺りで急に奥行きが深くなり、その先は細長い内海に繋がっていた。緊急時に助けてくれる人間が見つかるとはとても思えない場所だ。おそらくいちばん近い村まで数マイルはあるだろう……。彼の視線は揺らぎながら次第に下がっていき、最後には甲板の上に落ち着いた。太陽はギラギラと背中に照りつけている。彼は疲れを感じ、瞼が重くなった。遠くから鷗の鳴き声が眠気を誘うように聞こえてくる。とうとう彼は眠りに落ちた。

眠ったといえるほどではなく、うとうとした程度だった。それでも彼は夢を見た。

## V

夢の最初から中ほどにかけては、何やらごたごたと混乱していたこと以外、細部はほとんど思い出せなかった。最後の場面のみが鮮明に脳裏に焼きついていた。

サロメと彼は操舵室にいて、後方の海上の、ある一点を見つめていた。そうやって何を見ているのか、はっきりしなかったけれど、やがてサロメがハンフリーの船だと彼に告げた。まもなくその言葉を証明するかのように、からっぽの水面のある場所で何かが起こりだした。そして、ゆっくりと、あの廃船が現れた。しかし——ふたりはべつに驚きもしなかったのだが——切り落とされたマストはなくなっていた。その代わりに船体の上部には小さな犬小屋みたいな住居がのっている――ドアと窓があり、藁でできた急勾配の屋根がついていて、茅葺の小屋のように見える。全体がノアの方舟にどこか似ていた。

さらに、その光景はもはや恐怖を引き起こさなかった。どういうわけか、彼らを怖がらせる力が失われている。船は従順にそこに浮かんで、こちらの嘲笑を恐れていた。

「見ろよ!」とテンプルが叫んだ。「ノアの方舟だ!」ふたりは笑っていて、サロメも彼に負けじと船を指差し、それを嘲っていた。松葉杖をついた男が船首に現れたかと思うと、尻込みをしてドアの中へ入っていった。

だが、そこで変化が生じた。サロメが心配そうな顔をしたのだ。「あそこに戻って、彼にだめよっていってあげなくちゃ。いけないわ――」

テンプルがぎょっとして彼女の顔を見ると、そこには意を決したような表情が浮かんでいた。止めなければ、彼女は船の側面から飛び込んで、方舟まで泳いでいくだろう。自分の声が狂乱のせいでかん高くなるのがわかった。「サリー、行くな……サリー……!」

びくりと大きな身動きをして、彼は目を覚ました。数秒間、彼は悪夢から覚めた人にありがちな、半信半疑の深い安堵を味わった。だが、つぎの瞬間、直感に促されて振り向くと、心臓が急に沈んで気持ちが悪くなった。サロメがそこに立っていたのだ。ほんとうに立っていた。船尾で体をこわばらせ、入江の向こうを見つめながら。マストのそばの彼の位置からでは妻の顔の全体は見えなかったが、うっとりと眺めるその様子が目に入り、彼の血は凍りついた。

正気を失いつつあるのだろうか？　妻のこわばった姿勢が彼の夢を想起させて、激しい恐怖が湧き上がってきた。想起させたどころではない。夢とまったく同じではないか……彼は妻に呼びかけた。「サリー、サリー……」目を覚ますとき夢のなかで叫んだのと同じことを繰り返したせいだろう、まだ自分が眠っているような気がした。

だが、彼はもう夢を見てはいなかった。サロメはゆっくりと振り向いた。額に皺を寄せている。

「どうしたの？」と彼女はぼんやりと訊ねた。「わたし――わたし、ただ川を見ていただけよ……」まるで妻が夢遊病者であるかのように揺さぶろうとして、彼はその肩に手をかけた。だが、彼女は拗ねたふうにそれを払いのけた。「眠っているんだと思っていたのに」

「うん、眠っていたんだ」テンプルは躊躇した。夢がじっさい現実になったのがあまりにも恐ろしくて、どうしても言葉が詰まってしまった。「きみが見つめていると思ったんだ――つまり、わかるだろう……あれが川の向こうから近づいてきたと思ったんだよ……」

サロメの眼差しは入江の向こうの青い大海にじっと向けられていた。「いいえ……あそこには何もないわ。どうしていつもそうやって、彼のことを嫌がるの、もう亡くなった人でしょう？　わたし、とてもつらいわ……」

彼女はそばを離れて船室へ入っていった。

テンプルは啞然として妻の背中を見つめた。きっと聞きまちがったんだ。あんな口をきくくらいなら、いっそひっぱたいてくれたほうがましだった……。

彼女に続いて船尾を立ち去りながら、彼は最後にもう一度、後方のがらんとした静かな海に目をやった。

## Ⅵ

妻の精神において、なにか計り知れぬ敵意ある力が働いている——そんな懸念があまりにも強まったため、単純に身体的と思える兆候を見つけたとき、彼はじっさい安堵を覚えた。サロメは少し熱があったのだ。服を脱いで床に入るよう促したあと、運よく小さな薬箱が見つかった。もう何年もまえに買ってすっかり忘れていたものだ。彼はそこからキニーネ剤の小瓶をとりだすと、効き目を信じるというよりは祈るような気持ちで一服分の量を測り、半信半疑で妻に飲ませた。病人は彼の治療ののち、多少症状が改善したようだ。昼頃に彼が苦労して説得したおかげで、舳先に設置しておいた釣竿で捕まえた魚を、少し口にしてくれた。

それ以外に安心を与えてくれるようなことは、あまりなかった。彼らの停泊地は海側に長い砂州が伸びていて、満潮と干潮の中間頃になると入江は広い潟湖と化していた。潮の高い数時間を除けば、ここから出ていくのは楽観的に見ても困難そうだったし、すでにサロメに譲歩してその機会を逃してしまった。いずれにせよ明朝までここにいるしかない。隔絶されて荒涼とした場所だが、この周辺の海岸はどこへ行っても同じようなものだろう。

太陽は着実に傾いていき、午後がいつしか夕方となり、さらに夕闇が深まるにつれて、彼の思考も次第に暗い色合いを帯びてきた。操舵室の縁材(コーミング)にもたれて、彼はふたたび陰気な夢想にふけりはじめた。

　もはや事実から目を反らすことはできなかった。妻は「変わった」のだ。どこか微妙に彼から離れてしまった。心をかき乱すその態度の変化を、しばらくはたんなる体調不良のせいだと思おうとしてきた。だが、朝にあの夢を見てからは、自分の恐怖心に新たな要素が加わったことに彼は気づいていた。テンプルはぶるっと身を震わせた。人っ子ひとりいない入江の鬱々とした孤独のなかで、恐怖の吐息が彼の髪を揺さぶった。

　それに――今朝の出来事だけではない。昨日もそうだった……彼は尻込みしつつも、水泳の誘いをめぐるあの一件について考えてみた。サリーは最初は嫌がり、それから同意して、最後にまた断った。あんなに些細なことについてあれほど揺れ動いて悩むのは、サリーらしくないし、妙だとは思ったのだ。いまになって、あのときの妻のこわばった顔や皺のよった額、血の気のない唇を思い起こしてみると、彼のもっとも恐れていた疑惑が事実だったのだと確定したような気がした。

　近ごろのサリーは彼に対して率直ではない。つねに隠し事をしているのだ。そもそもこの不吉な旅を始めた当初から、サリーは怯えていた。それなのに最近になって、旅を引き延ばすための口実とも思えるようなことをいいはじめた。ある不快な言葉が彼の混乱した頭のなかで生まれ、ゆっくりと浮かび上がってきた――「渇望」。そう、まさにそんな感じだった。まるである邪悪で破壊的な力がサリーを惹きよせ、その心に謎の忠誠を植えつけたせいで、彼女はすっかり気をとられ、あちこちへ翻弄されながら、魔力に抗おうと無力な抵抗を続けているかのようだった。その力がどこから来ているかについては、ほとんど疑問の余地はなかった。少なくとも外面的に現れる直接の源は明白だ。彼がまだ認めたくはない何らかの方法で、魔力はあの廃船から発していた。テンプル自身は三日間それを目撃しなかったけれど、妻の場合、話は違うと彼は推測した。彼女にはまたあれが見えていたにちがいない。

　彼は体をこわばらせて、パイプを口から離すと、ぼんやりと前方を見つめた。別のときなら、入江の奥の寂しい内海の光景を見れば、その物悲しい美しさに心打たれたことだろう。闇が深まり、恍惚とした空気は響きわたるような静寂を湛えている。薄暮が闇へと徐々に変わっていくと、水は影が暗く凝固したように見えはじめ、船はその上に軽やかに弾むように浮かんでいる気がした。まるで溢れ出した夜が純化され、梟色の液体となって、霧のごとく陸地の空洞を満たしたかのように。近くの岸辺では、かろうじて見分けられる木々の輪郭が次第にぼやけていき、彼が見守るなか深まる闇へと溶け込んでいった。

　だが、テンプルはその光景を楽しむ気分ではなかった。彼はまた身震いをした。闇は深まり、月は出ていない。サリーは眠っているのだろうか？　じっと耳を澄ますと、静寂のなか彼女の息づかいが聞こえてきた。呼吸がいつもより不規則に思えるのは、彼の勝手な空想だろうか？　どこか落ち着きがなく、短く喘ぐように息を吸ったあと、ため息にも似た長い息を吐いている。そして、ときおり呼吸が止まり、彼女は熱に浮かされているかのごとく不安そうに動くと、寝返りを打つのだった。

　あれは何だろう？　テンプルが神経質に耳をそばだてていると、別の音が聞こえてきた。妻の苦しげな呼吸に混じって、それに合わせてときおり止まったかと思うとまた始まる、何か異なる音がと。

聞こえるのだ。紙がはためくのに似た鈍い音で、ときどき何かにぶつかっている。寝室にコウモリが飛んでいるなんてことがありえるだろうか？　彼は理不尽な恐怖に襲われた。行って見てこないと。

そう思って静かに立ち上がったとき、物音が止み、船室から飛び出てきた何かが彼の顔に当たってパタパタと弱々しく腕を打つと、おそらくは甲板の上に落ちた。ぞっとして血が凍った。その瞬間、サリーの押し殺した叫び声が聞こえてきた。

船室に駆け込むなり、彼はポケットを探ってマッチをとりだし、ランプに火を灯した。まだ彼女に背を向けて手探りしているあいだに、くぐもった声が聞こえた。

「蛾が……蛾が口にとまって……」

彼が震えながら屈みこむと、彼女は言葉を続けた。

「ああ、ジョン……わたし、約束を破ったの。あれを見たのよ――入江で」

「何を見たって？」だが、答はわかっていた。

「船を見たの――彼の船を。わたし、いわなかった、だって……だって、あそこに行きたいの」

「あそこに行くだって？」

「わたし――わたし説明できないわ……わたしたち、来るべきじゃなかったのよ……」サロメは急に寝台の上で起き上がり、凍りついたように彼を見つめた。「ジョン、またあれが来たら、わたしを放さないで。わたしを信じないで……わかる？　閉じ込めてほしいの――寝室に……聞こえてる？」

テンプルはぼんやりと彼女を見つめた。妻が少し落ち着くまで、長いあいだ彼はそばに膝をついて、彼女の手を握っていた。

# 第三部

## I

彼らが出発したのは、翌朝の八時を過ぎてからだった。テンプルはあのあとずっと起きていたのだが、夜明け頃になってサロメがようやくまどろみはじめた。そこで彼も少し休むことができた。舵柄を片手で引きながら、いまも睡眠不足で頭は朦朧としている。ともあれ、なんとか入江を出発できたのはよいことだ。

それに、無理して怖がっていない振りをするのをやめたおかげで、いくぶん気持ちが楽になっていた。サリーだって、そのことは喜んでいるだろう……。

闇のなかで何時間も、そばに跪いて彼女の髪を撫でながら、彼はなんとか妻を落ち着かせようとした。ほとんど話はしなかった。ときには彼がサリーの寝台に座り、彼女はその胸に頭を凭せかけた。一度など、狭い寝台にはい上って体をぴったりつけて横たわり、なだめたりもした。いったいどれだけ妻を慰めることができたのか、彼にはわからなかった。

いまは十時。この風が止まなければ、午後の五時か六時までにはぶじにリミントンに着くだろう。そして船を停泊させたら、すぐさまサリーを医者に連れていくのだ。

彼はじっと周囲を見まわし、額に皺を寄せて不安な思いで計算をした。いや、いまの速度で行くとすれば、少し楽観しすぎていたようだ。じりじりと見守る彼の目には、船は這いつくばってのろのろ進んでいるようにしか映らなかった。せいぜい四ノットといったところか。おまけに、もし風が止んだりしたら……！

舵柄を離れながらちらっと船室を覗きこみ、サリーがまだ眠っているのを見て満足した。昼食まで、しばらく休ませてやるほうがいい。

もう一度、彼はゆっくり過ぎゆく岸辺を心配そうに観察した。うむ、川幅はたしかに広がっているが、それにしても、なんて緩慢な速度だろう！　はるか後方に何か見えている。おそらくもっと近づけば、スクリヴナー夫妻の帆船だとわかるだろう。

太陽は熱く照りつけていたのに、彼は自分が震えているのに気づいた。

## II

正午頃、控えめなカタカタいう音がしたので、サリーが起きて昼食の準備をしているのがわかった。

「俺はいいよ」と彼は声をかけた。「少なくとも食べ物はいらない。腹が減ってないんだ」

船室の引き戸が開き、彼女が首を出して弱々しい笑顔を見せた。「じゃあ、コーヒーだけにするわね」

カラカラだった喉と疲れ切った神経に、温かい飲み物はありがたかった。サロメもコーヒーのおかげで回復したように見えたが、数分後には寝台に戻ってしまった。

熱っぽかった症状はましになったものの、そのためらいがちな声には、まだ恐怖の滲む危険な響きがあった……。

大丈夫、と彼はみずからを慰めた。彼女のいまの精神状態は、数時間前よりも改善している。昨日の彼は、妻がもう自分を信用せず、どこか妙に敵対しているのではないか、「彼の側」にいないのではないかと心配していた。ふたりともが嫌悪していたはずの記憶をサリーが擁護した、あの言葉を聞いたときには、この疑念は忌まわしい真実となったように思えたものだ。

その後、彼は少し自信をとり戻した。暗黙のうちであれ、ふたりの共通の不安を互いに認めた結果、望ましい効果が表れていた。サリーが彼を傷つけたことについては、責めるわけにはいかない。彼が夢から覚めたとき、あんな言葉を発したのは、彼女の精神における敵の領分なのであって、彼女自身ではない。恐怖という通路を通って何かが妻の心に入り込み、本来の誠実さを一時的に蝕んで、彼女の内部に敵の領域を作ってしまったのだ……。

テンプルはぼんやりと周囲を見まわし、がらんとした空や、ゆっくりと水を削るように過ぎゆく岸を眺めた。彼の心にはあらゆる懸念に交じって、ある種の苦しい好奇心、戸惑い、信じられないという思いさえ、いまだに残っていた。テンプルはたじろぎながら、悪夢を見ているような非現実感とともに、最初の夜、屋敷を通過したときのことを思い出した。あのとき彼が感じたのは、悪意に満ちているだけでなく汚らわしい何か、その気になればふたりを破滅させるであろう何かの息吹だった。屋敷からは死者の強烈な腐臭が吐き出されていた……。だとすれば、嫉妬に狂ったハンフリーの不純な魂がまだ彼らにつきまとっているのだろうか？　少なくともサリーは、まるで夢魔（インキュバス）の訪問から逃れようとするかのように、真偽の定かでないあの出現と追跡に尻込みしている。彼はいま、そのことは確信していた。

テンプルは戦慄を覚えた。順風だというのに、なぜこの船は傾いたりひどく揺れたりするのだろう？　きっとウィンドホヴァー号も怯えているのだ……。おそらくいろいろなことが奇妙に難航するのは――ロープが縺れたり、錨が不可解に引きずられたり、動索が滑車に絡まりつづけたりするのは――ハンフのせいなのだ。こうした小鬼じみたいたずらは、いかにも彼のような男がやりそうなことではないか。愚か者のばかげた気まぐれ、不愉快な悪ふざけだ――まるで精神薄弱者が淫らな詩を壁に書き散らしているような……。

最後に目撃したとき、ハンフリーの古い帆船はあまり幽霊めいては見えなかった。彼が思うに、たぶんそれが問題なのだ。散文的でほとんど滑稽ともいえる独りよがりなみすぼらしさが、あの船にはあった。あんなふうに冴えない蔑むべき様子をしていなければ――あんなふうに、なんというか壊れた車椅子のようでなければ――ここまで神経に障ることはなかっただろう。おまけにまごまごと間の抜けたあの出現の仕方ときたら、盲人のようで……。まるで頭が空っぽの蛾みたいだ……。俯いた彼の視線は、潰れた蛾の上で静止した。たしか先日、どこかに追い払ったはずだったが？

気づくまでに数秒かかった。そうだ、もちろんこれは、昨夜サリーが叫んだときに彼に向かって飛び出してきた蛾だ。

　彼は死んだ蛾から閉じた船室のドアへと不安そうに目を移し、それから周囲を見まわして、海へと後退してゆく川の流れを眺めた。地図によれば、まもなく彼らは奥が瓶のようにくびれた広大な淵に出るだろう。くびれた部分は外海への出口となっていた。そこに達する直前に――ここからまだ六、七マイルはあるだろうが――テンプルの記憶によれば浮標があるはずで、砂州の近くの急流で跳ね回っているこのブイのところまで行けば、ついに馴染み深い航路に戻ることができる。ずっと昔に一度、船で反対側からその辺りに入ってみたことがあった。いま、あの激しく揺れるブイを思い出すと、彼はなかば無意識にそれをひとつの部分的なゴールのように見なしはじめた。危険な未知の世界から確実な既知の世界への、境界となる地点である。

　だが、あの砂州まではまだだいぶあった。彼は突然、警告の予兆に似たものを感じ、脱出への早すぎる期待を抱きかけた自分を戒めた。あまりおおっぴらに楽観してブイについて考えるのは危険で、そんなことをすれば耳をそばだてている敵を有利にするとでもいうかのように。

　テンプルの一時の興奮は冷めていった。彼はくたくたに疲れていた。

　どういうわけか、眩しい太陽にもかかわらず川と空は輝きを失い、淀んで見えた。時刻はちょうど一時。いまや見分けのつく距離まで近づいたスクリヴナー夫妻の帆船が、すごい勢いでこちらに向かっていた。

## Ⅲ

しかし、テンプルの不安が本物の恐怖にまで高まったのは、こうして舵柄の脇に立ちながら、さらに一時間はたってからだった。そして、そのときになってもなお、彼は目前に危険が迫っていることをしばらく悟っていなかったのだ。

疼くような恐怖とともに彼が警戒態勢に入るきっかけを作ったのは、ほかならぬウィンドホヴァー二号だった。普段なら些細に思える出来事から、彼はふと疑惑を覚え、船の振る舞いにどこか妙なところがあるのに気づいた。

船首三角帆の動索が、これといった理由もないのに急にほどけて、帆が舳先の上にばさっと落ちたのだ。テンプルは帆桁の上で毒づきながら、二十分もかけて新しい動索を滑車に通さねばならなかった。手伝いのため彼に呼び出されたサロメは、この騒動のあと青ざめて怯えた顔で船室に戻っていった。

災難はそれだけでは終わらなかった。ようやくまた出発できたと思ったら、今度はこの小さな船が見たこともない様子で上下左右に揺れだし、そのためテンプルは船が航路から外れないよう片時も目が離せなかった。

彼の背筋を悪寒が走った。このときまでに、彼らは湾に出ていた。半マイルほど先には背の低い岬が突き出ていて、まもなく船は風上へ進みながらそこを通過するだろう。テンプルは舵柄との格闘に気をとられつつ、これまでにも一、二度ちらっと岬を見ていた。だが、いま、まるで何かに誘われるように、岬から突き出た荒れた砂利浜へと注意が向かい、ゆっくりと不安が忍びよってきた。襲いくる恐怖と嫌悪の前触れ……白い雲のごとく群れをなして休んでいる鷗以外には、何も見えない。それなのに、岬を見つめていると、すぐさま憎悪に満ちた恐れを感じた。何か吐き気を催す存在が、あそこでこっそり待ち伏せしている、そんな確信が湧いてきたのだ。

ウィンドホヴァー号が怖がっているのは、あの岬――あるいは、あの岬の上で彼らを待ち受けている何か――なのだ。いまやテンプルにはそれがわかっていた。あそこを通過させようとするのは、道に落ちた白い紙切れに尻込みする馬を御するのに似ていた。船は立ち止まって動こうとせず、狂乱してあちこちへ跳びはねた。彼は舵柄から手を離した。

そのとたん、船は方向を変え、同時に鷗の群れがいっせいに飛びたって金切り声をあげた。最初は鋭く響いた鳴き声が、陸の方へ飛び去るにつれてだんだん消えていくのを、テンプルは聞いていた。ウィンドホヴァー号はもうジグザグに走ってはいない。船は岬を通過して、安全な湾の中央へとまっしぐらに進んでいく。

茫然自失で立ちすくんでいた彼を、サロメの声が呼び戻した。

「ジョン、わたし――鍵が見つからないの……船室の鍵が。南京錠についていてなくて……」

ふたりは憔悴しきった顔でじっと見つめあった。

「ジョン……わたしを閉じ込めて。聞こえた？　そうしないとダメなの……！」声がうわずって最後は甲高い叫びになった。

「よし、わかった。鍵は俺が持っている。きみを閉じ込めるよ」
サロメはゆっくりと船室に戻った。テンプルは彼女が中に入ると引き戸を閉め、ポケットを探って鍵をとりだした。南京錠に差し込んだ鍵をひねると、彼は呆然としたまま操舵の定位置に戻った。

## Ⅳ

サロメの叫び声――平板な甲高さを保って「そうしないとダメ、ダメなの……!」と懇願したあの声――が、不思議なことに彼のそれまでの思考の流れに予期せぬ帳（とばり）を下ろして、頭のなかで何かを停止させたらしい。岬を通過してから何分ものあいだ、彼は麻痺したような驚愕に浸りながら生気なく舵柄のそばに座っていた。

太陽は傾きつつあった。もう午後の遅い時間で、頭上のはるか彼方には、まるで絵の具で描いたかのごとく、鉤形の黒い鳥が恍惚としてじっと浮かんでいる。一度、サリーに声をかけると、船室のドアからくぐもった弱々しい返事が聞こえた。彼は時計を見た。もうすぐ五時だ。あと一、二マイル行けばブイのところに着くだろう……。距離が縮まるにつれて、最後に着く港そのものではなく、あのブイこそが真の目的地であり、そこで決断が下されるという感覚がますます強まってきた。砂州の横のあの地点で、長引く追跡劇はついに幕を閉じるのだ……。

彼はぶるっと身を震わせた。日が落ちるにつれ温かみを失っていった空気が肌を刺した。行く手には、白い泡に縁どられた砂州がすでにはっきりと見えてきている。まもなく――すぐにでも――

彼はブイを見つけるだろう、そうすれば――

だが、そうすれば、どうなるというのか？　ときおり彼は砂州を見つめるのを中断して、船尾の方を振り向き、そのたびに不安が募ってくるのを感じた。赤く染まる雲の様子に彼はすでに怯えていた。冷たく激しい夜の雫が、入江や内海から静かに忍びより、川に沁みわたっていくのがすでに予感できた……。そして、暗闇が湾で彼らに追いついたら、いったいどんな望みが残されるというのだろう？　光がゆっくりと傾いていった数分間に、テンプルは独特の、そしていわば新たに生まれてきた不安の存在を、じわじわと意識しつつあった。岬をぶじに通過したのち、岸から突き出た断崖を見るごとに彼はびくびく観察してきたのだが、胸騒ぎを裏づけるようなものは何も見つからなかった。しかし、いま、彼は以前にも感じたあの奇妙な感覚がまた襲ってくるのに気づいた。頭のなかで警戒の引き金が引かれる。恐怖はふたたび場所を特定され、外部のある方向へと向けられていた。だが、その外部の焦点は以前のように行く手にではなく、後方にあったのだ。まるで追ってくる運命の姿を現実にその目で見られるかのごとく、不思議に昂ぶった第六感が、その差し迫る接近を、その近さを、その位置さえも、彼に警告していた。船もまたそれを知っていた。ウィンドホヴァー号は風が強まったわけでもないのに、速度を上げて狂ったように前へ踊り出している。あたかも亡霊が脇腹にしがみつくのを感じたかのように……。

このときだった。前方にもう一度目を凝らし、彼がブイを見つけたのは。砂州の近くの波打つ水面で、黒い斑点が浮き沈みして、夕闇のなかぼんやりと見え隠れしている。到着は間に合うだろうか？　ほんの半マイル先だが。

そのとき、彼は後ろを振り向いて――おののいた。船尾の方角では、夕空が威嚇するように禍禍しい姿を見せ、まさに炎のごとき追跡の光景そのものと化していた。周囲の空気は何かを待ち受ける、膨れあがった静寂に満たされ、舳先にぶつかるかすかな波音以外は、物音ひとつ聞こえない。雲のなかで、いまにも何かが起きようとしている。血走った分厚い雲の塊の上で、赤く光る蒸気がむくむくと堆積してゆっくり動いていた――炎を上げる螺旋や奇妙な渦状に捻れながら。膿んだその中心の周囲に、濃色のいびつな血塊が集まって赤々と輝いている。その光景は不吉でありつつもあくどい華やかさを、失われた世界の浅ましい栄光を見せていた。汚らわしい塊が膨れあがって、のろのろと渦のなかに吐き出されていく。さながら天空そのものが腐りかけ、崩壊していき、人を欺く腐敗の美を誇示しているようだった。

テンプルはぞっとしながらも見つめつづけた。叫ぼうとしたが、喉からは苦しげな喘ぎしか出てこなかった。手足はまるで重りで甲板に押さえつけられたようで、身動きができない。後方で起こりつつあることから目を逸らすこともできなかった。あの空から――はるか遠く、ハンフリー・チャイルドの屋敷の上に垂れこめ、赤く爛れて荒れ狂うあの空から――吐き気を催す悪臭がこちらに漂ってきた。はっきり見分けられない人間の姿が、めらめらと絡まる炎の合間に一瞬現れ、彼に向かって控えめな笑みを見せると臆病そうに退いていった――暗い予兆を残して。テンプルは立ちすくんでいた。何かが水に飛び込む鈍い音が耳の片隅に入ってきたときも、彼はまだ忘我の状態にいた。静かな湾の水面で起こっていることに、彼の目は釘づけにされていたのだ。

飛沫（しぶき）の音が聞こえたとき、彼の視線は一瞬揺らいだ。だが、それはふたたび川面のあの一点に戻り、そこで静止した。

船尾方向五十ヤードの水面には、生き物も、船も、何ひとつ見えなかった。それなのに、彼が見つめるなか水は少しずつ開いていき、泡だつ筋が現れたのだ。やがて水の動きはもっと大きくなり、左右対称の波跡が形成された。徐々に速度を上げる一対の水飛沫は、まちがいなく「白波を立てて進む」船の典型的な特徴を示している。いまテンプルは背後に、激しく動く波跡を見て悟った――あれは彼らを追ってくる目に見えない船の舳先があげる波なのだと。

ゆっくりと訪れた恐怖の恍惚に浸って、彼は叫ぶことも、座っている場所から動くこともできなかった。近づいてくる泡の道に頭が浮かびあがり、腕が突き出てくるのを見たときになって、ようやく魔法が解けた。彼は船室へと走った。

遅すぎた。ドアにはまだ鍵がかかっていたのだろうが、彼女はいなかった。当然気づくべきだった脱出の手段を、おそらくはふたりともが見落としていたらしい。数秒前に彼を覚醒させることのできなかったあの飛沫の音は、サロメが天窓から這い出して飛び込んだ音だったのだ。

狂ったように彼はふたたび船尾へ走った。上着を脱ぎ捨て、いまにも飛び込もうとして縁材の上で身構えたとき、追っ手の航跡が消えたことに気づいた。見上げると、夕空は静けさをとり戻している。何か――突起のついた缶のような黒い物体――が水面を弾んで通り過ぎると、みるまに波に消えた。つぎの瞬間、それはまた姿を現したが、すでに遠くにあってたちまち見えなくなった。その周囲をバラ色の泡を立てながら、激流が渦巻いていた。

あのブイだ。それがわかったとたん、彼は妻を追って川に飛び込むのを諦めた。そして風と潮のなすがまま、船が砂州へと流されるのを眺めていた。彼は船室のドアの横に腰を下ろして待った。

さほど遠くないところで、スクリヴナー夫妻がおそらくは一部始終を見ただろう。あるいは見なかったかもしれない。彼らが信じようが、信じまいが、どうでもいい。テンプルは頑なにそう思った。

# ブレナーの息子

横山茂雄訳

Brenner's Boy

# I

ウィンターは六十代半ばになっても相変わらず厳しい男だった。退役したのは一九〇四年――一九一二年の現在は英国海軍予備役という身分で、ハンプシャの海岸沿いにある白い漆喰塗りの小さな家に妻と共に住んでいる。軍港ポーツマスからは約七マイルとさほど遠くはなかったので、酒場〈カルカッタ〉で毎晩ラム酒（ライオンズ・ブラッド）を啜りながら、海軍砲術学校（エクセレント）からやってきた血気盛んな水兵たちがときおり繰り広げる幼稚な悪ふざけを間近に眺めては、潔癖性のゆえに「けしからん」と憤るのを常としていた。彼らが軍艦から上陸許可をもらった水兵ではなくて、火薬臭たちこめる鯨島（ホエール・アイランド）（ポーツマス港内の小さな島）にある砲術学校の連中なのは、帽子の徽章（きしょう）から一目瞭然だ。

当節の水兵どもは甘やかされている――彼はそう確信していた。かのアグネス・E・ウェストン（下級水兵の労働条件の改善に尽力した慈善家）のお蔭で向上した待遇のせいもあって、奴らは軟弱な暮らしを送っているのだ。士官と水兵の間におのずと生じる対立、敵意という古き良き伝統は失われてしまった。彼は低い声で唄を口ずさんだが、歌詞の一部が思い出せない。

売春婦のポリーは両手を腰にあて
提督の屋敷を眺めた
忘れ去られた思いを
彼女はぶちまける
「あんたの胸にはまちがいなく業火が燃え盛っていて
あんたはそれから逃げ出せないのよ」
（タム・ティディ・アム・ティディ・アム・タム・タム）
「海軍基地司令官殿、あんたなんかくたばってしまえ！」

ひょっとしたら、海軍基地を統轄する提督は、単なる士官とは異なる極端な例であるにせよ、今でも当然ながら——貧しい売春婦からは特に——嫌われているのかもしれない。だとすると、彼が昨今の嘆かわしい風潮を嘲罵するにあたって、この唄はあまりふさわしくないのか——いやいや、ごくおおまかにいえば適切だろう。半ば空になったラム酒のグラスの脚をいじり回しながら、彼は不機嫌な思いにふけった。彼の現役時代には、誰であろうと提督なら、それだけで嫌われたものだ。然り、例のブレナーもそうだった。

## II

あの邂逅において、情に流されないウィンターとて相手の腰が低いのに気がつかなかったわけではなかった。ブレナーもさほど悪い奴ではないと認めざるをえないところだが、とはいえ、せいぜいが退屈でつまらない男というべきだろう。奴が着込んでいた平服は、ハンガーのような格好の肩からだらりと垂れ下がっていた。挨拶のときでさえ奴の声は軋るような響きをともない、全身が節くれだっているように見えた。

正気を失わないため懸命に記憶を辿りながら、ウィンターは頭の中で詳細を何とか再現しようとした。ともかく日付については間違いない。海軍帽のカヴァーが春夏用の白色から秋冬用の青色に切り替わって三週間近く経っていた頃だから、そう、十月二十日だった——めっきり冷え込んだ陰鬱な午後のことで、吹きつける雨で微かに身を刺されるように感じた。彼はポーツマスを午後一時十五分に出る列車に乗ってハヴァントに向かうところだった。同地で彼の叔父が死亡、ささやかな地所を残したからだ。葬儀は翌日だったので、その夜はハヴァントに泊まる予定にしていた。

ポーツマスへ向かう途中、〈カルカッタ〉に立ち寄ったものだから少し遅れてしまい、駅に到着したときには、混雑した車内で席を見つける時間の余裕がほとんどなかった。折悪しく、サッカーのチームとそのファンたちがブライトンへと移動中だった。ウィンターはやっとのことで一等車室にもぐりこんだが、いかなる運命か、そこにいたのが誰あろうブレナー海軍少将——バス三等勲章およびロイヤル・ヴィクトリア四等勲章を受勲――であった。

あの子供もいた――ウィンターのブーツを踏みつけ、体をくねらせたり折りまげたりしながら、顔をしかめている。眼は小魚のようで、口にはタフィーをほおばっている。やがて、しわがれた笑い声を不意にあげた子供の口から、タフィーが勢いよく飛びだして父親のチョッキにへばりついた。ブレナーは規律にはうるさいはずなのに、このいまいましいガキに見たところは何の懲罰も加えない。

「おとなしくするんだよ。聞いてるのか？　じっと座ってなさい」子供に気をとられているからなのだろう、相手がかつての部下の准尉と分かっても、提督はなれなれしくはならなかった。「名前はウィンターだったかな。サトレジ号でたぶん一八九八年だった」

「仰せの通りです」ウィンターの目つきは恭しくはあったが感情はこもっていない。あの卑劣漢ブレナーだ！　提督が自分を記憶していたことに、彼は一瞬のあいだ意地の悪い満足を感じた。そうだ、もし――突如として一種の恐怖に襲われて、彼の心は空白になった。「サトレジ号でたぶん一八九八年だった……」という声がふたたび聞こえたが、あの子供が父親の口真似をしているにすぎない。恥辱の灰色の帳が降りてきて、ふたりの男を隔てた。提督の顔は蒼白となった。地獄のようにひどいガキはしたい放題のようだった。ウィンターは眼をそらせた。

そのままの状態が続いた。一等車室には彼ら三人しかいない。コシャム駅で停車中に検札があり、ウィンターが二等との差額を請求されたとき、ブレナーはそれは自分が負担しようと言ってきかなかった。「地獄」のせいで、会話は途切れがちだった。このガキがいなければ、退役提督と退役准尉は、階級の違いにはしかるべき注意を払いつつ、根っからの現実主義者として互いに言葉を交わすことがきっとできただろう――ふたりとも立派な人物ではなかったけれど、それは本人たちも分かっていたからだ。いまいましいガキが邪魔さえしなければ、不承不承ながらも相手に敬意を覚えたかもしれない……。

だが、この子供がすべてを台無しにしてしまった。好き放題に振る舞って、二、三回、床に唾を吐いてから蹲り、穴に住む獣のように、父親の両脚の間からこちらを凝視した。不潔な耳をしていた。フラトン駅に近づいた頃、ウィンターは悪臭に耐えかねて鼻をふさがなければいけないほどだった。ブレナーは、激怒しつつも、ただ身をこわばらせて座っているだけだ。提督の無力ぶりがこうしてあからさまになると、ウィンターは気分が悪くなった。これをネタに自分が提督に一等料金をたかったようにさえ感じる。彼は無様にも子供の足に躓きそうになりながらハヴァント駅で下車したが、口からおずおずと漏れでたのは「では失礼いたします」という言葉だけだった。

後になって、この邂逅の細部が思い出せなくて彼はひどく頭を悩ませた。ブレナーは本当にあの子供について何か話を持ちかけてきたのだろうか？　一、二週間、息子をウィンターの家に預けたいなどと言ってきたのか？　まったくありえないように思えたが、とはいえ、互いに住所を教えあったのは事実で、それじたいがありえないといえばありえない。しかし、ブレナーは、ウィンターの予備役軍務の評価、昇進に関するトラブルを調べてみようと、冷淡な口調ながらも約束してくれたのだ。ひょっとしたら、皮肉のつもりで、ウィンターの許を訪問するつもりだとか言ったのかもしれない。「ウィンターの家に泊まると、果物の入ったパイを沢山もらえるぞ！」少しの間だけ、あのガキはおとなしくなって、ウィンターの膝に体をもたせかけた。小魚のような眼が柔らかな光を帯び、まるで女の子の眼のように見えて、逆に不快感が募る。当惑したウィンターは身を少し引いた。うしろの客車から、しゃがれた唄声がどっと上がった。サッカーの連中だろう。歌は「ビル・ベイリー」と「ストランド街を行こう」だった。列車の外は灰色で、車窓に雨が打ちつける。すべては現実感を欠いていた……。

「なるほど、パイか。少しくらい食べても、あのガキの害にはなるまい！」後になって、ウィンターはぎこちなく苦々しい笑い声を上げた。彼には子供がいない。妻となった女は子供を孕めない体質だった。〈カルカッタ〉でラムのグラスを廻しながら、ウィンターは妻についてあれこれと残酷なことを考えるのが常だった。ともかく、ブレナーが車中でした話をまともに思い出せない。だが、どうあっても思い出さなくては。とても重要だからだ。頭が割れるように痛む。ああ、おれの哀れな頭、哀れな頭……。

## Ⅲ

証拠として信頼できるものといえば一通の手紙だけだったのだが、やがて、それもどこかに置き忘れてしまった。家中をくまなく探しても出てこない。紛失してしまったのだろう。

手紙が届いたのは朝の十時だった。ウィンターが裏庭で地面を掘っているときに、物哀しげで野暮ったい妻のクリッシーが持ってきたのだ。彼は目を通すと、眉をひそめた。「ブレナーからだ。

予備役がらみの例のごたごたを調査中だといっている」二週間前の列車での出会いについては、ごく簡単にではあるが妻に教えていたし、あの不愉快な子供の話もしたけれど、手紙の中身を彼女には見せなかった。何か変だという懸念を覚えたからだ。彼は地面を掘り続け、クリッシーは家の中に戻った。

　十一月の曇天の日で、じめじめして寒かったが、風はなかった。いつものように鯨島からの砲声が遠くで轟いており、大口径の砲をぶっぱなすせいで雨がまもなく降るのではないかとウィンターは予想した。彼は不機嫌だった。朝からリューマチが痛んだので、フラノの腹巻を着用していた。彼の家は堅苦しいまでに小綺麗で、きれいさっぱりと退役して永遠に「気をつけ！」の姿勢をとっているかのような外観を呈していたが、そのことさえ神経に障った。妻のクリッシーにはうんざりだった。子供を産めないだけでなく、嘘もつくからだ。彼女の妹夫婦——ピンク夫妻——は半月内には絶対にこないと言っていたのに、来訪すると不意に知らされた。それも明日の午後だという。おれの日曜日は台無しだ。

　おまけにこの手紙が届いた。

　軽食をとった後に〈カルカッタ〉に歩いていく道すがら、彼は手紙をポケットから取り出すと、不安げに眺めた。手紙の本体じたいは問題ない。予備役のごたごたは解決するだろうと簡潔にほのめかしているにすぎない。差出人の住所はカダガン・スクウェア（ロンドン中心部の高級住宅街）になっており、車中で提督から教えられたものと同じだ。けれども、読みにくい署名の下には、汚い字で「サトリジでたぶん九八ねんに」という走り書きがある。

酒場で元水兵たちとクラウン・アンド・アンカー（海軍で人気のあったサイコロ賭博）などに興じているうちに、ウィンターは不安を覚えて気分が悪くなってきた。特別室（サルーン・バー）の背後にある部屋は人いきれしてタバコの煙が立ちこめ、「親の勝ちだ！」、「六十六だ！」と興奮した言葉が飛び交うので、頭が痛くなる。あの小僧が父親の手紙に落書きしたにちがいない。しかも、提督はそれに気づかなかった。不注意きわまりない。走り書きは実のところ「引用」だった。その言葉を発したのは他ならぬ提督自身で、ガキは車中でも鸚鵡（おうむ）返しで口真似していたのだから。とはいえ、妙な話だ……。

　退役准尉は想像力に乏しいために精神は概して安定した人物だったけれど、今や困惑するばかりだった。ブレナーと出会ってから数日の間は、その件について大して考えることもなく、皮肉まじりの不快感と共にときおり思い出すにとどまった。だが、このところというもの、普段のように忘れ去るかわりに、細部が気になりはじめて、懸念と訝（いぶか）しさが募るばかりだ。そこへ手紙が届いたので、提督との邂逅は、何だか漠然として分からないが「不正規」だという考えに取り憑かれた。彼は必死に考えてみた。

「サトレジ号でたぶん一八九八年だった」――サトレジ号で九八年に何があったのだろう？　ブレナーが色々な船に乗っているのはたしかだが、九八年にはもちろん海軍少将になっていない。当時はまだ中佐にすぎず、当然ながら人望のない短気な野郎で、軍規違反者には超過勤務（テン・エー）という懲罰をたっぷり与えていた。いっぽう、ウィンター自身といえば一等兵曹だった。ふたりは互いに嫌っていたが、とはいえ、厄介事はいっさい起こさなかった。ウィンターは書類に「優秀」と記入されて退役したのだから、ブレナーが彼を憶えていたばかりか、予備役のごたごたに一肌脱ごうとしてくれたって不自然ではないだろう――両者とも今や民間人の立場に近いし。異例かもしれないが、おかしな点はまったくない……。

彼は家に徒歩で戻りはじめたが、依然としてむっつりと考え込んだままだった。提督が自分を憶えていたことに思わず機嫌をよくしたのは事実とはいえ、その気持をこわばった嘲笑で押し隠したのだ。いずれにせよ、奴が十歳のガキを碌に扱えない無様な光景を目にして、呆れ返るほかなかった。情けない野郎だ！　単なる傍観者役にすぎなかったけれど、哀れで幾分かは馬鹿馬鹿しい場面に車中で巻き込まれたために、自分まで辱められたような気がした。

彼の家は崖の頂上に位置しており、登り口まで辿り着いたときもまだ考え続けていた――車中で奴と交わした会話をもう少し鮮明に思い出せればいいのだが。ごく一部を除いてすべてを忘れてしまい、思い出せた箇所も曖昧模糊としているばかりか、ありえないような妙な話だ。これはおかしいぞと思った。たとえば、あの小僧を短期間おれの家に預けるとかいう話を提督が口にしたような気がするけれど、もちろん冗談だったにちがいない。のみならず、おれの膝にガキが体をもたせかけたとき、ブレナーは明らかに皮肉をこめて「きみをえらく気に入ったようだな」と言ったのだ……。

坂道を息を切らせて登りながら、ウィンターは陰気な乾いた笑い声を上げた。「ひょっとしたら、奴はおれならば少しはましに息子を扱えると考えたのかもしれないな。たしかに難しくはないだろう。もし、このおれが……」

彼の思考は不意に断ち切られた。この瞬間、背後から急に笑い声が聞こえたからだ。ぎょっとして声を上げながら、ウィンターは振り返った。もちろん周囲は既に暗くなっていたが、背の低い人影が自分の後を跳ねるようにして追ってくるのが分かった。懐中電灯を取り出すと、ウィンターは近づいてくる人影に向けて、信じられないという面持で凝視するばかりだった。仰天のあまり心臓がとまりそうだ。まさか、ありえないだろう？　彼はさらに目を凝らした。

いや、間違ってなどいない。たしかに奴だ、あの小僧だ——ウィンターがあれこれと考え込んだために、あのガキが出現したかのようだった。あのガキだ、ブレナーの息子だ。片手にスーツケースを持ち、もう片方の手をこちらに振っている。

「いったい……いったい、何の……用だ？」ウィンターが立ち止まったので、あの小僧はいまや彼の横におり、相変わらず笑っている。そして、彼の周囲をぐるぐると廻りながら、突き出した親指で彼の尻を突いた。退役准尉も防戦するためにぐるぐると廻った。「おい、やめないか、おまえ……よすんだ！」道理に合わない不安に襲われつつも、彼は子供がまともな靴を履いていないのに気がついた。履いているのはエナメル革の室内靴、ダンス用の靴のようなものだ。そして、動転しつつも、まったく無意味なのに妙に嫌な響きを帯びる言い回しのように、例の疑問がふたたび頭に浮かんでくる——サトレジ号で一八九八年に何があったのか？

## Ⅳ

ともかく、それは十一月三日のきっかり午後九時二十二分のことだった。ウィンターとしては、以降この確かな事実にしがみつくほかなかった。正確な日時を記憶していれば、この表面的にはありえないような状況でも少しは助けになるだろうと思ったからだ。彼は跳ねるように歩くガキと共に家に入った。少年は紅茶を飲みつつ茹でたベーコンを腹に詰めこみはじめたが、早くも茶碗をひとつ割り、テーブル掛けを汚していた。ウィンターが次々と詰問しても、「彼に言われたんだ。ここに泊めてもらえと彼が言ったんだよ」という答えしか返ってこない。クリッシーもウィンターも夕食をとる気が失せて、居間の外に立ったまま少年を見つめるだけだったが、相手はふたりにまったく関心を示さない。夫婦は黙ったまま視線を交わすと台所に引っ込み、ひそひそ声で現状について話しあった。

クリッシーは、最初の衝撃から立ち直ったらしく、ウィンターほど苛立っていないようだった。こいつときたら馬鹿なものだから、ラバみたいに強情でひとりよがりの頭にはおれが囁く困惑の言葉も響かないのだろう。「あいつを泊めるわけにはいかん。あんなガキをどうしろというんだ？「ここに泊めてもらえと彼が言った」だと！　彼というのはブレナーの野郎のことだろうが、小僧は手紙も何も持参していない。信じられんよ。車中で数分間会っただけだ。家出にちがいない。だが、どうしてここに来たのか？　ここの住所を知って、やってきたとしたら……。ほんの数分、車中で顔を合わしただけなんだぞ……」

ふたりは居間にこっそりと戻ったが、誰もいない。「あいつはどこだ？」とウィンターがいった。「ちょっと見てこい」クリッシーが捜索する間、彼は待っていた。やがて、彼女は眼を円くして爪先立ちで戻ってきた。「眠ってるわ！　寝ちゃったのよ――わたしたちのベッドで。起こしたほうがいいかしら？」

彼は頷いたけれど、クリッシーへの苛立ちは消えない。妻の顔には訝しそうな表情が窺え、それが癇にさわったのだ。

## V

ブレナーの息子が滞在したのは、ウィンターの計算したかぎりでは、少なくとも五十時間、最長で五十七時間というところだった。その間、少年はウィンターの他に三人の人物から至近距離で観察された。必要とあらば、この三人――クリッシーとピンク夫妻――は、少年がウィンター家にいた事実を裏づけてくれるばかりか、服装、態度、外見についても証言してくれるだろう。

身につけていたのはツイードの上着と半ズボン、繕いが必要な混色織の靴下だった。顔はいつも汚れていて、父親と同じく大きな耳をしている。彼のスーツケースには寝間着が入っていなかったので、クリッシーは夫の古いフラノのシャツを貸してやったが、翌朝にはひどく汚されていた。既に記したように、最初の日、ウィンター夫妻のベッドに寝転がった少年はそのまま眠りこんでしまったのだが、夫婦の間で少し揉めた挙句、きちんと着替えさせることに決まったからだ。クリッシーは居間に即席のベッドをしつらえ、ウィンターは少年が頑なに抵抗するのに堪忍袋の緒が切れて、寝室から運び出すや居間のソファにどさりと投げ落とした。

いったいどうすればいいのだ？　気持が動転したまま日曜日の朝食を終えると、ウィンターは提督への手紙を書き上げて投函した。彼はいっそポーツマスから電報を打とうかとも考えたが、驚きや不信感を露骨に表わすのはまずいと思い直したのだ。この小僧が父親の許可を得てやってきたというのもまったくありえない話ではなかろう——彼はなぜか自分にそう言い聞かせようとした。いや、やはり馬鹿げている。このガキは何の予告もなく現れたのだ。ダンス用の室内靴を履き、寝間着も持参せずに。おまけに「謝礼」の話など車中で出なかった。いずれにせよ、ウィンターにしてみれば、少年も金も要らなかった。

少年が到着した次の日の朝、彼はこんなふうに腹をたてながら思いをめぐらしたが、手紙を投函して帰宅すると、ずたずたに引き裂かれ紙礫(つぶて)と化した『ニュース・オヴ・ザ・ワールド』(スキャンダル中心の日曜大衆新聞)が居間中に散乱していた。リディアとハリーのピンク夫妻が居間におり、くそガキはリディアのビーズのネックレスを鷲掴みにしてばらばらにしてしまったらしく、クリッシーが謝りながらビーズを拾っている。

こまごまと述べたてずとも、少年の滞在は災難であり、手に負えなかったといえば十分だろう。これでも控え目に表現しているのだ。最初から最後まで、実際にはもっとひどかったし、おまけに変なところがあった。少年が姿を消すまでに、ウィンターは二度殴りつけた。最初は半ズボンの尻をスリッパで、二度目は顔を手の甲で叩いたのだ。特に二度目はほぼ本気だったのだが、奇妙にも、相手のどんな悪戯に自分が激昂したのか後から思い出せなかった。おそらくブレナーの息子は大声を上げたのだろう。耳障りな唸り声で歌ったのだろう、あれを歌といえるのならばの話だが。そうにちがいない。退役准尉は自分の叱りつける声が聞こえるような気がした。「こら、静かにするんだ！　黙れ……！」腸が煮えくりかえる思いだった。

　二度目に殴ってから小僧が騒がなくなったのは、はっきりと記憶に残っている。少しはびくついて大人しくなったようだった。奴の頬に残った痣は初めは蒼味を帯びていたが、やがて赤くなり、ウィンターは落ち着かない表情でそれを眺めた。玄関口に出たところで、クリッシーと顔を合わせたが、彼女には夫が少年を殴りつけたのが聞こえていた。彼女はまた怖くなったらしく、ウィンターは憤りを覚えた。妻が鬱陶しい惨めな気分になったのは不意打ちを食らわされたようなもので、怒りのために喉は盛り上がり、眼が潤みさえした。一言も交わさないまま、二人は互いに見つめあった。

　しかし、これだけではなかった。ブレナーの息子が家に来ているのが異常なだけでなく、他にも妙な点が色々とあってウィンターの心は乱れた。とりわけ、少年が屋外に出るのを嫌がり、自分のことを頑なに話さないのが不可解だった。少年が到来した夜、ウィンターの詰問にまともな答えはひとつとして返ってこなかった。以降、このガキは歌いながら家中を歩き回り、腹が減ると大声で食事を要求し、時にはウィンターやクリッシーの下品な物真似さえしたが、普通の会話をするのは断固として拒否してきたのだ。なだめすかしても、脅しても無駄だった。他人に対しては超然としてよそよそしく、まるで猫のようだった。

　ハリー・ピンクは、買ったばかりのコダックのカメラを少年がいじっているのを発見して慌てて取りあげたが、その後も、本当に危ないところだったと怒りが収まらない様子で、帰り際に玄関でウィンターに小声で警告を発した。声をひそめてしゃべりながら、彼は真剣な表情で頭を上下させた。「嫌なガキだな、あいつは！　わしがあんたなら、すぐさま送り返すところだよ、ジョージ、そうともさ！」

リディアも頷いた。「躾が悪いったら、ありゃしない！　おまけに変だわ。わたしなら置いておかないわよ、ジョージ！　まちがいなくおかしいわ。あの子は――そう、妙なのよ、どこか妙なの。ぞっとさせられるわ……！」

## Ⅵ

こうして日曜日が過ぎた。土曜、日曜は郵便の配達がないから、准尉には打つ手もなく、ただ待つほかなかったが、寒い曇天の月曜日が訪れても提督からの返信は届かず、心配にならざるをえなかった。ウィンターは、普段は冷静でいくぶん無神経なところがあり、現役時代には、士官の間で弄される非情かつ狡猾な術策について熟知した上で冷笑的な態度で対処していたので、並みの窮地に追い込まれても容易に動揺、混乱するような人物ではない。だが、この件に関していえば、謎は深まるばかりで、次第に神経にこたえてきた。「とんでもなく変だ！」と彼は繰り返したが、とはいえ、自分でも何をいいたいのか分からなかった。

予備役での昇進問題に一肌脱ごうとしてくれているのだから、ブレナーをつつきたくはなかったけれど、いっぽうで、このまま放置できないのも明らかだ。カダガン・スクウェアにすぐさま電報を打たないのは、車中で提督のした話の曖昧な記憶が間歇的に蘇って心につきまとうからに他ならない。結局のところ、もう一日だけ待って返信がなければ電報を打とうと、ウィンターは決意した。ガキを預かるのはたとえ一週間であろうと御免だから、部屋の余裕がないとか巧みに理由をつけて説明する手紙をさらに書かなければいけないかもしれない。

そもそも、謝金をもらっても割に合うのか疑問だったし、おまけに、あの小僧と一緒にいると不快かつ陰気になってくるからだ。単に奴の嫌な癖や破壊行為だけの問題だったら、そこそこの謝金と引き換えに我慢したうえで、きちんと躾けてやれるだろう――それが提督の望みであればの話だが。

怒りが抑えきれなくなって、昨日は二度、小僧を懲らしめた。そのせいだろう、今日は大人しくなって扱いやすい。だが、もっと不穏な要素が存在しており、うまく説明できないので苛々する。ともかく奴は普通の子供とは違って「変」なのだ。ここに来てからどれくらいになるのだろう? 四十時間を越えている――その間、奴はずっと家の中をうろついて厄介きわまりないが、しかし、ほとんど一言も喋らない。重病の前兆ではないかとクリッシーは恐れていたが、たしかに、インフルエンザに感染した状態で我家にやってきたというのなら、恐れ入った話だ! 少年は昨夜あまり食が進まず、夕飯の後は、スーツケースに入れて持参した『絵入りチップス』(十九世紀末から二十世紀半ばまで人気のあった子供向け週刊誌)などの漫画雑誌をぱらぱらとめくっていた。近くのサウスシーに昔の仲間を訪ねていくといかねてからの予定を断念したウィンターは、午後の遅い時間になると、意識せずに自分が少年をつい眺めてしまって不快感を募らせているのに気づいた。奴は絶対に間違いなく――どう表現すればいいものか?――まともじゃないのだ。こんな考えはたしかに馬鹿げているけれど、拭い去れない。クリッシーから聞かされたリディアの言葉が頭に浮かんだ。玄関口で奴が中にいるのを見た際、リディアは驚いたのだが、そのとき性別を間違えたらしい。つまり、一瞬にせよ、女の子だと思ったというのだ！　義妹をつまらない女だと軽蔑してはいたが、にもかかわらず、彼女の愚かな間違いにはウィンターを動揺させるものがあった。奴がどこか異常で不自然で、いわば現実感がうすいというウィンターの確信を、それは強める方向に働いた。けれども、これまでに多数の茶碗や陶器を割っている以上、このガキが実在しているのは疑いない！

午後のお茶の後で、ウィンターはクリッシーの後について台所に行った。「あのガキにはもう我慢ならない！　自分の子供だったら、目に物を見せてやるところだ！　おれにもし子供がいたなら……」クリッシーの丸い顔はくしゃくしゃになった。涙を流さないように努めながら、おずおずした弁解するような視線で伏せ目がちに夫を眺めている。こういった態度にウィンターはいつも腹を立てた。やめろと叫んで彼は背を向けた。自分たちに子供は生まれない。妻のせいだ。自分でも分析できない疑念に心が重く沈んだまま、彼はそっと台所を出ると、ぎこちない姿勢でブレナーの息子を覗き見した。

時間の歩みは遅かった。表は暗い。日は既に沈んでいて、湿ったような月が昇り、雨まじりの風が吹いていた。小僧は暖炉の光で相変わらず漫画雑誌を読みふけっている。「眼に悪いぞ。聞いているのか?」とぶっきらぼうに声をかけても、少年は返事をしなかった。ウィンターはガス燈を点けると鎧戸を下ろした。「ともかく、おまえは明日家に帰るんだぞ」というと、少年はようやく顔を上げた。「うん……分かったよ」――答えはそれだけだった。ウィンターは困惑したまま少年をしばらく凝視してから、目をそらせた。いったいどうなってしまったのだ？　おれはいったいどうしたというのだ？　少年の姿を眺めていると、頭がおかしくなってしまう。惨めになるのだ。気が消沈し、不可解で定義不能の暗澹たる気分に襲われる。退役准尉のおれは鬱（ふさぎ）の虫に取り憑かれたのだ。間違いない。おれの腹の中は、月に向かって無駄吠えする犬の腹の中みたいになっているのだろう。いや、不快で耳障りな曲に吼えたてる犬というべきかもしれない……。

## Ⅶ

その夜、眠れないままベッドで数時間すごした後で夢を見た。夢の中ではまだ前日の夕刻で、ウィンターは客間にそっと入るとガキを眺めた。奴は暖炉の側を離れずに笑みを浮かべて茶色の眼でこちらを見つめる。その微笑には我慢がならなかった。耐えられない。彼は嫌いな唄のメロディ、続いて歌詞を思い出した。まさに不快で耳障りな曲。一八九八年のサトレジ号だった——年配で白髪まじりのメロウ少佐が、後甲板からがなりたてていたのだ。

おお、木靴の響き
おお、踊りと愉快な曲

この唄が頭に響く状態で、ウィンターは惨めな気分で愕然としながらガキを凝視した。クリッシーがいつのまにか側にいて、やはり凝視している。「ねえ、ジョージ――」強く非難するような陰気な口調で妻がいうのが聞こえる。「ねえ、ジョージ、あの子はあなたが好きなのよ。好きなんだわ……」不意に妻は慄いて彼の腕を摑んだ。「見て！ あの子の頭を！ 毛がなくなっていく！」たしかに、みるみるうちに頭髪が薄くなった。ブレナー提督そっくりだったが、でも提督ではない。縁がギザギザの大きな黒い徽章のようなものが襟首の隙間からゆっくりと突き出てくる。クリッシーは悲鳴を上げていた……。

ここで目がさめた。全身汗みずくでベッドに横たわり、眼からは涙が流れ、横には妻が寝ている。そう、朝になったら電報を打って、既に手紙で書いておいたように、できれば提督の許にガキを送り返そう。ほどなくして彼はふたたび眠りにおちた。今度はぐっすりと寝たので、クリッシーに起こされるまで目がさめなかった。

妻はまだ着替えもすませておらず、ウィンターの肩を揺さぶりながら、怯えた表情で彼を見ている。「ジョージ、起きてよ！ いなくなったわ、あの子がいないの！」

本当だった。ガキの姿はどこにもなかった。夜のうちにスーツケースもろとも立ち去ったにちがいない。

ウィンターは罵り声をあげた。身体が冷えて引き攣るような感じで、恐怖がこみあげてくる。

「奴を見つけられないとなると、ロンドンに行かなくては。どうあってもだ。これは笑い事じゃない。ブレナーに是非とも会わなくては」

## VIII

ロンドンへの車中で、ウィンターは自分の愚かさ加減を幾度も呪った。ガキが突然やってきたのは提督の与り知らないことで、すべては胡散臭かったとどうして初めから気づけなかったのだろう。すぐさま提督に電報を打つべきだった。どうしてそうしなかったのか自分でも理解できず途方にくれたが、今回の件では、普段の常識を驚くほど欠いていたようだ。すべてはまるで夢のようで、自分の行動さえ曖昧模糊としている。現実に起こったことだと得心するためには体を抓らなければならないほどだった。

とはいえ、たしかに彼はいま列車に乗っていて、ロンドンのブレナー邸に向かっている。これは疑いようがない。出発前に朝の配達を確認したが、提督からの手紙は来ていない。ハリー・ピンクの見慣れた筆跡で彼に宛てられた小包だけが届いていたが、開封しないまま上着のポケットに放り込んで家を出た。あるいはと思って近所の連中に訊ねてみても、誰ひとり少年が立ち去るところを見ていなかった。ポーツマス駅で彼はカダガン・スクウェアに電報を打った。まだ十一時半だから、ロンドンのヴィクトリア駅には午後一時すぎには着くだろう。

列車が轟音をたててハヴァント駅を通過したとき、提督にいったい何といえばいいものかとウィンターは思案した。警察に通報しておくべきだったのかもしれない。万一、あの小僧がまだ姿を現していない、提督の家に帰っていないとしたら……！　えらいことになるぞ！　ガキのポケットに一ポンド近い金の入った財布があったのは確認しておいたから、奴はロンドンに戻るには困らないだろうが、とはいえ、どうなるか分かったものじゃない。そう、こうやって慌ててブレナーに会いに駆け参じるよりは、警察に通報して事態の推移を見守るほうが賢明だったのかもしれない。すべての責任はおれにあると、提督はきっと詰るだろう。いっぽう、少年が無事に帰宅していれば、おれに殴りつけられたのを告げ口して、父親のブレナーは怒り狂っているかもしれない。

車外には霧がたちこめていた。霧が幾重にも厚い層をなして、景色をかき消している。ウィンターの頭はずきずきと痛んだ。ロンドンでも霧が出ていて到着が遅れはしまいかと、彼は気を揉んだ。早く決着させたいと焦るばかりで、懸念が募り気分が悪くなった。この件では自分がなにゆえか判断を誤り、普段の分別、常識をひどく失ってしまったと思うと気が滅入ったし、ごく世間的な面でもどんな結果に終わるかと案じられたが、しかし、それだけにはとどまらない——執拗につきまとう奇怪な疑念が依然として彼を悩ました。この件ぜんたいがありえないことだらけ、矛盾だらけだったからだ。それについて考えれば考えるほど、昨日の説明のつかない陰鬱な気分に自分がふたたび落ち込みかけているのに気がついた。おれはいったいどうしたというのだろう？ おまけに、おれが日曜に送った手紙に対して、どうしてブレナーは電報なり返書をよこさないのか？

家を出るとき郵便配達人から慌てて引ったくってクリッシーに手渡さないままで持ってきたハリーからの小包を、上着のポケットから取り出した。頑丈な茶封筒で、中身は写真の束と手紙だった。手紙にはほとんど目もくれなかったが、スナップ写真には不意に興味を覚えて一枚ずつ眺めだした。ハリー・ピンクが、買ったばかりの新品のカメラを試そうと、自分たちを数回撮っていたのが記憶に蘇った。

写真を眺めるうちに、ウィンターは眉をひそめた。最初のうちは漠然と当惑を覚えただけだったが、やがて愕然とした気持で手早く写真の束をめくった。一枚、二枚、三枚、四枚、五枚、六枚。これで全部だ……。動揺した叫びが口から洩れた――「まさか、そんなわけが！」。文字通りの寒気に襲われて、全身が震えた。車室の反対側でウッドバインをふかしていた男が驚いてこちらを振り返ったが、ウィンターは虚ろな眼をして見返すばかりだった。霧は深くなるいっぽうで、車内では白熱灯が蒼白い光を投げかけていた。ウィンターは何とか気を落ち着けると、写真をポケットに突っ込んだ。だが、体の震えはとまらない。彼は懐中時計を眺めた。冷たい恐怖に襲われながら、この不安感はあと半時間は収まるまいと思った。

# IX

ようやく辿り着いたブレナー邸を目のあたりにして、彼はさらに怖気づいた。厳しい外観の石造りの大きな屋敷で、普段ならば、招かれもしないのにこんな家に入ると考えるだけでもばかばかしいと准尉は思うところだった。だが、彼がいま覚えている不安感は異なった種類のものだった。霧のせいで道を探すのに手間取り、既に午後二時をまわっている。彼は呼鈴を鳴らすと、足をそわそわと動かしたまま待った。

ほどなくして、ひとりの男が扉を開けた。召使だろうとウィンターは決めつけたが、相手は強い衝撃を受けたかのように、敵意のこもった視線を向けた。ウィンターはすぐに口を開いた。「ブレナー提督にお目にかかりたいのだが？　わたしはウィンターという者で――」

彼の言葉は途中で相手に遮られた。「ブレナー提督に会いたいですって？　いえ、無理です。断じて無理です」取り澄ました低い声は、怒りのこもった非難の響きを帯びている。その男の背後、広く暗い邸内から、陰鬱な吐息のようなものが伝わってくるのをウィンターは感じた。扉は閉められようとしている。

「いや、どうしてもお目にかかる必要がある。重大な件なのです。もし――」必死の思いに身を震わせながら、ウィンターは片足を扉の隙間に突っ込んだ。ぎょっとしたような叫びを上げて相手は彼を押しもどそうと試みたが、無駄だった。屋敷の中に入ると、しわがれた雄鶏のような声が聞こえる。「どうした？　誰なんだ？　どうしたのだ？」

提督の声だった。召使はこの椿事に押し黙ったまま身をこわばらせて立っている。ブレナーとウィンターは真っ向から顔を合わせた。

「何とおまえか……よくもまあ……」明らかに苦痛に近い感情のために、提督は言葉を詰まらせた。顔面が朱に染まっている。ウィンターはおぞましいものを予感したが、言葉にできないまま、相手を眺めた。そう、たしかにブレナー本人だ――この拳、膝、染みで斑になった黄灰色の頬。ともかく、この点については間違ってなどいなかった。にもかかわらず、依然として不気味な予感にとらわれたままで、ウィンターは怖かった。彼は自分でも正体がよく分からないものを恐れていた――いや、まだ分からないとはいえ、分かるまであと一歩のところだ。

時間はかかったけれど、ブレナー提督は自制心を取り戻した。召使に立ち去るようにと合図してから、「ここに入りたまえ」というと、彼は玄関広間の左手にある部屋の扉を開いた。提督の後に続いたウィンターはまたもや悪寒を感じた。霧に包まれた表の道路からは気づかなかったものを意識したからだ。提督が電灯を点けるまで部屋は真っ暗だった。鎧戸は下ろされていた。

もじもじと帽子をいじりながらウィンターは急いで口を開いた。「日曜に手紙をお送りしましたし、今朝には電報も打ちました。ご子息は無事に戻られたものと——」

「おまえは狂っているぞ!」提督の声は押し殺した怒りに満ち、顔は引き攣っている。眼には涙がたまっていたが、悲嘆あるいは憤怒、もしくは双方のゆえなのか。いまにも心臓発作をおこしそうな表情だった。「おまえは頭が変だ! 手紙、それに電報も受け取った……よくもあんな真似を……正気の沙汰ではない!」

ウィンター退役准尉は普段は容易に動じない人物だったが、いまや頭の中は真っ白になり、脚元がふらついた。どうやら、分別を失ってしまったようだ。何とか踏ん張れたのは、心に取り憑いてきた悪霊、すなわち、事態を解決収拾したいという病的なまでの欲望のお蔭にすぎない。陰気な沈思黙考を中断するかのように暗い放心状態から醒めると、頭が混乱したまま、彼はぎこちない口調で言い返した。「しかし、いったいどういうことなのです? わたしは電報を打って、息子さんがこっそり姿をくらましたとお伝えしたのに——」

彼はここで口をつぐんだ。提督は懸命に何かをいおうとするのだが、うまくいかない。口の端にときおり染みが浮かぶが、その度に素早く舌で舐めるので消えていく。ウィンターは相手が切り出すのを待った。ようやくにして提督が口を開いた。

「出ていけ！　ここから出ていくんだ！　我慢がならん！　おまえは狂っている……わしの息子は、あの子はずっとここにいた。おまえの話は支離滅裂だ。息子はこの家を一歩も出なかった。重病だったからだ。おまえは狂っている……昨晩、息子は息を引き取った……」

ウィンターは扉へと向かった。もっと詳しい話を聞きたいという強い欲求が少し残ってはいたが、訊ねる勇気はでなかった。もはやどうしようもなかった。どうしようもない。玄関広間に赴き正面扉を開けて表に出ると、そっと閉めた。霧は少し晴れたようだった。彼は帽子をかぶると石段をよろめくように降りた。

X

七時間後、彼は〈カルカッタ〉でラム酒を啜っていた。何が何だか皆目分からず、完全に諦めの心境だった。提督こそ頭がおかしいのだ——そういう結論に一時は傾きかけた。きっとそうにちがいない。今朝あのガキがいなくなったのに気づいて、事態収拾のためにロンドンへ慌てて駆けつけたのは紛れもない事実で、記憶の錯乱のわけがない。おまけに、昨日はこの眼で奴を見ている、、のだ。人間、自分の眼が信用できなくて、いったいどうしろというんだ？　しかも見たのはおれだけじゃない。集団幻覚——この言葉をウィンターは知らなかっただろうが——という説明はあまりに馬鹿げていた。

だが、確信はときに揺らいだ。ハリー・ピンクの撮ったスナップ写真――あのガキもいるはずなのに、写ってはいなかった。頭が混乱してくる。混乱と不安のせいで彼はどうしようもなかった。不意に両手を額にあてると、彼は呟いた。「ああ、おれの哀れな頭、哀れな頭……」

酒場にいる男たちのひとり、ふたりが彼を不思議そうに眺めている。ウィンターは動揺した。クリッシーのことをおれはまさかうっかり洩らしてはいないだろうな？　あのガキがおれを好いていると夢の中でいったのは彼女だった。つまるところ、すべては妻のせいなのだ。おれの子供を産めなかったからだ。

それまでは酒場の隅で半ば崩れこんだような姿勢で座っていたが、いまや背筋を伸ばすと、彼は荒い口調で顔見知りの男に話しかけた。「おれの家内を知っているだろう？　クリッシーさ。おれは殺(や)ってしまったんだ。あいつの首を絞めてな――ほら、こんなふうにさ！」太い指で彼は不気味な仕草をした。

相手はきょとんとした表情でウィンターを眺めてから、困惑したような笑い声をあげた。酒場の扉が開いて、一陣の冷たい風が吹き込んでくる。ウィンターは虚ろな顔で表を眺めた。眼が痛むし、顳顬(こめかみ)がずきずきする。「ああ、おれの哀れな頭、哀れな頭……」彼は呻いた。扉が開いているあいだ、組みあわせた両手の指の隙間から霞んだ月光が見える。束の間だけ、霧の夜の匂いがした。

# 死者の饗宴

横山茂雄訳

The Feasting Dead

# I

息子のデニスが心から慕っていた母親が突然この世を去ってしまったので、わたしは生来あまり丈夫でない彼をエジンバラ近郊の寄宿学校から連れ戻し、しばらく手許におくことにした。かわいそうな息子。彼に対していささか厳しすぎる傾向にあったのは事実にせよ、わたしたちは今や互いを必要としていた。したがって、過去の厳格な仕打ちをわずかでも贖い、同時に、感じやすい性質の息子が母の死から受けた打撃を和らげるために、できることは何でもやった。わたし自身も妻を喪くしたのがひどくこたえていた。

当然の結果として、わたしはとても「甘い」父親となったけれど、これから語ろうとする一連の出来事が起こらなければ後悔などしなかっただろう。わたしたちの当時の住まいはウィンチェスター(イングランド南部、ハンプシャの州都)から遠くない「トネリコ荘」という大きくて快適な屋敷で、陸軍から退役した際に購入したものだった。「お父さんと一緒にいたい」から、もう一学期休ませてほしいとデニスが言い出したとき、わたしは安堵しただけでなく褒められたような気がした。スコットランドに較べると気候は温和で、息子は丘陵地帯を毎日馬で駆けていたから、健康にはいいだろうし、ギリシャ語や代数をあと数ヶ月さぼったところで害にはなるまい。

あの五月と六月、屋敷の近隣にはフランス人一家――父親に幼い息子と娘――が滞在しており、幸運にもデニスと一家は互いに気が合うと分かった。亡き妻のセシールはフランスの血が半分混ざっていたのだが、一家がセシールの生まれ故郷の住人であるのみならず、互いに情報を交換したところ、遠いながら彼女と血縁関係にあると判明した際には、この偶然の出会いはすこぶる祝福すべきことのように思えた。生前のセシールはオーヴェルニュ地方（フランス中南部）の歴史、景観、そして、とりわけ伝承をデニスに語って倦むことがなかった――彼女も認めてはいたが、伝承にはぞっとする類（たぐい）のものも含まれる。デニスがまだ一度もこの地方を目にする機会がないのは残念だと、わたしたちは繰り返し嘆いたものだ。とはいえ、こちらの能力が情けなくなるほどデニスはフランス語の読み書きが達者で、おまけに、わたしの想像するところでは亡き母の記憶に忠誠を誓うといった心持からだろう、今や対象が人であれ物であれフランス贔屓（びいき）が昂じていたのだ。

件（くだん）のヴェニョン家の父親というのは、かなり熱心にわたしたちと親しくなろうと努めてくれた。オーヴェルニュのかつての中心地イソアール近くに館を構える大地主らしい。痩せぎすで幾分神経質かつ無口な人物で、こけた頬と悲しそうに考え込む態度が目についたが、これは最近に身内を失ったせいだろうと思われた。彼もまた一年前に妻を亡くしたという事実は、互いに口にこそ出さなかったものの、わたしたちの間で共感が生じるのにいっそう役立ったし、デニスが同じく母のいないマルセルとオーギュスティヌの兄妹と遊び友だちになれたのは嬉しかった。正直なところ、このふたりは好感のもてる元気な腕白というわけではなかったけれど——痩せこけて肌は浅黒く、陰険な眼つきをしており短気だった——デニスがふたりと一緒に楽しく過ごしているのは明らかだった。

「さよならではなくて『またお会いしましょう（オ・ルヴォワール）』ですよ、大佐殿」と、ヴェニョン氏は別れ際にいった。「少なくともデニスにとってはね。あなたさえよろしければ、デニスは休暇中にオーヴェルニュに来ればいい。いっぽう、その期間、マルセルとオーギュスティヌが入れ替わりにご当地を再訪するというのはいかがでしょうか」

　そんなことは考えてもみなかったが、デニスに意見をきいてみると、どうやらとうに了解済みのようだった。「おまえは行きたいのかい？」と、驚いたわたしは息子に訊ねた。

「うん……行ってかまわないよね？」

「そうだね……たぶんな」と、わたしは確答を避けた。「いずれ考えてみよう」

　この計画はいわば不意打ちのかたちでわたしに提案されたとはいえ、同様な交換滞在プランは新聞にたえず広告が出ているし、わたしたちの場合は、既に両家が昵懇（じっこん）の仲なのだから、親疎の度合を云々するまでもなかった。休暇についていうならば、このところずっとデニスを休学させてきたけれど、近々のうちに、我家から遠くない別の学校へと移すつもりだった。当然ながら勉強はずいぶん遅れているが、この計画を実行すれば、フランス語の力をつけるには絶好の機会になるだろう。かくて、八月になると、わたしは息子を連れてフォアンの地へと赴（おもむ）き、ヴェニョン氏の館に一泊して彼を預けると、マルセルとオーギュスティヌを引率しつつ満足した気分で翌日ハンプシャへと戻った。

この取り決めは一回きりにとどまらず履行されることになり、デニスは復学後も休暇の度に短期であってもオーヴェルニュを訪れ、十三歳になってからもさらに継続された。息子が同地への滞在にこだわるのには、いささか驚かされたといわねばなるまい。心をかくも惹きつけられる愉しみなどオーヴェルニュにはありそうにないからだ。息子と入れ替わりで英国へとやってくるマルセルとオーギュスティヌの場合は、ふたり連れだから退屈しなくてすむだろうが、デニスの場合、同年代の遊び相手はかの地にはいない。亡妻のセシールにはウィリという甥――彼女の兄の息子――がいたけれど、二年前に死んでしまった。生きていれば、彼のことをデニスは尊敬して、気の合う友だちになったかもしれない。ヴェニョン氏の館から遠くないところに住んでいたウィリの両親もディジョンに移ってしまったので、デニスの愉しみといえばヴェニョン氏と過ごす時間に限られるはずで、わたしは困惑と同時にかすかな嫉妬も覚えた。

館を眺めたのは一回目のときだけだった。というのは、以降の交換滞在では、ヴェニョン氏あるいは彼の執事のフレバールが子供たちに付き添ってくれたからで、わたしは頭の中で館の姿を細かく思い描こうとしてみた。

館は古いもので、全体にわたって修理は十分になされていなかったが、屋内は快適だった。わたしたちが到着したとき、館へと通じる道も館もとうに夕闇に包まれていたけれど、十数マイル離れた最寄りの駅から法外な運賃をふんだくられてタクシーに乗ってくる羽目になったので、駅と館の間の田舎の風景を眺める機会はもてた。陰鬱で、ぞっとするような不気味さが漂い、燃え殻のような気配に満ちて重苦しかった。とはいえ、たとえ到着時に気分が塞ぎこんでいたとしても、たいしたことではなかった。ヴェニョン氏は「駅に出迎えにいくはずだったのに、車が故障してしまって申し訳ない」と繰り返し謝りつつ、心から歓迎してくれたので、わたしの心は落ち着いた。デニスを寝かせてから、最上級のブランデーを啜りながら、わたしたちは深夜まで会話を楽しんだ。ヴェニョン氏が笑いながら「幽霊の出る」小塔の部屋に言及したが、それにまつわる話はとりとめがなく、後になると記憶から消えてしまった。

「フォアンにはまだ休暇ごとに行きたいのかい?」と、わたしはデニスにいちど訊いてみた。「あの館ではなくて、ミシェルおじさん、ベットおばさんのところを訪ねてみたらどうだい? ディジョンにいるおじさん、おばさんは歓迎してくれるよ」

「ううん、フォアンが好きなんだ、といっても……」強い気持が口調にこめられているのにわたしは驚いた。

さして乗り気でないまま交換滞在の件に同意したとはいえ、不安など感じていなかったのもたしかだから、この時点になってわたしが動揺を覚えはじめたというのは誇張になるだろう。要するに、ごく何気なく始めたことがあまりに重要になってしまった、あまりに長期にわたってしまったと感じたにすぎない。

「でも、むこうではとても退屈なときもあるだろう? 一日中なにをして過ごす?」

「ええっと……やることなら沢山あるよ。ぼくたちは——」デニスは当惑したように口ごもり、わたしは微かな懸念におそわれた。息子の虚弱体質は生前の妻とわたしの心配の種であったので、妻の死は彼の健康に深刻な影響を及ぼすのではないかとわたしは恐れた。だが、デニスは母を喪くした悲しみに男らしく耐え抜いた。さらに、休学して「トネリコ荘」で乗馬に励んだせいで体調がよくなったように一時は思えた。しかし、以上の会話を交わした際、彼は神経質な様子で顔を紅潮させた。フランスに行くのをわたしが今後は禁じるのを恐れたのかもしれない。眼には奇妙な緊張がみてとれた。まるで何か重荷を背負っているかのようだったが、どうしてそんなふうに思えたのかは分からない。

このときの話はそれきりになり、翌週には、フランスから執事のフレバール――真面目で物堅く品行方正の権化ともいうべき人物――が我家にやってきたので、わたしの疑念はいったん収まった。だが、デニスがフォアンに行ってしまうと、疑念は執拗に蘇ってきた。息子をこんなに長い間ずっと館に惹きつけてやまないものとはいったい何なのかと、わたしは訝しく思わざるをえなかった。具体的にはどこが変だとまでは分からないものの、ひとつ気にかかることがあった。きっちりと調べておかなかったのはわたしの失策で、もっと丁寧に調査すべきだろう。

もしデニスがまたもやフォアンに行く機会があるなら、今度は自分が送っていこう、場合によっては帰りも迎えにいこうと決心した。いずれにせよ、一日か二日は息子と共に同地に滞在できるだろう。

この滞在については記憶が鮮明だ。館を離れる際、何も心配することなどないという結論に達するいっぽうで、説明のつかない陰鬱な気分に襲われて、相変わらず疑惑が晴れないままだったのをよく憶えている。

ヴェニョン氏は客のわたしにとても気を遣い、四六時中顔を合わせていたばかりか、三日の滞在期間を延長するよう熱心に説いた。翌年には自分の子供たちと過ごす時間が減るのだと彼は説明したが――「息子はブールジュの中学校(リセ)、娘も同じくブールジュの修道院附属学校に入る予定なのです」――ハンプシャにいたときと較べると、館ではふたりに厳しい躾(しつけ)をほどこしているようだった。この交換滞在が続くかぎりは、彼のほうが得をするなとわたしは皮肉まじりに思った。なぜなら、上品で容姿端麗なデニスと引き換えにこちらが預かるのは、それとは雲泥の差の子供たち、奇妙で謎めいた、子猿のような兄妹だったからだ。

いっぽう、四週間というデニスの滞在期間も終わろうとした頃、迎えに赴いたわたしが館に泊めてもらった際は、事情が異なった。この折も当初は居心地の悪さをさほど感じずに時間が過ぎていき、特に何事もなく最後の夜になった。ヴェニョン氏と食事、会話、トランプをのんびりと楽しみ、氏は地所のあちこちを親切に案内してくれた。デニスもこの案内には必ず同行、ヴェニョン氏を助けるのは満更でもなさそうだったが、ただし、金髪を陽光にきらめかせながら先導する息子の姿を眺めながら、少しぼんやりとしておとなしいのが気になった。八月の半ばだったのでうだるように暑く、周囲の灼けた風景は陽炎(かげろう)ごしにゆらめいて、まるで顰面(しかめつら)をしているようだった。フォアンの周囲は黒く変色した岩石が乱雑に積み重なった地形で、何かが爆発したまま放りだされたようだとも形容できたが、そのとき、もっと突飛な喩えが頭に浮かんだ――これらの尖った岩や平らな岩、つまり溶岩が冷えて黒焦げの塊と化したものは、噴火口(ピュイ)（オーヴェルニュ地方には多数の休火山があり、シェヌ・デ・ピュイと呼ばれる火山群が有名）を賭博台がわりにしてゲームに興じる地獄の悪鬼どもが抛りなげたままで無秩序に放置された「人間」たちのようだと。息子と共にハンプシャに戻ればほっとするだろうなと、わたしは心の中で呟いた。

しかしながら、館で過ごした三日間のうちでとりわけ気にかかったのは、相変わらず礼儀正しいにもかかわらず、ヴェニョン氏に微かだが妙な変化が窺えたことだった。

デニスの次回の訪問はいつになるでしょうかねと、こちらが何気なく口にした際、氏の顔には奇妙な躊躇、不自然な表情が浮かんだ。

「そうですね――」と、彼は自信なさそうに答えた。「まあ、歳月と共に人は変わるし、ものには終わりということもありますから……」

その晩、つまり、英国に戻る前夜、わたしの心は落ち着かなかった。羽毛布団は息苦しく感じられた。わたしとデニスの部屋は隣り合っており、部屋の外にある螺旋階段が小さな庭に通じているのをわたしは思い出した。新鮮な表の空気を吸おうと、寝間着のままで階段を降りかけようとしたとき、話し声が聞こえたので立ちどまった。

ヴェニョン氏がフレバールに話しかけているらしい。

「だめだよ」と不安な口調で囁くような声が聞こえる。「無理だ――いいかい、何たることか、あれがまたやってきたんだ」

急いで音もたてず、わたしは後じさった。ヴェニョン氏は最後の言葉を強く発音したが、そこには恐怖あるいは絶望したような嫌悪感がこもっていたので、もう少し続きを聞けばよかったとわたしは後悔した。心を決めかねたまま、踊り場にしばらくとどまっていたが、デニスの部屋の扉の下から明かりが洩れているのに気づいて、そっと扉を開けると、中に入った。

「おい」と、わたしは声をかけた。「おまえも眠れないんだね」

「うん、暑すぎて」

息子はベッドの上に起き直っており、壁の燭台にはロウソクが灯っている。どこか不安で気が立っている様子だった。

「想像するほどは田舎も静かじゃないな」とわたしはいった。そのことに興味があったからではなく、自分の動揺が相変わらず鎮まらないのを隠すためだ。「小屋で牛の動く音が聞こえたように思えたからね。厩舎にいる馬かもしれないが……」

「あるいは幽霊かも」とデニスが応じた。「小塔の部屋に出るとかいう話だから」

わたしは微笑んだ。そうするのを息子が期待していると思ったからだ。「でも、幽霊は音をたてるのかい?」と、わたしはなかばうわの空で訊ねた。依然としてヴェニョン氏の言葉が気にかかっていたからだ。

「うん——」と、やはり微笑みながら答えた息子はいったん口をつぐんでから、謎めいた言葉を口にした。「スケートで滑るような音だよ。ぼくが……ぼくのせいで音をたてるんだ」

「『スケートで滑るような音』だって?」わたしははっと我に帰った。この奇態な表現のみならず息子の不思議な口調にぎょっとしたからだ。

「ローラースケートのような音だよ」とデニスは説明した。「とっても変なんだ。ぼくたちは——」

ここで唐突に息子は口をつぐんだ——微笑はまだわずかに浮かべたままで。それはたしかに微笑ではあったが、自分には父親のわたしに見えないものが見えるのだと考えている微笑だった。空想か現実かはさておき、自分だけが詳しく知っているという優越感を湛えた微笑。わたしはそう直感的に見抜いて不愉快になったけれど、この件をいま問い詰めるのは得策ではないと考えた。「おやすみ」といってから、わたしは自分の部屋に戻った。

こんなことがあったのではますます眠れないなと憂鬱になったが、実際にはたちまち熟睡して、翌朝目覚めたときにはさっぱりした晴れやかな気分だった。ヴェニョン氏の心を悩ませているのが単に馬鹿げた迷信にすぎないのなら、心配は無用だ――こう思ったのを今も憶えている。つまるところ、わたしはもううんざりしていた。おそらくはあと一回くらいデニスがここに来て、それで交換滞在は自然と沙汰やみになるだろう。

しかしながら、出立しようとする間際になって、疑念がふたたび湧いてきた。ヴェニョン氏の顔は蒼白で、さしだされた手を握ると震えている。そのとき、彼の態度の変化をうまく言い当てる言葉――滞在中に色々と考えてはみたものの、浮かばずに終わっていた言葉――が不意に脳裡にひらめいて、ぎょっとした。「うしろめたい」だ。でも、ありえない……！　氏がうしろめたいと感じる理由など想像もつかない。とはいえ……。車に乗り込んで手を振って別れの挨拶をした際、わたしだけでなくデニスも一抹の影に包まれたように思えた。

帰途の車中、船中では、うっとうしい不安感をとりあえずは追い払えた。おそらく、ヴェニョン氏はわたしたちには飽き飽きしてしまい、徐々に関係を断とうとしたものの、率直に切り出すことができなかったのだろう。それをいうなら、わたしたちハブグッド家の側でも、このところヴェニョン家が重荷に感じられていた。したがって、交換滞在の解消を先方から持ち出してくれるなら、こちらにとっては勿怪（もっけ）の幸いだろう。「トネリコ荘」に戻ったとき、わたしは愉快な気分だった。
その二日後に書留郵便が届いた。消印はフォアン。ヴェニョン氏からの書簡は以下の通りだ。

拝啓
　これまでの当家と貴家の心和（なご）む交際を打ち切るのが望ましい旨をお伝えせねばならないのは苦痛のきわみであります。加うるに、この悲しむべき措置をとる理由を貴殿の得心いくように説明することも、遺憾ながら叶いません。小生はどうやら異様な禍（わざわ）いに祟られているようなので、貴殿が知らぬうちに巻き込まれないよう計らうのが正しい道でありましょう。かくも不躾な提案をご寛恕いただくために申せるのは、以上ですべてです。実のところ、小生がなさねばならないのは、己れの周囲に防疫線（コルドン・サニテール）を張ることであって、しかも、これは己れの身ではなく外部の人間を守るためなのです！　小生の尊敬してやまぬ貴殿におかれましては、この残念な事実をありのままに受け入れられて、向後、小生とは一切の音信交際を断たれますよう、満腔の悲嘆を覚えつつ冀（こいねが）う次第であります。

敬具

ハブグッド大佐殿机下

V・ド・ラ・F・ヴェニョン拝

わたしは驚くべき内容の手紙を封筒にもどした。先方から絶縁を言い出すのをほんの数日前に夢想したとはいえ、まさかこのようなかたちで実現するとは！　ヴェニョン氏は気が触れたのか？　奇妙なことに、わたしの心をもっぱら占めていたのは相手に対する不快や怒りの念ではなかった。むしろ茫然自失となって、一種の恐怖さえ覚えた——本当の災いは終わったどころか始まったばかりであるかのように。

いずれにせよ、わたしは不意打ちをくらって狼狽した。

ヴェニョン氏からの手紙の内容をデニスにすぐには話さなかった。どうやって伝えるのが最善、賢明なのか一週間以上も頭を悩ませてから、「ヴェニョン家はある重大な問題を抱えているので、少なくともしばらくはおまえを館に預かるのが無理になったらしい」と息子に告げた。

たしかにひどいごまかしではあるけれども、他にどんな伝えようがあるというのか。わたしの推測していたように、過去数ヶ月というものヴェニョン氏はわが家との関係を断とうと思案したあげく、結局は面と向かって宣言する勇気が出せずに、このばかげた書状を送ってきたのだろう。言い訳、つまり、「禍い」がどんな意味にせよ、書簡はぞんざいきわまりない代物で、それをデニスに見せるわけにはいかなかった。

息子は事態を冷静にうけいれたが、とはいえ、わたしには偽りの冷静さだと感じられた。デニスにとっては大事（おおごと）であるはずで、今になって思うと、彼は、重大さを判断したうえで、この障害をとりのぞいて自分の願いがかなうように何とかできないものかと必死になって考えていたのだろう。

ともあれ、わたしは息子がかわいそうでならず、この打撃をやわらげて気を晴らすような方策はないものかと頭を悩ませた。

　ところが奇妙にも打開策を思いついたのは息子自身だった。ただし、わたしが嬉しく思うようなかたちではない。

「ラウールと会えなくなるのがつらいなあ」と、考え込んだような口調でデニスは切りだした。しかし、言葉があまりに滑らかに出てきたようなのにわたしは気づかざるをえなかった。「彼のことは以前に話したよね？」

「ラウール？　いや、聞いていない」と、わたしは応じた。

「そうなの？　ラウール・プリヴァシュだよ？　きっと――」

「いや、一度も聞かされていない。どういう人なんだい？」

「向こうではいちばん親しかった。だから、きっと話したはずだよ……一緒にモグラやコウモリをとったり、噴火口(ピュイ)に登ったりした。いわゆる雑用夫、何でも屋なのさ。庭仕事、伐採、馬の世話など色々と――あっ、そうだ！」不意に妙案を思いついたかのように、彼はいったん言葉を切った。「ラウールを家(うち)に呼べばいいんだ。お父さんのために雑用をこなしてくれるよ。そういう人がいれば便利でしょう！　ラウールがここに来てくれたら、館に二度と行けなくても構わない……」

「とんでもない！」と、わたしは無愛想な返事をした。「いいかい、おまえ、フランスからそんな男をこちらに連れてくるのには、面倒な許可証が何枚も必要なんだぞ！」

　わたしの口調が厳しくなったのは、デニスの提案が変だったというよりは、我が子がどうやら嘘をついていると気づいたからだ。彼はこれまでラウールについて触れたことなどなく、それは自分でも分かっているにちがいない。

のみならず、わたしはヴェニョン家に関わりのあることは一切御免という気持だった。

デニスは眉をしかめたが、そこには反抗心がこめられていた。

「ああ、分かったよ」と、息子はむっつりと答えた。「でもいずれ彼にはここで会えると思う。そのうちここに現れるよ」

そして、何たることか、本当に現れたのだ。息子と共に朝食をとってから、居間でパイプを燻(くゆ)らせていると、窓を叩く音が聞こえた。目を上げると、表に男がいる。背が低くて、みすぼらしい格好の人物だったが、顔はよく見えない。しかし、瞬時にその正体が分かって、心が重くなった。男は手で合図をしており、わたしは、自分でも意識しないうちに、合図に応えて玄関扉の方向を指差していた。しかも、男のために扉まで開けてやったのだ。

玄関の外に男は立っていた。なぜか彼の顔つきがはっきりと見えないという不安をふと感じて、わたしは漠然とした困惑を覚えた。だが、そのとき、階段を駆け下りてくる足音が背後から聞こえ、次の瞬間、デニスは男の腕のなかに飛び込んでいた。「ラウール！　ラウール！」彼は有頂天になって声をあげた。「来てくれると思っていたよ！」

「おはようございます、旦那」といいながら、訪問者が片手を差し出したので、わたしは感情をこめずに握手した。男は手にミトンをはめていたが、指はむきだしになっている。指を握った際に、わたしは奇妙な嫌悪感に襲われた。指は冷たく、まるでマネキン人形のように命が通っていないと思えた。

しかし、人形どころか、男は口がちゃんときけるばかりか、能弁であるのがほどなくして分かった。デニスは男を芝生に面した奥の部屋に連れていったのだが、そこで滔々としゃべりだしたからだ。どうやらフランス語らしかったけれども、早すぎてわたしには聞き取れなかった。息子が要約して通訳してくれたところでは、雑役夫として雇ってほしいと申し出ているらしい――以前から英国で働きたかったたし、デニスが若旦那なら文句のつけようもないと。通訳してもらっている間の態度には、へりくだった様子と狡猾な厚かましさが奇妙なかたちで混じりあっていた。

「いや、とんでもない！」とわたしは撥ねつけた。「雇うのは無理だ。労働許可証もないんだろう？こんなふうに突然やってこられたって――」

男はじっと動かずに座ったままで、影に隠れた顔はこちらの方を向いていない。デニスは彼とふたたび会話を始めた。わたしの異議を伝えているのだろう。

「ともかく彼はこの村にいるつもりらしいよ」とデニスがいった。「ただ、最初のうちは馬車小屋の二階に住まわせてくれないかって」

「そんなことはまかりならん……！」と答えた自分の言葉が、困惑と怒りのあまりにしどろもどろになったのを憶えている。

だが、結局のところ、奴は小屋の二階に住みはじめたのだ。

即座にもっと断固たる態度を示していれば、そんな事態が防げたのか、奴を追い払えたのかどうかは、今となっては分からない。だが、おそらく無駄だっただろう。ある意味ではそうなるべくしてなったのだと思っている。

妻のセシールが死んでからこのかた、わたしは息子が欲しがるものは何でも与えてきたが、そのような盲愛はいけなかったとしても、少なくも無理のない自然な感情だったといえるだろう。しかし、デニスが不可解にも異常になついている男、この素性の分からない目障りな奴を、息子が涙ぐんだり不機嫌になったりして懇願したからといって、唯々諾々と全面的に受け入れてしまうにいたっては、これまでの親馬鹿ぶりとは比較にならない。

ともかく、ラウールは馬車小屋の二階に居を構えた。この既成事実を前にして、いまや彼を追い払うには不愉快な騒動を覚悟せねばならないと悟って、暗澹たる気分になった。だが、少なくとも、「当座だけは」——と、わたしは努めて息子に強調したのだが——仕方あるまい。

夏季休暇が終わるまでにはまだ三週間近くあるというのに、デニスは自分の崇拝する男と朝から晩まで行動を共にして過ごしはじめたので、わたしは苛立ちと困惑をおぼえた。実際のところ、なにゆえ奴は当地にやってきたのか？　奴と息子の間では、あらかじめ秘密裡に取り決めがなされていたのだろうか？　パスポートに問題はないのか？　とはいえ、奴はここまで無事に辿りついたのだから、おそらく問題ないのだろう。近隣の住人やわたしの召使たちはいったいどう思っているのか？

ただし、しばらくの間、表面的には、予期していたような面倒はおこらなかった。奴がきわめて目立たない控え目な男で、他人を避けているようにすら思えた点は、認めてやらねばならない。仕事をするふりはしており、革製の乗馬靴や馬具を磨いたり、屋敷内の林で枯木を始末する姿を折に触れて見かけた。食事は屋敷の台所から持ち出して、小屋の二階でひとりで食べていた。料理人のジェニーや女中のクレアラが奴にどう対処していたのか、当初は分からなかった。おそらく、この奇妙な外国人も若旦那のいつもの気紛れにすぎないとみなして、とりあえず放置したのだろう。常雇いの馬丁兼庭師であるドブズはたまたま具合を悪くして入院中だったので、まだラウールに会う機会がなかった。

しかしながら、やはり異様な状況といえた。デニスはまもなく復学する予定だったから、その際にはラウールが我家にとどまる理由などなくなるだろう。ヴェニョン氏から絶交を宣言されたにもかかわらず、手紙を書いて、この件について探りを入れてみようかと考えたことも一度ならずであった。ただし、理解していただけるかと思うが、わたしは面子を重んじる人間であったし、しかも、ラウールの出現にヴェニョン氏が絡んでいると決めつけるわけにはいかなかった。

わたしの神経はささくれだって、現実とは思えない夢の中で暮らすような心持だった。ラウールの存在をますます強く意識するようになり、いいようのない焦燥感を覚えた。ひとつの些細な点がとりわけ気にかかる。つまり、奴がここに来て二週間近く経つというのに、どういうわけか、容貌がはっきりと把(つか)めないのだ。見るたびに顔が変わる、あるいは、妙に漠然としており、極端にいえば空白に近い。ただし、後になってから、あたかも彼に顔がないように思ったのはわたしだけではないと知った。

夏期休暇が終わるまで一週間を切った日、デニスは軽い風邪にかかった。大したことはないようだったので、いつものように、息子はあの忌まわしい遊び友だちと共に丘陵地帯で午前中を過ごしたけれど、ほどなくして学校に戻る予定なのだから、わたしとしては心配になった。戻ってきた息子に「午後はゆっくり屋内で休みなさい」と伝えてから、書斎に引っ込んだのは記憶に残っている。ラウールの件(アフェール)に最終的に決着をつける方策を講じるためだった。

ただし、さほど考えがまとまらないうちに、ウォルストロンが訪ねてきた。彼は地元の農夫で、わたしから牧草地を借りる計画を進めていた。お互いに満足のいく条件にまとまったので、ウォルストロンは機嫌よく世間話を始めた。

「お坊ちゃん、お母さまを亡くされて寂しいんでしょうな、本当に。今朝、ウィネカー丘で見かけましたが、やつれた様子で、ずっとおひとりでぶつぶつと声を出して……」

「ひとりで？　いや、息子は――」困惑のみならず不安も感じて、わたしは口ごもった。

「ええ――そうですよ……話すというか、歌うというか。妙だったのは、わたしの連れていた二匹の犬が、唸り声をあげて、飛びかからんばかりで！　現場を見てもらいたかったところですよ。お坊ちゃんにあんなふうに反応したのは初めてだ……」

ウォルストロン氏はやがて帰っていったが、わたしとしては考えることが山ほどあった。まったくもって不可解だ。デニスはひとりではなくラウールと外出したはずだ。さらに、犬の示した反応……。というのも、これまでのところ、ラウールを忌み嫌ったのは人間ではなく犬だという奇妙な事実が既に判明していたからだ。わたしの猟犬トリクシーの場合、奴が近くにいると、我慢ができず、いつも気の狂ったように身を震わせて唸り声をあげ、飛びかかろうか、逃げ出そうか決心がつかないという様子だったからだ。

ウォルストロン氏の話の意味するところをまだ思案しているうちに、ラウールの姿が窓の外に現れた。外見上の振舞にはさして問題のなかったラウールだが、不意に窓辺にやってきてガラスをこつこつと叩く癖には辟易させられていた。ただし、このときは、わたしが気づいているのが分かっていたから、奴は叩くかわりに片手を挙げた。だが、手首と前腕部が血まみれなのが目に入り、わたしは仰天するとともに気分が悪くなった。

慌てて表に飛び出して、彼の怪我を仔細に調べてみた。肉がひどく裂けている。「犬（シャン）が――」彼がそう呟くのが聞こえた。「犬（シャン）が……」

面倒なことになったものだ！　犬の咬み傷は場合によっては危険きわまりないから、自分で手当てするつもりはなかったけれど、これまでのところ、ラウールが我家に住んでいる事実を役所はおろか近所にも知らせるのを避けてきたので、医者を呼ぶとなったら、この厄介な「輸入品」の存在を公けにする必要が生じるばかりか、奴が国民健康保険の対象になるのか否かをめぐって色々と調査が始まるのは目に見えていた。しかも、それだけで済まないのは確実だろう……。

結局、セシールが病に倒れたときに世話してくれた旧友にして助言者のグッドリッチ医師を呼ぶことに決めた。ただちにラウールの手当を済ませると、彼は同時に息子も診てくれた。デニスの風邪は悪化していた。熱が出ているので、グッドリッチは翌日また来ようと約束した。

ふたりの患者の容態を知らされて、気が鬱いだ。ラウールについては、邸内の小さな屋根裏部屋に移す必要がある。傷は軽いものではなく、しかも、グッドリッチが症状に困惑しているような印象をわたしは受けた。

デニスが予定通り学校に戻れるような体調でないのも確からしいが、ラウールと別れる時期を引き延ばすための仮病ではないかと、わたしはなかば疑ったほどだ。ラウールの怪我を聞かされると、デニスは奴に会わせてほしいと頼んだが、もちろん許さなかった。ふたりはいまや屋敷の別の棟、別の階にいる。離れていればいるほどいいと、わたしは思った。

ラウールは自分がどこの犬に襲われたのか説明しようとしなかった――もしくは、できなかった。ともかく、事故が起こったのは火曜日にもかかわらず、日曜になっても腕の傷はいっこうに治る兆しが見えない。月曜の朝、「自分の眼で確認してくれないか」とグッドリッチが突然言い出したので、わたしは包帯が解かれる場面に立ち会った。裂けた肉が露わになったとき、医師は驚愕に近い表情を浮かべたように思えた。肘から下が腫れあがり、青黒くなっている。わたしに立ち去るように合図すると、「後で話しにいくよ」とグッドリッチは低い声でいった。

「まったくもって――」と、一階に降りてきたグッドリッチは口を開いた。「面食らっているのさ。最新の特効薬も効き目がなかったよ。ありえないのは、前腕部全体がまるで――」

「まるで何だい？」と、わたしはせっついた。

「壊疽（えそ）にかかったみたいなんだが、あんなになるのには必ず他の明白な症候を伴うはずなのに皆無ときている。いやはや、何だか怪しいぞ！」

わたしは医師の顔を凝視したが、彼は構わず続けた。「ハブグッド、わたしは医者ではなく友人として話したいのだが、かといって、あれこれ詮索するつもりもないよ。だから、きみがあんな奇妙な男といったいどうして関わりをもったのか、根掘り葉掘り訊ねたりはしないけれど、とはいえ——」

廊下を駆けてくる足音が聞こえたので、医師との会話はそこで中断された。扉が勢いよく開くと、クレアラがノックもそこそこに入ってきた。

「どうもすみません、旦那さま。実はデニス坊ちゃまが——」

その瞬間、彼女の背後にデニスが現れた。動揺して涙ぐんでいる。

「どうしたのだ？」といって、わたしはクレアラを横に押しやると、息子を腕に抱いた。「何があった？」

だが、ベッドまで運んでやった後も、デニスは話すのを拒んだ。クレアラの口から事情が判明したのだが、ラウールはこっそりと屋根裏部屋から忍び出ると、幾つもの階段や廊下を通って息子のところまで行ったのだ。デニスの寝室から叫びが上がるのを聞きつけたクレアラが駆けつけたところ、ラウールがちょうど出てくるのを目撃したという。

怒り心頭に発したわたしは、息子の寝室、そして屋根裏部屋を見にいこうとしたが、グッドリッチに押しとどめられた。「わたしが代わりに行ってこよう」と彼はいった。

医師は戻ってくるまでにずいぶん時間がかかったが、彼の言葉はさらにわたしを驚かせた。

「いやはや、お手上げだ。わたしはもはや医者とはいえない。だって、医者ならあんなものを『見る』はずがない。藪と呼んで、お払い箱にしてくれたまえ……もう降参だ！」

「どうしたというんだ？」

「屋根裏部屋に行ったら、奴が微笑んでいたのさ——でも、微笑を浮かべられるような顔がそもそも奴にあったかな——ともかく、チェシャー猫みたいに、にんまりして、腕をこちらに差し出すと『治った、治った』と呟くのさ……お手上げだよ……」

「つまり——」

「つまり、傷は本当に治っていた。腫れが少しだけ残り、あとは微熱だけだ。いつものグレンリヴェットを一杯くれないか？　降参さ」


以上の出来事は、それじたいが面妖であっただけでなく、ラウールとの関係において、より不気味な段階が新たに始まったことを告げるものに他ならず、多くの疑惑、それまでは漠然としか認識していなかった恐怖をわたしの心にもたらした。目を瞠ると、翠したたる若葉や遠くに漂う壮麗な雲の裡に潜む恐怖が不意にまざまざと見えるように、あるいは、見慣れた壁紙のおとなしい図柄が唐突に地獄の文様に変容するように、これまでの事態の推移はさらに暗澹たる展開を予見させたのだ。ラウールの腕の傷が不可解にも快癒したために、わたしはいったい何を信じて何を否定したらいいのか、次に何が起こるのか見当がつかなくなった。

　このような状況であったから、わたしが胸の内を明かせるのはグッドリッチだけだったが、とはいえ、しばらくの間、わたしも彼も単刀直入に議論するのを避けていた。普通の体験とはあまりに異なる、ありえないような出来事が起こったために、事実ではないとふたりとも自分に言い聞かせようとしたのだろう。

ラウールが完治したので、わたしは彼を追い出す決意を新たにした。しかし、デニスの体調は好転しないままだったので、彼を悲しませたくはなかった。こちらの思いを見透かすかのように、息子は以前にもましてラウールを褒めそやした。

「でも、お父さんは嫌いなんですよね」と息子は非難がましく言ったが、こわばったような微笑を浮かべており――どう表現すればいいのか――そこには一種のおぞましい不誠実さが漂っていた。

「まあ、その――奴のどこがいいのか分からないな……ともかく、ここにずっとおいておくわけにはいかない」

「どうしてです、何の害もないでしょう？　お父さんが彼を気に入ってくれればなあ……」

これには答えを返さなかったので、話題は別の件に移ったが、わたしの困惑は収まらず、狼狽すら覚えた。たしかにデニスのいうとおり、ラウールは自ら進んで害をもたらす存在ではなかったけれど、進んでもたらさないということ自体が厄介なのであって、息子がかくも奴に惹かれる原因を不可解なものにしているのだ。粗末な作業服をまとい妙なミトンを手にはめたラウールは、英国の田舎では場違いで疣（いぼ）のように余計な存在だった。しかも、辻褄が合わないように聞こえるかもしれないが、特徴のなさこそが奴の最も目立つ特徴なのだ。不気味なまでに無反応で感情を欠いており、まるでロボットのようだった。

学校に戻る予定の日もデニスは家にいた。病気はいったんよくなったものの、体温が安定せず発熱するかたちでぶりかえしたのだ。胸部のレントゲン撮影の結果、肺に問題がないと分かって安心はしたけれど、発熱などの症状は緩和しなかった。

今やラウールを解雇(コンジェ)するのがさらに難しくなって、気が重くなった。なぜなら、奴と息子の病状を切り離して考えることができなかったからだ。デニスの食欲のなさ、蒼ざめて窶(やつ)れた顔、神経が交互に昂ぶったり沈んだりする症状を惹き起こしているのはラウールに他ならないと、わたしは確信した。デニスの寝室はわたしの部屋に近かったが、一、二度、どしんという音だけでなく、くぐもった、ぶーんという金属音としかいいようのないものがそこから洩れてきたような気がした。ラウールが忍びこんだのではあるまいかという疑惑に駆られて、そっと寝室の扉を開けてみると、デニスしかおらず、ぐっすり眠っているようだった。そして、本当に音がしたのだとしても、もはや聞こえなくなっていた。

けれども、不思議にも完治した腕の傷——奇蹟というべきなのか——を思い起こすと、音をたてたのはラウールにちがいないという確信は消えなかった。

ラウールが息子を破滅させる邪悪な力の源だという直感、信念は募るばかりだった。そして、わたしに対するデニスの態度は変化した。わたしの手によってラウールから引き離されるのではないかと息子が絶えず恐れているのは、明らかだった。さらに、わたしの聞いた音が幻聴でないのは確かだ。深夜頃に音は大きくなるのだが、部屋に近づくと、しばらくはやんでしまう。

ある時点まで、グッドリッチは医者としての仕事だけを果たすにとどめていたが、わたしと同じく、いくら強壮剤や咳止め薬を息子に与えたところで根本的解決にならないと強く意識していた。結局のところ、わたしが奇妙な音の話を伝えるにいたって、彼は抑えた口調で助言した――「ハブグッド、ぼくがきみならば、あのラウールとかいう奴を追い払おうと考えるね……ぼくならそうするよ」。

あまりに抑制した調子で発せられたので、滑稽に響くほどだったが、わたしは微笑すら浮かべなかった。

「奴の素性は知っているのか？ ひょっとして、きみの奥さんの実家と関係があって――そこで雇われていたとかで、伝手を頼ってここに来たのかなと思ったのだが。もちろん単なる憶測にすぎないけれど……」

「いや、違う」と、わたしは断言した。「オーヴェルニュのヴェニョン家に滞在中、デニスが奴と仲良くなった。それだけのことさ」

「奇妙な音というのは――つまり、それが聞こえた後で、たとえば、壊れたり、置き場所が変わっていたものはなかったかい？」

「ないよ――いや、ちょっとまってくれ」ここで記憶が蘇ったからだ。花瓶が割れているのを発見したことがあったし、抽斗が開いているなど、寝室全体に乱雑な気配が漂っているのには一再ならず気づいていた。わたしはこれをグッドリッチに伝えた。

「じゃあ、似たようなことが起こったら、教えてくれたまえ。真面目な話、奴を追い払ってやるつもりなんだ。デニスは動転するだろうが、その危険は覚悟のうえさ」

グッドリッチが立ち去ってから、彼の疑いなく妥当な助言について考えてみて、気は鬱ぐいっぽうだった。壊れたり、場所が移動したものはないかと訊ねた際、医師が心の奥で何を思い浮かべていたか、容易に想像がついたからだ。ただし、ポルターガイスト現象という解釈に慄然とさせられるいっぽうで、今回の件にぴったりとはあてはまらないように思えた。ポルターガイスト現象は本当に起こっているのかもしれないが、たとえそうであっても、完全な説明にはならないだろう。

もう何度目になるのだろうか、ラウールを放逐してやるとわたしは心に誓った。そして、実のところ、わたしの決意はさておいても、事態は山場を迎えつつあった。部屋から聞こえる物音はひどくなり、召使たちが耳にしただけでなく、デニス自身もついに認めたからだ。自分がたてた音ではないと息子は主張し、わたしもその言葉を信じたが、ただし、彼は物音を恐れて不安を感じているようには見えなかった。

「でも、目が覚めて、よく寝られないだろう?」

「うん……そういうときもある。でも気にはならないよ。またすぐ眠ってしまうから」

わたしが質問しているあいだ、息子は落ち着かない様子だった。近頃、デニスは、天気がいいときなど、思い出したように服を着て戸外を散歩することもあったとはいえ、大半の時間は自分の部屋で寝椅子に臥せる、あるいは、ガラス屋根の設えられたヴェランダでラウールと共に過ごした。ふたりはヴェランダに腰を下ろして低い声で話を交わしていた。ラウールが木の棒を削って様々な姿の不恰好な人形を作るのを、息子は魅入られたように眺めていた——まるで全世界の運命がこの工作にかかっているとでもいうように。

　訴えかけるような表情で、デニスはわたしを見上げた。「約束してほしいことがあるんだ」

「何を約束すればいい？」だが、わたしには答えが分かっていた。

「つまり、その――ラウールを追い払わないでほしい」

「いや、前にもいったように、いつまでも置いておくわけにはいかない。どうして追い払っては駄目なんだい？」

　心の底で最悪の事態を思い浮かべたのか、デニスは目を大きく開いて、こちらを真正面から見た。

「ぼくは死んでしまうよ」と、彼はぽつりといった。

　当然のことだろうが、言葉を濁しつつ嘘も交えて息子をなだめてから、わたしはその場を去った。ほかにどうすることができよう？　もちろん、デニスは取り乱したあまり大げさな話をしているにちがいない。それにしても、年端もいかぬ子供から「死ぬ」という言葉を聞かされるとは！

　このところ、息子は目立って痩せ細っていた。血色の悪い頬や唇を一ヶ月たらず前のまだ元気そうだった容貌と較べるだけで、変化の早さを思い知って懸念を覚えるのには十分だった。変化がラウールのせいだと証明できないと言ってみたところで虚しいばかりだ。その兆候が最初に現れたのはラウールが到来したのと同時であり、奴こそ原因だとわたしは疑わなかった。あのマネキンのように生気のない男、血の通わない操り人形（ファントシュ）のごとき人物が、デニスの肉体と精神全体を冒した不浄で穢らわしいものをもたらしたにちがいない……。窓辺からはヴェランダを見晴らせるので、ふたりが一緒にいるところを眺めるたびに、わたしは彼らの間にどのような性質の絆が結ばれているのだろうかと考えて煩悶した。デニスは夢想境にあるかのような表情、あるいは、わたしにはますます耐え難くなってきた例の忌まわしい微笑を顔に浮かべていた。こちらを向いていないことも多かったけれど、魅入られたような放心状態がときに窺えて、ぞっとさせられた。いっぽう、自分を慕ってくれる者を前にして、ラウールの奴は生気を賦与されて、普段のような個性のなさ、気配のなさが薄らぐように思えた。彼の存在じたいが強められ、どう表現すればいいのだろうか、あたかも、デニスを犠牲にして、デニスの生気が枯渇することによってのみ、「実在」の度合を高めているかのごとくだった。一方が弱まり衰えていくにつれて、他方は力を増していく……。このような考えに取り憑かれたわたしは、心の動揺を抑えるどころか、彼らが仲良くしている現場に一度ならず踏みこんでみたが、すぐに無駄だと思い知らされた。ふたりはいったんは押し黙り、デニスが半ば後ろめたそうな半ば怒ったような表情を浮かべる。けれども、わたしが背を向けるやいなや、ふたりだけの謎めいた会話は再開されるからだ。

懸念と懊悩が募るにもかかわらず、わたしはうわべは相変わらず普通の生活を送っていた。以前と同じように友人たちが立ち寄り、わたしもまた彼らの許を訪ねた。不審なところがあると気づかれたとは思わない。デニスの窶れた様子を指摘したうえで、わたしの心配ぶりに同情してくれたものの、ラウールを目にする機会はほとんどなかったからだ。近隣に「噂」が広まっているのではないかと想像していたが、実際には、我家の外に漏れてはいなかったのだろう。

けれども、使用人たちは察知していたにちがいない。重大性は理解していなかったにせよ、クレアラとジェニーが自分たちの眼前で起こっている事態に気づかないわけがないからだ。彼女たちが騒ぎ立てたり噂を広めたりしなかったのは、忠誠心、分別ある忍耐心を示すものといえた。
ラウールの法的身分についていうならば、こちらの予期していたより簡単に手続が済んでいた。後で知って驚いたのだが、到来して約一週間後に、ラウールは、デニスに説き伏せられてウィンチェスターの警察署へと赴き、息子が通訳を務めて外国人登録をおこなっていたのだ。

「どういう身分だと申告した？」と、わたしは恐る恐る訊ねた——「まさか、我家の雇い人とはいっていないだろうね」。「もちろん違うよ」とデニスは請け合った——「ただの訪問者、父のお客さんといったんだ」。しごくまともな対応に思えたので、渋々ながらも内心でデニスの行動を褒めざるをえなかった。だが、念のために、その翌日、わたしはウィンチェスターまで出かけていった。「万事問題ありませんよ、ええ、完璧です」と警察は教えてくれた。ラウールが提示したはずのパスポートについて知りたいという気もしたけれど、それは思いとどまった。

申し分なく満足に法律を遵守しているように思えるという事実を、わたしはグッドリッチに語った。

「なるほど……」彼は疑わしそうな表情で考え込んだ。「だが、奴が忌まわしい厄介者(インキュバス)であるのは間違いない。奴を何とか追い出せればなあ。しかしながら、わたしの手にはちょっと負いかねる……。この件はむしろ心霊現象研究家や精神分析家に任せるべきだろう。きみがああいった連中に偏見があるのは分かっているから、強いてとはいわないけれど——。ともかく、デニスだけではなくきみのことも気がかりなんだ。この分では、そのうちもうひとり病人が増えるのではないかとね……」

この件でわたしの心身がまいっているのは本当だった。もはや耐えられないばかりか、終止符を打つためにいずれ強硬手段に訴えるほかあるまいと、日々感じていた。

やがて追いつめられた挙句に思いきった行動をとった際、束の間とはいえ解放感に似た気持すら覚えたほどだ。

状況が悪化するいっぽうで、デニスはラウールと過ごした後では紛れもなく死者のような様子を見せたので、わたしの心に以前から芽生えていた推測はいっそう強固なものとなっていった。息子は何かを失っている、何かを奴に与えているのだと、わたしは考えた。だが、理由もないのに、故意に自ら進んでそんな真似をするわけがない。息子は引き換えに何かを得ているはずだ。何かに魅入られているにちがいない。しかし、それはいったい何なのだ?

まるで悪夢を見ながら暮らしているようなもので、この推測はわたしの心に取り憑いて離れなくなった。病弱な少年であるデニスがとらえどころのない人形のような男、不気味な雑役夫の餌食となって食べられてしまうという考えは、耐え難いまでにおぞましかった。そのような禍々(まがまが)しい関係が実際にどのようにして結ばれるのか、その細部まで突きとめるのはわたしの力を越えていたにせよ、穢らわしい交わりが実際におこなわれており、デニスがそれに身を任せていると、わたしは信じて疑わなかった。そもそもラウールとは何者なのだろう? 彼がここにやってきたとき、嫌々ながらも「礼儀」としてフランス語で雑談をしようと試みたのだが、ひどいオーヴェルニュ訛りとおぼしきもののせいで会話は成り立たず、今では話をしようとは思わなかった。栄養のいい案山子(かかし)のような格好をしたラウールが木の棒を削るのを窓越しに眺めていると、わたしは言葉にできない怒りに襲われた。奴は無頼漢なのか、それとも、知恵遅れなのか？　満足げではあるがのろのろと手だけを動かして蹲る姿、のっぺりと肥った姿は、屍肉にたかる巨大な黒蝿が理由もなく執拗に座り込んでいるかのようだ。その姿を見るたびに、わたしは激怒に駆られて両手を固く握りあわせた。

「現場を取り押さえたら――」と、わたしは息をつまらせながら思った。「それさえできれば、絞め殺してやる……」

「現場を取り押さえる」――とはいうものの、何が起こっているのかを漠然と頭で思い描き、疑うだけにすぎなかった。したがって、いざ「証拠」となると……。壊疽にかかった無口な田舎者が、わたしの推測するような心霊的な蛭のごときもの、つまり、息子の生気、健康、精神力を吸い取る存在であるとしたら、一体どのようにしてそれをおこなっているのだろう？　虚しい問い、少なくとも普通の答えなど返ってこない問いだろうと分かってはいたが、しかし、何らかの「原理」、「原則」はあるはずだとわたしは考えた。たとえば、時間と場所。一日の大半というもの、こちらがその気になればふたりは監視下に置かれていたし、かつまた、デニスがラウールを――もしくは、ラウールがデニスを――自分の部屋に迎え入れているとは思えなかった。近頃になってラウールは馬車小屋の二階に戻っていたので、わたしはふたりが夜間に秘かに会わないように適切と考えられる策を講じていたからだ。物が壊れたり騒音が聞こえるのは夕暮れから真夜中に決まっていたけれど、この事実は逆にわたしの考え出した「説明」と矛盾をきたさないように思えた。すなわち、ポルターガイスト現象を過剰な生気、生命力の仕業と解釈する説を耳にしたことがあり、これが真実ならば、デニスから生命力の流出が起こっているのに、それを吸い取るラウールが側にいないとき、前者の周辺で怪奇現象が最も発生しやすくなるだろう。さらに、よしんば本当にポルターガイスト現象が起きていたとしても、わたしはさほど気にはかけていなかった。現状を鑑(かんが)みれば、そういった現象は副次的で些細な厄介事にすぎないというのが実感だった。

ラウールが出現して、今日でまだ五週間しか経っていないのか……。

この頃はほとんど毎晩というもの悶々として一睡もできず、たまに明け方になって眠りに落ちたときにも、恐ろしい夢に襲われて安息は得られなかった。

この夢のひとつは今なお記憶に鮮やかである。

夢の中でわたしはフランスにいて、セシールも一緒だった。妻は生まれ故郷の伝説を朗読していたが、なぜか不意に差し迫った様子で、わたしの注意を本の一節に向けようとする。わたしたちは広い窓の側に立っており、風ひとつない夏の熱気の中、オーヴェルニュ特有のシルル紀地層の奇怪な景観が何マイルにも亙って窓外に広がる。妙なことに、セシールは本を自分の顔の前に掲げているにもかかわらず、わたしが表紙や他の頁を「透視」して問題の一節を読めると思い込んでいる！　だが、夢の中では、奇蹟とも思える方法でわたしは読むことができた。とはいえ、容易な業(わざ)ではなく、不安と圧迫感が募るのを意識する。妻がとりわけわたしに読んでほしいと思う文章があったのだが、最初に読み取れたのは「……を喰らう饗宴をおこなうだろう……」という箇所だけだった。残りも解読できると思った瞬間、妻の手から本がすべりおち、現れたのは彼女の顔ではなく虚空にすぎなかった。恐怖の声をあげて、わたしは目が覚めた。

夢は夢にすぎない。おそらく、眠りに落ちる前に、グッドリッチがラウールと亡妻の家族に関係があるのではないかと訊いたことについて、わたしはあれこれ考えていたのだろう。にもかかわらず、この緊迫感を孕んだ夢はわたしにつきまとい、なぜか虫の知らせのように思えた。

何を予感させるものなのかと自問する必要はなかった。もうかなりの間、わたしには普通の生活を送るふりをするのが困難になっており、決定的な危機が間近に迫っているのだろう。「現場を取り押さえられたら」と、わたしは自分でも意識しないまま繰り返し呟いていた――「現場を取り押さえられたら……」。

そして、それはやがて実現した。


十月のある日の午後のことだった。デニスは離れられない「朋友」とヴェランダに腰を下ろしていたが、ときおり、話すのをやめると一冊の本を手に取った。子供部屋の本棚に並んでいた児童書で、そんなものはとっくに卒業したと思っていたから、少し驚かされた。

先に述べたように、ヴェランダはガラス屋根に覆われており、のみならず片側にはガラスをはめた防風壁も設えてあった。脇に生える藤の木の枝は屋根の上に乱雑にしだれかかり、紫陽花(あじさい)の鉢が前に並ぶ。花はとうに盛りを過ぎていたけれども、ヴェランダの周囲は色褪せながらも緑のなごりをとどめており、なかば打ち捨てられたような寂しい風情は手入れの行き届いた状態よりわたしには好ましく思えた。

これも前に記した通り、ガラス屋根と防風壁に囲まれているとはいえ、一階の窓――小さな予備の客間の背の高いフランス窓――からはヴェランダの大部分を見晴らせたので、わたしは息子とラウールが共にいる姿を頻繁に観察した。日々が過ぎていくうちに危惧の念は苦痛の域にまで達したが、こんなことをして何になるのだろうかと、わたしは自問した。この行為から、ふたりはわたしの心が疑惑と敵愾心に溢れているのを悟っているにちがいない。かれらにとって、わたしの懊悩の果ての行動は「監視」にすぎないだろう。デニスは実の父親たるわたしを遠ざけており、しかも、こちらにはなす術（すべ）はなかった。

この日の午後、わたしは無益な監視をすぐに切り上げた。心と体を他のことに振り向けないと、正気を失ってしまうからだ。リンゴ園の側に修理が必要な柵があるのを思い出したので、金槌と釘を手にして作業を始めたものの、しかし、惨事が起こるという恐ろしい予感がたちまち頭のなかで膨らんできた。直感というべきか、途方もなく信じがたい邪悪なものの存在が意識された。すぐに戻らなければ……。大惨事が切迫しているという感覚はあまりに強烈だったので、わたしは金槌をただちに放り出すと屋敷に向かって駆け出した。

だが、すぐに思慮分別が働いて、わたしは走るのをやめると慎重に邸に近づいた。今わたしがいる場所はヴェランダからは見えないけれど、念には念を入れて、糸杉の生垣沿いの迂回路をとった。懸念と共に怒りもこみあげてくる。自分の目と鼻の先で起こっている事態にどうして気づかなかったのか――そう思ったのを憶えている。これこそ最終的な結果なのだ。ふたりが穢らわしい交わりをするためには定められた会合（ランデヴー）、つまり、肉体が接近する必要があるなどと、どうしてわたしは考えたのだろう？　「奴を絞め殺してやる」と、わたしは思わず口走っていた——「締め殺されて当然だし、きっとそうしてやる」。わたしの手はもう奴の首にかかっているような気がした。時間があたかも「短縮」されて、これから起こるはずのことが既に起こっており、わたしもその場にいるかのようだった……。

秋の日は早々と暮れていき、わたしはそっと客間に戻ると、爪先立ちで窓辺まで歩いていってヴェランダを眺めた。

わたしの立つ位置からラウールは死角になっていたが、デニスの姿ははっきりと見えた。さきほどと同じように、籐製のおんぼろの肘掛け椅子に座って本を読んでいる。いや、普通に座るというよりは、こわばったような妙な姿勢、前屈みの格好で椅子の端に腰を下ろしている。夕焼けの最後の光が息子の金髪を束の間だけ赤く染めたが、顔は本に隠されて見えない。

ぞっとするもの、腐敗した名づけようのないものがわたしの心を満たした。デニスの奇妙にこわばった姿勢、外見全体に、恐怖と厭悪（えんお）を喚起するものが潜んでいた。

息を殺しながら窓にさらに近づいてみた。ほとんど音はたてなかったのに、デニスは察知したにちがいない。ぎょっとしたように身動きしたからだ。本が彼の手からすべりおちた。

その刹那、わたしの眼に映った息子の顔に浮かんでいたのは、名状しがたい表情だった。わたしの眼前におぞましい花が開いたかのようだった。周知の通り、邪悪はごく些細な罪を犯した者からも破滅という代価を厳しく取り立てる。とはいえ、かわりに何を与えるのかは表立って語られることは少ないが、それを知れば嫌忌（けんき）の念はいやます。哀れな息子に与えられた罪の褒賞を目のあたりにして、言語に絶するような怖れをわたしは感じた。

もし可能であったなら、わたしはこの不意に現れた表情に眼を閉ざしていただろう。デニスの顔は、魅入られたままの状態で、少年らしさとは似ても似つかぬ表情、わたしの記憶にとどめられている息子を冒瀆するような表情を浮かべていたのだ。その恍惚とした顔は刺繡で縁取られたように美しかったが、同時に年老いてもいた。ただし、現実の歳月とは無関係の老いだった。生気を流砂のように吸いとられつつ、忌まわしい褒賞を受け取る息子の姿を凝視する間、わたしも非在の永劫の囚われ人と化していた。だが、わたしの感じたのは恍惚ではなく苦痛に他ならない。

だが、次の瞬間、呪縛は一気に解けた。デニスは低い呻き声をあげ、わたしはフランス窓を勢いよく開くとヴェランダに駆けつけた。

ラウールはどこにいる？　デニスはほどなく失神状態から回復するだろうと、わたしは無意識の裡にひとりごちていたにちがいない。まずなすべきことは「略奪者」の始末だった。奴は既に姿をくらましたのか？　いや、そうではなかった。ヴェランダの下方、木立の方角に、重い体を引きずって逃げだす奴の姿がぼんやりと見えた。

奴が馬車小屋に向かうところを、わたしは糸杉の垣根の側で追いついた。

夕暮れで見えにくくなった奴の姿はこちらを振り返ると、そんなことをしても役立たないのに、まさぐるような恰好で片腕を上げて、わたしを追い払おうとした。

わたしが両手を奴の喉頸にかけたので、少しの間、揉み合いになった。数秒が経過しても穢らわしい男は声ひとつ出さなかったのだが、突然、微かな音が聞こえた。普通は声を発しない生き物のなかにも窮地に立つと鳴くものがあると伝えられている。たとえば、ロブスターは茹でられると苦しみのあまり弱々しい鳴き声を上げるという。わたしが連想したのもそういった微かな叫びだったが、嫌悪を覚えただけだった。

指にさらに力をこめた。揉み合いながら、わたしはラウールを背後にある木の幹へと追いつめた。幹に押しつけて身動きできないようにすれば、あとは――

奴がわたしをうっちゃったのか、あるいは、わたしが自分で躓いたのだろう。奴とわたしは、組みあったまま、どさりと地面に倒れた。こちらが上からのしかかる恰好だった。しばらくの間、わたしの体の下で、奴がのたうち抵抗しつつ、こちらの攻撃をかわそうしているのが感じられた。だが、次の瞬間、奴はいなくなっていた。

茫然としたまま立ち上がると、逃げおおせて虚空に消えた男を探し求めて周囲を見廻した。しかし、どこにも姿は見えない。影も形もなかった。

## II

以降、暗澹たる日々が続いた。言葉で伝えようのないほど陰鬱だった。デニスの邪悪な遊び仲間がいなくなったので最悪の状況は終わったように思えたけれども、これでひとまず息をつけるにすぎない、まだまだ先があるのだと感じて、わたしは寒気を覚えた。

いや、実際にはほっと息をつく暇すらなかった。ラウールを放逐できたものの、奴の所業は消えなかったからだ。デニスの病状は好転しなかった。すべてわたしのせいであるかのように、息子は嫌悪と恐怖のこもった眼でこちらを見つめ、わたしに話しかけられるのもベッドの側に近寄られるのも我慢がならないようだった。自分が慕っていた忌まわしい寄生体を失ったために、デニスは打ちのめされて衰弱してしまい、もはやわたしとセシールが愛した息子ではなくなっていた。

わたしたちを苦しめた不気味な男についていうならば、まんまと逃げおおせてフランスへと戻ったにちがいないという結論に達した。奴に再び悩まされることはあるまい（もちろん、奴が生身の体を備えた存在でないとしたら、話は別だけれども）。いや、これが結論だと自分に言い聞かせたというべきかもしれない。真実は必ずしも理にかなったものではない。普通の「まともな」解釈や推測では測りきれない要素がこの件には潜んでいる――わたしは内心ではそう悟っていたからだ。

ラウールの姿が掻き消えて、わたしが邸内に戻ったとき、デニスはまだ失神状態にあった。わたしがヴェランダを走る音に気づいた召使たちは、椅子の側に横たわる息子の姿を発見するや寝室へと運んだ。意識を回復してからも、彼はずっと低い呻き声を上げた。わたしがただちに電話で呼びつけたグッドリッチ医師が鎮静剤を与えてから、ようやく呻きはとまり、眠りに就いた。しかし、翌日になると、既に述べたように、デニスはわたしが近寄るのを嫌がり、一度などは家具を積んで寝室の扉を塞いだほどだった。わたしは途方に暮れたばかりか、息子が自傷行為に出るのではないかと恐れた。

グッドリッチも同じ考えだった。

「姿をくらましたとはいえ、あの穢らわしい男の正体について新たに分かったことはあるのかい？」と彼は訊ねた。

「新たに？　いや、いったい、どうやって――」

「つまりだね、奴が今やいなくなったのだから、周囲の口は軽くなるだろう。たとえば、使用人の連中だって……」

「ああ」とわたしは頷いた。「そのことか。それなら沢山あるさ」

実のところ、ジェニーとクレアラは、これまでは黙っていたけれども、ラウールに対する感情をわたしに色々と打ち明けた。だが、こちらがラウールに関して知らない事実は何も含まれていなかった。わたしは医師にそう答えた。

「奴が急に姿を消したことをふたりにはどう説明した？」

「説明などしていない。詳しい話はしなかった。もちろん、ふたりともわたしが奴を――奴を追い払ったという推測はしているにちがいない。でも、いなくなった以上、その理由など気にしてはいないさ」

「なるほどね……正直な話、ぼくの手には余る。どうだろう、精神分析家に相談してみてくれたら……」

しかし、わたしにはまだそんな心の準備はできていなかった。さらに、友人であるグッドリッチの口調には、彼が気分を害したような、あるいはこちらを非難するような響きがこもっているような気がした。これが本当ならば、ラウールの姿が消え失せた場面について、わたしが「詳しい話」をせずに隠蔽していることがあると医師は見抜いたからにちがいない……。

デニスはやがてベッドから起きて、ときおり果樹園や牧草地をひとりで散歩するまでには回復した。しかし、わたしと息子はもはや他人同然だった。息子の怖ろしい秘密をたとえ一部にせよ知ったために、わたしは彼にとって厭悪の対象となったからだ。デニスが偏った見方で実際より軽く事態を捉えようと努めているのは明らかで、ぞっとさせられると同時に痛ましかった――自分に都合のいいように事実を歪曲粉飾して、ラウールではなくわたしを敵とみなそうとしているのだ。

このままにはしておけないとわたしは考えた。たとえ百歳まで生き延びたところで、記憶から消えないだろう。息子もわたしが憶えているという事実を忘れることはできないだろう。わたしの存在はたえず彼にこのことを想起させるだろう。かくも不名誉な恥辱感を覚えつつ大人になれば、デニスはいずれわたしの死を願うようになるだろう……。

一、二週間ほど、このような状況が続いた。ラウールがいったいどうなったのか分からないので、奴がいなくなった事実にもたいした慰めは見出せなかった。奴が失踪した直後には、ウィンチェスター市警の巡査が訪ねてきた。「プリヴァシュの件ですが――」と彼は切り出したが、わたしは奴の姓などほとんど失念していた。「一ヶ月の在留許可が失効した際に署に出頭してこなかったのですけれど、まだお宅にいますか?」奴は不意に逐電したので行方は知らないとしか答えられなかったが、まるきり嘘というわけでもなかった。「逃げ出したんですか?」と念をおされたので、わたしはそうだと頷いた。奴は息子の知人だが実のところ素性来歴は何も知らないと、わたしは説明した。腰の低い巡査殿がこの説明には満足せず当惑しているのが見てとれた。「法規にのっとって出国すべきだったのに」と、彼は不平そうに洩らした――「もしフランスに戻ったら、港で何らかの面倒が起きますよ」。

少なくとも表面上は、デニスの健康状態は改善が続いていた。つまり、顔色は心持ち血色を帯び、食欲も出てきた。しかしながら、息子の部屋から夜毎聞こえるどしんという音、ぶーんという音はひどくなるばかりか、嘲笑う声のようなものまで新たに加わり、事がここまで悪化するにいたって、召使たちが安眠できるように、わたしはデニスの寝室を彼女たちの部屋から可能なかぎり離れた場所へと移した。

わたしに対する息子の態度は相変わらず敵意に満ちていた。ラウールとの件を自分ではどう考えているのか率直に包み隠さず話してほしいと懇願までしたが、まったく無駄だった。デニスがいわば肉親と離別したかのような苦しみを味わい、友が戻ってくるのを熱望しているのはあまりに明らかだった。グッドリッチの助言にしたがって精神分析家に診てもらうことを、わたしは仕方なく考慮しはじめた。この手段をとれば、息子のみならず自分までが馬鹿馬鹿しい禅問答(カテキズム)に不本意にも巻き込まれるのは自明であったけれど、我が子を元通りにする方策を避けている場合ではない。

落葉(らくよう)がはじまり、冷え込みが厳しくなった十月後半のある日、所属していた連隊の年次晩餐会の近日開催を知らせる通知が届いた。これまでかかさず出席していたし、公式招待状も同封されていたが、行く気にはなれなかった。というか論外だった。しかしながら、通知を寄こした今年の幹事役はわたしの副官だったメイフィールドで、彼はここから六マイル足らずのウィンチェスターにたまたま滞在中だった。今週中は商用で同地におりますと記してある。少なくとも週末はホテルで過ごさずにこちらの屋敷に来たまえと、わたしが招待するのを期待しているように思えた。

現状では招待などほぼ無理だったけれど、こちらがウィンチェスターまで会いに出向くのは可能だろう。ジェニーとクレアラのふたりだけにデニスを任せるという危険を冒すことに決めて、昼食の後、わたしは車を走らせた。

メイフィールドにはこちらの事情を必要最小限だけ伝えたが、彼との会話は、デニスについての心労で苦しむわたしにとって望めるかぎり心なごむものだった。とはいえ、わたしは午後のお茶の時間に間に合うように急いで家へと戻った。

ジェニーとクレアラが玄関で待ち受けている姿が見えて、わたしは狼狽した。車から飛び降りるや耳に入った言葉は、最悪の事態を伝えていた。

デニスが失踪したのだ。

自責の念がこみあげたのは当然だが、同時に無益でもあった。

「いなくなったのに気づいたのは、いつ?」とわたしは訊ねた。

たった二十分前だという。それまではヴェランダにいたのだが、不意に姿が見えなくなって、彼女たちは念のために家中を探しまわった。寝室は空で整頓されており、小さなスーツケース、それに靴下数足とシャツ一枚が消えている。散歩に出かけただけで、やがて戻ってくるという望みを絶つ決定的な証拠だと思えたのは、ジェニーの部屋が侵入されて金を奪われていた事実だった。

「金額は?」

「四ポンド十シリングです、旦那さま。小さな陶器の箱にしまっていて、来週の火曜日には銀行に預けにいくつもりでした」

わたしがすぐに帰ってくるかもしれないと思って、ふたりはまだ警察に通報していなかったので、電話をかけるより車を飛ばしてウィンチェスターの本署に直接行くことにした。息子が万一戻ってきたら、本署にいるわたしに電話で知らせるようジェニーに指示した。

内勤の巡査部長はわたしをよく知っており、こちらの話に熱心に耳を傾けてくれた。「まだ時刻も早いですからね」と、彼は元気づけるように言った。「息子さんは――ただ遊びまわっているだけかもしれませんよ。ただし、もちろん周辺地域の各署には通知しておきます。いま五時十五分前ですから、そんなに遠くには行っていないでしょう」

「港も警戒してください」とわたしは念を押した。当然ながら、わたしが最初に考えたのはラウールのことであり、デニスが彼の後を追っているのではないかと恐れたのだ。

「ええ、慣例通りやっておきます。ただし、大陸へ渡るのは無理でしょう。パスポートを持っていないのだから」

しかし、わたしは心の中では疑念を抱いていた。やる気さえあれば、幾つもの方法があるからだ。それを証明した事例も最近起こっている。

隣の立派な部屋にいる署長とさらに面談してから、わたしは家に戻った。

「新たな情報は何もないんだね、ジェニー」

「ございません」

自責の念に苦しむだけで時間が無為に過ぎていくなか、わたしたちはできるかぎりの忍耐力を発揮して心休まらぬ夜――わたしの場合は、一睡もできない夜――に身を任せるほかなかった。

以上のような非常事態に直面しては、絶交を一方的に言い渡してきたヴェニョン氏に電報で問い合わせるのも致し方ないと思えた。返信はすぐに戻ってきた――「イマダキタラズ」。

この返信によって、わたしの心痛はいやました。「未だ」という言葉が如何なる意味で用いられているのか、いくら頭を絞っても電文からは読み取れない。デニスがやってくる可能性をヴェニョン氏が予期しているようにも響くが、確信はもてなかった。

わたしはパスポートの問題に立ち戻った。実のところ、デニスは本人自身のパスポートを取得していた。渡仏の際にはわたしよりヴェニョン氏の執事フレバールが付き添ってくれることが多かったからだ。だが、息子が最後の滞在から戻ってきてからは、わたしが彼のパスポートを金庫にしまっておいて、そのままになっている。ともかく、息子にしてみれば、大陸に到着するまでに港湾警察が通報を受けているだろうから、パスポートを所持していても無意味だと悟ったはずだ。

ウィンチェスターとその周辺でおこなった徹底的な捜索にもかかわらず成果はなかったとの知らせがあり、時間が経過するにつれて、年端もいかぬ子供が警察の捜査網をかくも長い間かいくぐっている事実には驚くほかなかった。警察がいささか無能であるのか、もしくは、息子がよほど機略に富むかのいずれかだ。当局側がありえないといくら唱えようとも、デニスはおそらく昼間は樹上で過ごして（その方法をわたしは本で読んだことがある）、夜間に徒歩で移動、ついにはフランスの漁船が停泊する場所に辿り着き、乗組員に金を摑ませて密航を果たしたのだろう……。

捜索が開始されて七日目、クレアラの発見によって、この推測がまったくの的外れではなかったと判明した。その日の朝、彼女は書斎にいるわたしのところに駆けつけてきて、「旦那様、妙なものが見つかりましたよ！」と大声を上げた。

彼女の話では、馬車小屋の二階を掃除していて、以下のものを見つけたという。パン二斤、オイルサーディン二缶、缶切り、マーマレード一瓶。さらに、空のスーツケース――これが「食料運搬函」の役目を果たしたにちがいない！

クレアラと一緒に小屋へ戻って調べてみると、以上の品は裏口近くの布袋の下に隠されていた。この裏口から外壁に設けられた階段を昇っていけば、馬車が格納される一階を通らずに二階へと上がれるのだ。食品の傍にラウールがかつて削り出した奇怪な木の人形たちが横たわるのに気づいて、わたしは嫌悪感を催したが、もっと重要なのは、空になった缶詰がひとつとパン屑とが散らかっていたことで、少なくとも一回は食事がここで摂られたのは明らかだった。

以上の発見、とりわけ空のスーツケースによって、いかに非論理的であろうと、デニスが既にフランスへと渡ったか、あるいは途上にあるという考えは心情的には確信と化した。息子は頭を働かせて、捜索が集中的におこなわれている際には屋敷内に潜伏し、それから、わたしの推測したように夜陰にまぎれて逃亡したのだ。きっとそうだ、そうにちがいない！　わたしはすぐに行動に移る決心をした。

この日の午後、グッドリッチに電話をかけて自分の推測を告げてから、わたしはサウサンプトンに向けて鉄道で出発、ただし、途中下車してウィンチェスターの警察署に立ち寄った。息子を「追跡」してフランスに渡る計画に対して警察が懐疑的で不賛成なのは見てとれたし、連中はそもそもデニスが海を越えた可能性を認めようとしなかった。はなはだ遅まきながら、警察は小屋の二階を監視したいと提案してきたので、それには同意しておいたが、わたしの決心に冷水を浴びせるような真似は断じて許すつもりはなかった。

このときには知る術もなかったけれど、わずかの差とはいえ、一晩だけ早めにわたしは事態に対処することができていた。なぜなら、後に分かったように、わたしが英国を発った日の翌朝、ヴェニョン氏からの二通目の電報が我家に届いていたからだ――「デニスキタ」。

八月に続いてふたたび、慣れて退屈な列車の座席に腰を下ろし、同じくらい慣れた連絡船の緩やかに上下する寝台に横たわり、朝靄のたちこめるル・アーヴル港に降り立った。すべては以前と同じだったが、同時にいかに異なっていることか！　幾度もこうやって海峡を越えたが、今回のような心労にさいなまれた旅はなかった。

港の税関を通ってから駅の食堂で朝食（プチ・デジュネ）を済ませると、新聞とブリオッシュを買いもとめ、列車に乗り込んだ。

パリに到着後に昼食、それから南へと行く列車に。だが、わたしはいったい何に向かっているのだろう？　列車が山塊（マシフ）に向けて徐々に勾配を登っていくにつれて、漠然としてはいるけれど怖ろしい不安が膨らんでいく。わたしが矢も楯もたまらずに英国を飛び出してきたのは、じっとしているのが耐えられなかったからだ――だが、フランスに到来してみると、怯えが先立つ。こうしてオーヴェルニュ地方の捻じ曲がった陰鬱な風景に接近するにつれて、わたしは邪悪な力たちの本拠地に無謀にも足を踏み入れ、取るに足らない力で悪霊の軍勢と対抗しようとするかに思えた。

新聞を手にとって読もうとしてみたが、無理だった。デニスよ、おまえはどこにいるのだと、わたしは考えた。いったい何をしているのだ？　さらに、いったい何ゆえに？

フランスまで息子の跡を追ってくる理由となった一連の出来事の流れを、できるだけ冷静に批判的にふたたび整理考察してみようと、わたしは懸命に努めた。

ヴェニョン氏――そして、ラウール……。休暇中に交換滞在するという計画はふとした縁から生じた害のないものだったにせよ、しかし……。そう、両者の間には単なる偶然ではない関係があるはずだ。ヴェニョン氏のかつての暗い、うしろめたそうな表情が頭に浮かぶ。加えて、立ち聞きした奇妙な会話の断片――「あれがまたやってきたんだ」と彼はフレバールに言ったのだ。いったい何が「またやってきた」のか？　ひょっとして、「あれ」とは……。

不意に頭に閃くものがあったが、わたしはわざとそれを消し去った――まるで閃きが一気に頭の中に溢れようとするのを怖れるかのように。新聞を手にとって広告欄を食い入るように眺めるふりさえしてみたが、しかし、すぐに諦めて溜息をついた。いわば冷静な諦念の溜息。そうとも、もちろんそうだろう――ヴェニョン氏が嘆いていた「あれ」とは、ラウールなのだ。

この明瞭な推測がどうして頭の奥底にかくも長いあいだ押し込められ、そのあげく今になって唐突に閃き出たのかは分からなかったけれど、わたしの心はおおいに乱れた。それが意味するところはまだ完全に把握できかねるとはいえ、光がやがて遍く広がって恐ろしい真実の輪郭がぼんやりとでも現れるような気がした。
フォアンに到達するためには、各駅停車の鈍行にすぐ乗り換える必要があった。田舎の景色は概してのどかで静謐だったけれど、そのあちらこちらに、オーヴェルニュへと旅するごとにわたしをいつも捉える邪悪な気配、前兆が微かに感じられ始めた。ル・アーヴルから電報を打っておいたので、ヴェニョン氏はわたしの到着を待ち受けているはずだが、どのような歓迎ぶりを示すのかは見当がつかない。既に記したように、彼が打った電報はこの日の朝に「トネリコ荘」に届いたから、わたしは読んでいなかった。突然の直感に襲われて氏の館にデニスがいると思いこんだ結果、ここにやってきたにすぎない。

陽が傾きはじめた頃、フォアンに近づいてきたので列車は速度を落とした。いうまでもなく、周囲の景観は、人間を圧迫するような溶岩性の荒々しい峨々(がが)たる山地へと既に変化しており、同地を訪れるたび、この眺めにはいつも背筋が寒くなった。

列車から降りて周囲を見廻したが、わたしのいるプラットホーム、さらに他のふたつのプラットホームにも迎えの姿は見えない。改札係とふたりの農婦がいるだけだ。ひょっとしたら、ヴェニョン氏は事実上の絶交宣言をこちらが完全に無視したのを怒って、誰も迎えに寄越さなかったのか。音信はいっさい御免を蒙るという氏の要請のゆえに、これまでは手紙を書く——場合によっては、ラウールについて問い合わせる——のが無理だった。進んで認める以上の事実を氏が知っているのではないかとわたしは疑っていたけれど、建前としては何も知らないと言い張るだろうし、今回の件の深刻さを理解できないかもしれない。

十五分間というもの、わたしは待合室(サル・ダタント)でいらいらしながら時を過ごした。ヴェニョン氏は本当に礼儀をないがしろにするつもりなのか。いや、ありえない。こちらが送った一通目の電報に、彼はすぐさま返事をくれたではないか。そもそも、万国共通の人情からして、そんなひどい真似をするわけがあるまい。

とはいえ、わたしは館に電話をかけるか、可能ならタクシーを見つけるかしようと決心しかけたのだが、そのとき、一台の車が駅前広場に猛烈な勢いで進入してきた。あまりに乱暴だったので、ひとりの男が運転席からよろめくように出てきたのには拍子抜けしたほどだった。

興奮、逆上した様子をしながら、男はふらふらした歩調でこちらにすぐさま向かってくる。ヴェニョン氏だった。

## Ⅲ

挨拶もそこそこに、わたしはヴェニョン氏と慌ただしく問答を交わした。

「お宅にいるのですか?」

「ええ――でも、こちらから打った電報は間に合わなかったでしょうに、どうして……?」

「あの子は――元気ですか?」

「まあ、いまからお連れしますから……」

わたしたちは車に乗り込んだ。「フレバールが」と、氏は唐突に説明した。「辞めてしまったので、わたしが自分で車を運転しています。急がないといけませんね」

　わたしは曖昧な返事を呟いたが、相手はまったく聞いていなかった。彼の乱暴な運転で車は駅前広場から夕闇が迫る街道へと飛び出した。彼の態度には放心したような上辺だけの愛想良さしか窺えず、さらに驀進する車の中とあっては、話しかけるのは困難だった。とはいえ、わたしは一度は試みてみた。「デニスの体調はよくなかったのですよ」と、わたしは口を開いた。「息子はすっかり変わってしまった。さもなければ、家出などしなかったでしょうし、こうしてあなたを煩わせることもなかったのに。ところで、あの子はいまはどんな様子です？」

　ヴェニョン氏は漠然と右肩をすくめた。「どういえばいいのか……わたしたちはみな苦しめられている——そうでしょう？　禍事（ネ・ス・パ）（まがごと）が迫っている。あなたの息子さんにも迫っている。彼はあなたがやってきたのを知らないけれど、あなたが話しかけたり、近寄ったりするのはぜったいに許さないでしょう……」

　わたしの心は沈んだが、絶望感のゆえに逆に怒りが燃え上がった。

「そうとは限りませんよ！」とわたしは応じた。


　日暮れに到着したとき、館は真っ暗で不安なまでに静まり返っていた。見知らぬ顔の男が扉を開けてくれたが、すぐにまた中に引っ込んだ。

「デニスはどこです？」と、わたしはヴェニョン氏に訊いた。「どこにいるんです？」

　氏に導かれて玄関広間から左手の応接室へと進んだ。わたしの記憶では、デニスは、この部屋で毎日一時間、ミュッセ、デュマ父子、ユゴーなどを読んでかまわないといわれたのだ。その約束が果たされたかは疑わしかったけれど、部屋の壁面はたしかに本で埋められている。

「どこにいるんです?」とわたしは繰り返したが、ちょうどそのとき、玄関広間を進む足音が耳に入ったので、扉のほうを見遣ると、凍てついたような表情でこちらを凝視していたのは他ならぬデニスだった。

しかし、目に入ったのは束の間にすぎない。怒りと怯えのまじった「ああっ……」という声を上げると、彼がすぐに姿を消したからだ。息子の名前を呼びながら、わたしは後を追って玄関広間へと駆け込んだ。

先ほど玄関にいた男が立っている。「晩餐がまもなく――」と、彼は口を開いた。

「息子はどこだ? 少年(ジュンヌ・ガルソン)がいただろう?」と、わたしは相手の言葉をさえぎった。「どっちに行った? 息子の部屋はどこだ?」

こちらをしげしげと眺めながら、男はゆっくりと答えた――「以前と同じですが、ただし――」。途中で口をつぐむと、後ろめたいことでもあるのか、あるいはただ迷信深いだけなのか、すばやく手で十字を切る仕草をした。

デニスがいつも使っていた部屋は、階段を上がってすぐのところに位置している。急いで二階に駆けあがり扉を開こうとしたが、鍵がかかっており、ノックしても返事はない。「デニス!」とわたしは叫んだ。「デニス、中にいるのかい?」

音ひとつしない。外側から施錠されている可能性もなくはないけれど、ありえないように思えた。

わたしはノックを繰り返し、声を上げた。でも、無駄だった。

　階段を下りながら、惨めな気分で思いをめぐらせた。ヴェニョン氏の言葉は本当で、デニスがわたしを相変わらず敵だと考えているのはあまりに明らかだった。わたしの姿をついさきほど見たときに息子が発した「ああっ……」という声の調子を思い出すと、気が滅入った。あの声には狼狽、動転だけでなく憎悪の感情が込められていたのを今更ながらに悟った。

　ヴェニョン氏も玄関広間に出てきていた。「やはりね」と、彼は表情を変えずに呟いた。「わたしの言った通りだった……」


　晩餐にはデニスの席は用意されておらず、ヴェニョン氏はわたしの怪訝そうな失望した視線に気づいたにちがいない。しかし、給仕を務めるドルロ――というのが、さきほどの男の名前だった――が面前にいたので、立ち入った話はできず、会話は些細な話題に終始した。

　いっぽうで、食事の間ずっと、わたしの興奮した頭の中ではこれまでに発見した事実が駆けめぐっていた。即座に処理するのは無理な事態であり、可哀想な息子を家に連れ帰るのはたやすい仕事ではなく、おそらく時間もかかる――そう理解するのに十分すぎるほどの事実だった。息子の意志に反して無理やり連れ戻すのは、とりわけ異国では困難を伴うだろう。のみならず、ヴェニョン氏から情報を引き出して、この件全体の隠れた真相に辿り着くには、さらなる忍耐心と自制心を発揮しなければならない。

　食事が終わってから、ヴェニョン氏に誘われて応接室へとふたたび戻った。暖炉の側に腰を下ろすようにと、氏は手で合図した。

「きっとお気づきのことでしょうが――」と彼はすぐに切りだして、わたしが訊きたくてたまらなかった疑問のひとつ――焦眉(しょうび)の件はもちろん息子のことだったが――に自分から先回りして答えを与えてくれたのである。「マルセルとオーギュスティヌはもうここにはいませんよ。ふたりの伯母、つまり、わたしの義姉が館の雰囲気は子供たちにはふさわしくないと判断して、善意から連れ去ってしまったのです。はっ、はっ、何たること(モン・デュー)か、つまるところ、彼女の判断はきわめて正しかった……」


この言葉を聞いて、自制心を発揮せねばという決心は崩れ去り、わたしは大声を上げていた。

「息子は？　デニスはどうなったのです？　晩餐の席にはいなかった。今どこにいるのです？　まさにこの瞬間、どこに？　いつ、ここに来たのですか？　そして、その理由は？　まだ何も教えていただいていない。ところで、ラウールという男ですが――」

「ああ、あれ(サ)は……」といいながら、抗議の手を上げて、ヴェニョン氏はこちらの言葉を制した。不安に駆られた様子だったけれど、あるいは、単にわたしを軽蔑しただけかもしれない。「奴の名前は大声で口にしないようにいたしましょう！　わたしの場合、それには嘲りと不快感を覚えるだけですが、他の人々、感受性を尊重すべき多くの人々にとっては、つまり、その、はるかにひどい……」


彼はここでいったん口をつぐんだが、すぐにまた続けた。

「当地に来られた以上、何というか、ばかげた話をあなたはきっと耳にされるでしょうから、わたしとしては、現時点であらかじめ警告しておくほうがよいでしょうね……要するに（アンファン）、実のところ、今後一切の交際を絶って息子さんを当地に送ってこられないようにとの手紙をあなたに認め（したた）た際、わたしの念頭にあったのはこのことだったのですよ。激昂のあまり自分が祟られていると記したのは事実ですが、とはいえ、決して大袈裟な話をしたわけではなくて——」

「しかし、理解できないのは、いったいどうして——」とわたしは相手の言葉をさえぎったが、すぐに口ごもった。最大の疑問をぶつけるのを抑えきれなくなったからだ。「奴は、あれは今ここにいるのですか?」

ヴェニョン氏はわたしを慎重な面持で眺めた。「あれは——この戯け（たわ）た迷信上の存在を『あれ』と呼ぶならば——ここにはいない、活動していません。要するに（アンファン）、今ここにはいませんよ……」

少し間をおいてから、彼は不機嫌な口調で続けた。「『理解できない』とおっしゃいましたね……だが、自分や他人に及ぼす影響が十分に分かっていながらも、『理解』できないし、関わりたくないものは存在するのです。いま申したように、あの厭（いと）わしい存在、不愉快きわまりない存在は、目下のところ（アクテュエルマン）ここにはおりません。だが、昨夜遅く到着された息子さんは、『あれ』を探しにこられたのです。息子さんは何とかして——何があっても、『あれ』を取り戻そうとしているのです……」

この言葉を聞いて心中に覚えた狼狽、混乱は筆舌に尽くしがたい。いったい何を信じればいいのか。ヴェニョン氏の口ぶりでは、ラウールは厄介とはいえ比較的軽微な法定伝染病か庭の害虫——周期的に発生する猩紅熱（しょうこうねつ）や馬鈴薯の葉枯れ病——のごときものに聞こえたが、たいしたことはないという態度の奥には、拭い去れない本物の懸念が窺えた。

　彼は不意に椅子から立ち上がったが、いたく動揺していた。「ところで、二世紀以上昔の著作家たち、いわゆる妖怪好きの文筆家連の言葉を少なくとも信用するならば、この嫌らしい存在、迷信上の存在には前例がなくはない」書棚へと移動すると、彼はずっしりと重そうな本が並ぶ上段に指を走らせてから、一冊を取り出しかけたが、「いや、わざわざ読み上げる必要もないでしょう」と呟きながら、棚に戻した。「彼らによって記述され、しかるべく分類されている。ただし、呼称はすこぶる曖昧です。このとんでもない存在――あるいは、それを産み出し育（はぐく）んだもの――は『名無し（サン・ノン）』と呼ばれた。ただ『名無し』とだけ」

　迷いつつ、彼はふたたび腰を下ろした。「誓って申しますが、初めてあなたにお会いしたときから、つい最近になるまでは、この――つまり『名無し』にわたしどもが苦しめられた事実などなかったのです……過去に苦しめられていたという噂が流れたのは否定しませんが、『あれ』は消え失せたということになっていた。ただ、それはそれとして（タン・メム）、理論的には危険が存在していたので、もっと早い時期にあなたに警告を発しておくのはたしかに可能でしたね……」

　困惑と鬱憤が混ざりあって胸の中でこみあげてきた。「そうだとも」とわたしは痛烈に応じた。『噂』であれ真実であれ、『あれ』の正体が何であれ、わたしたちの気が狂っていようがいまいが、警告は可能だった。わたしに断じて警告を与えておくべきだったのだ！」

「しかし、そんな話を聞かされたら、あなたはきっと笑い飛ばしていたことでしょうね――まあ、ごく当然の反応で、少なくとも（オ・モワン）無理はないといえる。きっと『あれ』とわたしの双方を馬鹿にしたでしょう」

「たとえ嘲罵したとしても、それがどうしたというのだ！」堪忍袋の緒が切れかけて、わたしはなかば怒鳴っていた。駅から館への車の中でも、夕食の席でも、こちらが訊きたくてならない問いを切り出せない状態が続いて、ずっと危懼に苛まれてきた挙句、今こうして嘘偽りのない説明を求めると、相手は曖昧な枝葉の話でお茶を濁そうとしているからだ。

ヴェニョン氏は顔を下に向けたまま黙っていた。彼はすべてを話さずに一部を包み隠したままだと自分でもよく分かっているのだろうと、わたしは確信した。

「『あれ』、つまり『名無し』の――」と、わたしは相手に迫った。「正体は何なのです？　いや、『名無し』全般というのではなく、奴のことですよ……あなたときたら遠まわしに匂わすばかりで、わたしに何を話しておられるつもりなのか一向に見当がつかない――あるいは、何も話す気がおありでないのかもしれない。正体が何なのか、わたしはどうあっても知らねばならない！　いや、正体は措くとしても、あなたには息子が『あれ』に会うのを防げることだってできたのだ！　息子の話では、この村で『あれ』と親しくなったという。浮浪者まがいとも思えるが、けれど……」

わたしは途中で言葉につまり、ヴェニョン氏は、こちらの問詰に顔面を蒼白にしたまま、ブランデーのグラスをいじっている。わたしの前にもグラスは置かれていたけれど、手をつけてはいない。

彼は唐突に自分のグラスを高く掲げると、一気に飲み干した。その表情には病的ともいえる高揚感が漲っている。

「なるほど、『あれ』ですか――まことに結構（エ・ビヤン）、『あれ』と呼びましょう……『あれ』は潮の満ち干のように現れては消えを繰り返す存在で、完全な死滅というものがない。不意に出現しては消失して、三世代にわたって当家に祟りをなしてきたと言い伝えられています。伝承によれば、『あれ』は間を置いてはわたしたちを犠牲にして自らを養う——つまり、絶えることなく生存できるのは犠牲者のお蔭なのです。こういった説はすべて本に書いてありますよ……ただし、祟られているのは当家だけではない。「誰々氏のところは、たしかに旧家だが、でも、『名無し』が憑いているからね……」という話はよく耳にします。さて、当家の『名無し』、奴についていうならば、あなたもご覧になったように人間の姿をしており、出現しているあいだは、人間と同じく飲み食いし眠る。驚くなかれ（モン・デュー）、『あれ』は、正体が露顕するまでは、庭の生垣の手入れをしてくれたばかりか、雑貨屋（エピスリ）で石鹼、紅茶に塩まで購入していたのですよ……しかし、いったん露顕するや、えらい騒ぎになった！　ともかく、生存するために、『あれ』は『伴侶』が必要だといわれています。しかも、『伴侶』は若くなくてはいけない。さらに、『伴侶』、『連れ合い（プチ・タミ）』が死んだ場合、かの疫病神はいちばん近い血筋の別の子供に乗り換えるという。恋々と執着して、かつ——貪欲なのです。ああ、くそっ（ノン・ダン・ノン）、何たる作り話（ケル・イストワール）、出鱈目（フュミステリ）、荒説（アンベシリテ）！　馬鹿げていて（リディキュル）、途方もなく（ファンタスティーク）、信じがたい（アンクロワヤブル）！」

　彼の声はひどく興奮してきたが、嘲笑と恐怖がないまざった調子だった。そのとき、最初はそっと、次は強くと、扉を叩く音が続けて聞こえた。部屋の中に例のドルロが入ってきて、諫（いさ）めるような表情をしていた。

「旦那さま、お声が台所まで聞こえてきましたが、そんなに興奮されてはお体に毒ですよ。ただちにお休みなさいますように。寝床につかれたら、眠りのなかで厄介事もお忘れになれるでしょう」

この叱責の言葉を弱々しく受け入れると——わたしの質問にさらに悩まされないですむ口実になると考えたのかもしれない——ヴェニョン氏はこちらを向いた。「ドルロの言う通りでしょうな。それでは失礼して、寝室にまいります。このところ、体がすぐれないもので……。必要なものは何なりとドルロに頼んでください。だが——」ここで彼は召使に話しかけた。「大佐の息子さんはどこにおられるのかな？　自分の部屋で静かにしているのか？」

「はい、部屋におられるようです。というのも、部屋が騒がしいですから。例の物音がまた聞こえます。ただし、今のところは特にひどくはありませんが」

ドルロの報告は耳新しいものではなかったとはいえ、また気が重くなった。わたしの心の中ではポルターガイスト現象はラウールの存在と分かちがたく結びついていたのだが、それが此処でもまだ続いているとは……。

「おやすみなさい」とヴェニョン氏がいった。


わたしは疲労困憊していたが、壁面が本で埋められた応接室にとどまった。

正直なところ、いったい何を信じて、何を疑えばいいのだろう？　もちろん普通ならば、今しがたヴェニョン氏がしてくれた話は扇情的で不愉快な戯言（たわごと）の寄せ集めにすぎないと撥ねつけるべきだろう。そうすれば心も落ち着くのだが、しかし、明らかにその見解と矛盾をきたす経験をわたし自身がしてきたのだ。

ヴェニョン氏の話を反芻しながら、ようやくブランデーのグラスに口をつけたとき、彼が書棚から抜き出しかけた書物が目に入った。わずかにまだ棚から突き出ていたからだ。立ち上がって抜き取ると、わたしはふたたび腰を下ろした。

『往古の伝説（レジャンド・ドールフォワ）』という陳腐な題名だったが、ぱらぱらと適当にほんの数頁めくったところで、以下の箇所に視線が吸い寄せられた――「……つまり（セ・タ・ディール）、死者は生者を喰らう饗宴をおこなうだろう（レ・モール・ス・レガールロン・デ・ヴィヴァン）……」。

驚愕のあまり背筋が寒くなったが、実のところ、それは驚愕ではなく、不気味なかたちで懸念が裏書されたにすぎない。わたしは本を棚に戻した。「死者は生者を喰らう饗宴をおこなうだろう」……。確かにそう記してあった。もはやそれ以上は読む気がしない。数週間前に見た夢で顔のない亡妻が掲げていた書物の中の一節、あの断片的で意味をなさなかった言葉が、いまや完全な文章として立ち現れていた……。

英国を出立する際、息子を連れて早々に戻ってこられるだろうと楽天的な見通しを抱いた理由は自分でもいまだに分からない。家に連れ帰る法的権利をわたしが有していたのはたしかだが、息子がわたしを嫌悪して梃子（てこ）でも動かないとすれば、実際の困難は控えめにいっても途方もないものとなろう。到着した翌日、翌々日と、わたしは息子に話す機会を得ようとしたが、部屋には鍵がかけられたまま物音ひとつせず、館の階段や敷地内でちらりと姿を見かけた場合でも、彼は文字通り脱兎のごとく逃げていった。

「いったいどこで食事をしているのだろう？」とわたしは自問した。デニスは食卓にわたしたちと一度も同席しなかったからだ。食品貯蔵室から略奪して、野原で食べているように思われる。ヴェニョン氏や召使たちは息子に何の力も及ぼせないようだし、仮に及ぼせたところで、わたしのためにしてくれるとは期待できなかった。召使たちについていうならば、彼らはあらゆる点で非協力的を通り越して妨害する態度をとり、こちらに対してほとんど無言の行を貫いたので、万事に関して「無駄話」をするのをおそらく禁じられていたのだろう。

グッドリッチが此処にいてくれたらとわたしは切に願った。だが、彼が患者たちをほったらかして駆けつけてくれるなど無理にきまっているし、そもそもヴェニョン氏に彼を受け入れてくれるよう仕向けるのも不可能だった。

ちなみに、わたしの想像した通り、デニスがブリクサム港で漁船に潜り込んで海峡を越えた事実を知らされた。此処を訪れるのをわたしが認めたなどとヴェニョン氏に偽っても無駄だったろうし、結局はわたしが追いかけてくるのも分かっていたはずだが、どうあってもラウールと再会したいという決意を除けば、息子に確固たる計画、作戦があったかどうかは疑わしい。デニスは可能なかぎりヴェニョン氏との接触を避けていたけれど、海峡を越えた方法をどうやらうっかりとドルロには洩らしてしまったので、そこから氏に伝わったようだ。

ともかく、いとも厄介な状況というほかなかった。わたしはウィンチェスターの警察に電報を打って事態を知らせたけれど、彼らの推測が誤っていたと証明できたにもかかわらず嬉しくはなかった。

こうして不安に苛まれる日々が続くなか、ヴェニョン氏からほとんど助けは得られなかった。本当に体調が悪いのか、あるいは、わたしの執拗な質問を避けるための仮病にすぎないかのどちらかだろう。朝食の席には姿を現さないし、昼食と夕食の後には言い訳をして早々と自室に引きこもる。こちらが到着した夜に話をした以外には、われわれふたりに共通するはずの問題について真剣、真摯にして重要な言葉は一言も聞けなかった。

孤立無援の状態に陥ったので、わたしは惨めな気分で館や近隣の村の周囲をただ歩き回るしかなかった。まれに農民と挨拶を交わすときもあったが、おおかたは誰にも会わなかった。人気のない道を選んだからだ。秋の日々は曇天続きだったけれど、天気の良い日には、岩がごろごろする北の山脈の頂上にある噴火口にまで足をのばした。

到着して四日目か五日目の午後、わたしは館を午後三時に出て、行く先も決めずに歩き続けた。暗然たる物思いに耽っていたと思う。実際、考えるべきことは山ほどあった。

現状は常識ではありえないようなもので、包み隠さず人に説明をすれば、相手からは不信の念と憐憫の情しか引き出せないだろう。だが、すべては真実なのだ。少なくとも、わたしが自分の眼で目撃したことはすべて真実だ。ただし、「あれ」についてヴェニョン氏が軽蔑まじりに洩らした荒唐無稽な物語に関しては、わたしは判断を留保した。原因が何であれヴェニョン氏は病んだ人物で、彼の抱える悩みは地所や館の凋落した不健全な状態に反映されているように思えたからだ。屋敷は荒廃しており、召使たちは——逃げ出したのか、あるいは解雇されたのか——ごく少数に減ってしまい、しかも全員が落ちつかなげだった。たとえば、あの頼りになったフレバールはどうしていなくなったのか？　わたしの心は疑念に苛まれて、おぞましい想像が脳裡に浮かんでくる――ひょっとして、ヴェニョン氏は、自分の子供たちを守るという目的で、デニスが館を訪ねる案を持ちだしたのではあるまいか？　交換滞在を長々と続けたのはそのためではなかったのか？　自分の息子と娘の身代わりとしてデニスに取り憑かせるため、ラウールと親しくなるよう仕向ける気になったのではあるまいか……。だが、わたしはこの忌まわしい仮説をありえないと斥けた。そんなことを考えつくなんて、わたしの心までが周囲に穢されているにちがいない……。

以上のような物思いからふと我に帰ると、わたしは周囲を見廻した。英国とはまったく趣きを異にする風景は寂寥(じゃくりょう)としており、半ば壊れた教会とそれに隣接する墓地のために附近全体に漂う荒涼感がいっそう募っていた。漠然とした好奇心からというより精神的消耗から生じた無目的な状態で、わたしは墓地に入り、墓石の間をあてどもなく歩き回った。少し離れた前方の道路から、ひとりの男がこちらに向かってくるのが見える。

墓地を囲む壁の中をわたしは放心状態でぶらついた。ここがもはや使われていないのは明らかで、墓は手入れされておらず、多くは茨や雑草が生い茂っていた。墓石に刻まれた年号がときおり目に入る――一八三〇、一八一三、一七七〇……。おそらくは――そのとき、わたしは不意に立ち竦んだ。静寂の中、ある名前が眼前にくっきりと見えたからだ。雨風にさらされて傾き罅(ひび)が入り苔むした墓石の群れのなかで僅かに他より背の高いものがあり、その上部に家名が刻まれていた。「プリヴァシュ」……。さらに何とか読み取れた下の箇所は、そう、「ラウール。一八七三年没」だった。

足音が耳に入って、わたしはぎょっとした。さきほど路上を歩いていた男で、墓地には草が生えていたから近づく音が聞こえなかったのだ。まっとうな男、がっしりした体軀の好人物（ボノム）のように見えた。おそらくは小売商人か小農だろう。だが、けしからんといわんばかりに眉をひそめて、わたしと墓の双方を凝視している。頭を意味ありげにぐいとそらすと、彼は墓石を指さした。「旦那（ムシュー）は埋葬されている奴を知っているのかね？」

二重の困惑を覚えて、わたしは口ごもり、小さな声で答えた。「ああ、わたしは――いや、実のところ――つまり、名前だけは、知っている男と同じなんだ」

相手は一歩後じさると、手で十字を切ってから冷たい声でいった。「それで十分だよ……あとは、悪い名前だと旦那には知っておいてもらいたいね……では、さようなら（アロール・ボンジュール）」

男はゆっくりと立ち去ろうとしたが、わたしは衝動的に彼を引きとめた。

「いったい誰なんだ、あいつは？」とわたしは問いかけた。「犯罪者だったのかい？　それとも――」

舌がもつれた。男はわたしの眼を探るようにして見たが、まるでしゃべらないまま何千もの言葉が彼とわたしの間で交わされたかのような気がした。

「いいや、生きているうちは罪人ではなかった。だが――」彼はいったん口をつぐみ、かがみこむと人さし指で一八七三という年号をなぞった。「これが奴の死んだ年だ。ここに刻まれている通りで、間違いない。わしの父は村長（メール）を務めていたので、よく憶えておったし、わし自身も合併以前の教区簿で埋葬記録は確認したよ。旦那、わしに言えるのはこれだけだ――つまり、奴は今から約八十年前の一八七三年に死んだとな……」

ふたたび男が十字を切って立ち去ろうとしたので、今度はわたしも引きとめなかった。一瞬の間、わたしは恐慌状態に陥った。数日前の夜にヴェニョン氏に聞かされた話の内容から予期してしかるべき衝撃のはずだが、しかし、あの夜のわたしは氏の話を気ちがいじみた戯言だと片づけようとする気持に傾いていたのだ。ところが、まったく別人の口からこうして裏書されてみると、氏の話はがぜん信憑性を帯びてくる。何かが、屍臭をただよわせた邪悪なものが、わたしに語りかけ、理性と正気を顚覆させようとしていた。「ラウール」――あれは本当に八十年前に死んだのだろうか……さもなければ、いったいなにゆえに、この堅実で真面目そうな田舎者は疑わしそうに非難するかのごとく話しかけてくるのか？

男の姿が野原の向こうに消えるのを待ってから、わたしは足早に館へと戻った。

都合がつくなら当地に至急くるようグッドリッチに頼んでも構わないとの承諾を、その夜、ヴェニョン氏からとりつけた。ここに来てから既に六日間というものが無駄に費やされている。息子は相変わらず頑なにわたしを避けて、できるかぎり屋外におり、食事もいつどこで摂っているのか分からない有様だ。こんな状態を放置しておくわけにはいかず、どうあっても連れ帰らねばならない。だが、独力でデニスを無理矢理に帰らせる自信はなかったし、他方、フランスであれ英国であれ警察の助けを借りる気もなかった。グッドリッチに送る手紙を切迫した調子の言葉で認めて投函しおえると、少しばかりだが気が楽になった。

とはいえ、他の点では、わたしは以前にもまして不安に苛まれていた。苔むした墓石の発見は特にこたえた。墓の側で話しかけてきた実直そうな男の示した奇妙な様子——疑惑と恐怖に満ちた表情、言葉を濁して詳細には立ち入らない態度——もあって、わたしの頭は混乱し、ぞっとするような恐怖にとらわれた。

　他方、既に述べたように、息子についてはその姿をちらりと見るだけだった。デニスが「あれを取り戻そうとしている」との警告を発したヴェニョン氏は、息子にそれをやめさせようとしたと匂わせていたが、わたしには信じられなかった。一日中デニスが何をしているのか、相変わらず同じ部屋で眠っているのか（召使たちはそうだと断言するのだが）、いつ食事をして風呂に入り、きちんと服を着替えているのか、ほとんど何も分からなかった。着替えに関しては、きれいなシャツ、靴下、下着をわたしは持ってきてドルロに渡しておいたのだが、ちゃんと使われていますよという返事だった。とはいえ、息子の現状は浮浪者に近いものだとわたしには思えた。彼にとって、館は屋外へとさまよいでるための基地、本部にすぎないのだ。

　しかし、翌朝になって、息子についての情報がもたらされた。朗報というわけではないものの、これまでよりはいくぶん詳細だった。ドルロの話によれば、デニスはこのところ館の東翼、「塔に近い」場所でかなりの時間をすごしているというのだ。だが、いったいそこで何をしているのかと尋ねてみても、ドルロは肩をすくめるだけだった——「見当もつきませんな。ただ、本を読んだりナイフで木を削ったりしているのは見たことがあります……」。

「彼はいまそこにいるのかい？」

「いいえ。昨日と一昨日のことです。息子さんは今朝は外出されましたよ」

ドルロと話をしたのは朝食の折で、ヴェニョン氏は朝食を寝室に運ばせていたので、わたしはいつもひとりだった。食事が終わると、英国にいる忠実な料理人ジェニーに短信を書いた。二日前に彼女が手紙を寄越したからだ――屋敷に問題はなく、女中のクレアラともども御ふたり様の速やかな帰宅をお待ちしておりますと記してあった。

ジェニーへの返信を投函するために、正門(ポルト・コシエール)の下をくぐりぬけて表に出たとき、館の最近の荒廃ぶりに気づいた。まるで呪いにかけられているかのようだった――破滅の影、急速に進行する崩壊の兆しに侵食されている。しかも、侵されているのは館にとどまらず、その住人たちも同じで、わたし、ウォルター・ハブグッド大佐とて例外ではない！　一時的な滞在者、客人にすぎないとはいえ、屋外を歩き回っていると、館にまつわる悪い噂が自分にもつきまとうのを常に意識せざるをえなかった。地元の農民たちからは、漠然と邪悪で恐ろしいものの気配を漂わす人物として胡散臭く思われている。昨日、フォアンにいたる街道を三キロほどいったところにある小さな郵便局で――そこに今も赴こうとしているのだが――グッドリッチへの手紙を出した際、女の郵便局長は悪意のこもった視線でこちらを眺めたばかりか、わたしが出ていくときには肩衣(スカプラリオ)（カトリック教徒が信仰の印として肩から下げる布）に手を触れた。こっそりと見つめたり、陰気な目つきをしたり、十字を切ったり、道ですれちがうのを避けたりと表現は様々であったけれど、どこへ赴こうと、不安にみちた一種の敵意が向けられた。わたしの行くところ、子供たちでさえ蜘蛛の子を散らすように逃げ出した。

今まで散々繰り返してきたことではあるが、この途方もない事態でいったい何が真実なのだろうかとわたしは自問した。もちろん、田舎者たちは――おそらくはヴェニョン氏も――どうしようもなく迷信深い連中なのだろう。先頃の世界大戦以降、そんな戯言は一掃されたはずだろうに……ここで不意に失笑がこみあげてきた。可笑しかったからではない。ばかばかしいにもほどがある、目くそ鼻くそを笑うという喩えがぴったりくる。なぜなら、他ならぬわたし自身が、いま自分が嘲笑っている連中に劣らず、奇怪な伝承にとらわれているからだ。

自分がいったい何を信じ、何を信じていないのかすら分からないので、気分は苛立った。あらゆるもの、あらゆる人がわたしを欺き、屈辱的なまでに無知な状態においたままにしようと企んでいるかに思えた。なのに、デニスの父親であるわたしときたら、朝食の折のように、ドルロのごとき取り澄まして無愛想な召使から僅かばかりの情報を恵んでもらって有難がっている始末だ。ドルロに単刀直入に色々と問いただそうという気に度々なってはいたけれども、主人の知らぬところで奉公人から事情を聞くという卑怯な真似は、自尊心のゆえにできなかったのだ。主人のヴェニョン氏のほうは、先に述べたように、わたしが館に到着した夜に勢い込んで話をしたものの、以降はすっかり自分の殻に閉じこもってしまい牡蠣のように無口だった。

心を惑乱させる秘密主義にはもう我慢ならないとわたしは感じた。誰でもいい、誰かから、謎全体の直截な説明を求めなければならない。少なくとも、どんな種類の答えが返ってくるのか見極める必要がある。それゆえ、ジェニーへの返信を窓口で差し出してから、わたしは、個人的な話ができる然るべき地位の人物——村長(メール)か、あるいは学校長——を教えてほしいと女郵便局長に頼んだ。

彼女は下劣な視線でこちらを眺め、胡乱(うろん)な間をおいてから「村長(メール)は病気ですよ」と答えた。

「田園監視員(ガルド・シャンペトル)で元レジスタンス闘士のボワデリュールさんも病気だし、薬剤師のタンヴィさんもやはりそうだわ」ここで、彼女は「タンヴィさんは――」と付け加えた。「とても聡明で思慮深いし、陸軍補給部隊の将校だった……それから、もちろん、主任司祭（キュレ）のピュインディソン神父（ペール）がいらっしゃるけれど……」

郵便局長が誉めそやすタンヴィ氏とやらは遠慮して、わたしは司祭に決めた。いわば当然の選択であって、これまで思いつかなかったのが不思議なほどだ。居所をつきとめるのは容易だった。ちょうど彌撒（ミサ）を終えて戻ってきたばかりの神父は、わたしを司祭館（ヴィケーリ）に丁重に迎え入れた。いくぶん口ごもりながら、わたしは必要な限りの概略を説明し、もちろん、墓の発見も話した。息子が不運にも魅せられた「ラウール」とは墓に眠る人物のひょっとしたら孫なのでしょうかと、わたしは訊ねた。

暗い表情を浮かべて聞いていた神父は、わたしの問いに衝撃を受けて、たじろいだかのような顔つきをした。彼がわたしのことをあらかじめ熟知していたのは確実だった。

「率直に申しますと（フランシュマン）、お答えするのは容易ではございません。ここは迷信深い（アセ・シュペルスティテュー）土地柄でして……要するにですね（アンファン）、サン・トルヴァン教会であなたが目にされた墓に埋葬された人物に子孫はおりません。彼はヴェニョン館で執事を務めていたらしく、あの館で息を引き取りました。しかし、それは八十年前のことで……」

「ええ、承知しています」とわたしは応じた。「ですが、わたしの息子が出会った男は……いったい誰なんです……?」

神父は陰気な表情で目をしばたたいた。血色のいい顔をした年配の人物で、世俗にも通じているという目つきをしていたが、このときは落ち着かなげで、それを隠そうともしていなかった。

「あなたは――」と彼は非難するような口調でいった。「こんなふうにわたしのところにやってこられて質問をなさるが、いったいなにゆえですか？　心に既に植えつけられていた疑念を確認、裏書するためですか？　あるいは、否定するために？　当方に申せることといえば、我々の知るラウール・プリヴァシュは一八七三年に死亡したという事実だけです。あとは――迷信にすぎません」

「で、その迷信というのは――？」

彼は力なく肩をすくめた。わたしに問いつめられて困惑し、見苦しいまでに言い訳がましい。

「口にせよと今あなたから迫られている迷信によれば、当然ながら（エヴィダマン）、一八七三年に死んだプリヴァシュと息子さんが魅せられた（アングエマン）男は同一人物です……ばかげている（セ・リディキュル）！　だから（アロール）……既に申したように、わたしに話せるのは断じて（アブソリュマン）……」

依然として礼儀を守ってはいたが、相手の態度には自己防衛から生じる冷淡さが見えはじめ、わたしはまたもや驚きを覚えつつ敗北感にうちひしがれた。この途方もない「伝承」について詳しく話させようと問いつめると、当地の連中は偉そうな顔で嘲笑するふりをするけれど、しかし、誰もが心の底では恐れているのだ！　失望して満足できないまま、わたしは神父の許を辞した。

館に滞在して既に一週間が経過していた――まったくもって無駄に終わった一週間に他ならない！

息子を説き伏せる機会を毎日探したものの、これまでのところ見つからなかった。わたしのことをとことん憎んでしまう結果になっても、文字通りの囚人として家に無理やり連れ帰るべきなのだろうか？　いや、万事休すとなればそうせざるをえないかもしれないが、説得の手立てがすべて尽きるまではだめだ。デニスは手に負えない存在となっており、哀れにも魔法の呪文にかかっているから、体だけを捕えて縛ってみても無益だろう。心も捕えなければいけない。わたしは息子を罠にかけて捕えたかったが、身も心も捕えたかったのだ――しかも、愛情をもって。縄や手錠はそれにはふさわしくない方策に思えた。

　とはいえ、息子がみずから進んで帰国してくれないならば、強制するほかあるまい。その必要性が近々に生じるのを見越して、わたしはグッドリッチに来てくれるよう頼んだのだった。この緊急事態にあって、彼が親切心からわたしに付き添って息子を英国に連れ戻してくれるなら、警察に同行されるよりは息子にとって屈辱とはならないだろうから。

　現在の難局においてヴェニョン氏は「折れた葦」（『イザヤ書』三六章六節）のようにまったく頼りにならず、神経をやられて無気力だった状態は今や一種の無言の抵抗の域にまで達していた。厭わしい「名無し(サン・ノン)」について一度はあれほど興奮して語ったというのに、以降、どうして彼は口を閉ざしてしまったのだろう？　神父でさえ、渋々ではあるものの、良心あるいは臆病さの許す範囲で教えてくれたというのに、ヴェニョン氏はなにゆえそれすらわたしに知らせることができなかったのか？

　朝食室の窓辺に歩み寄ると、わたしは秋の田野(でんや)を眺めた。茶色か黄色の矩形をなした幾つもの畑が窪んだ土地の縁沿いを不規則に広がって霧のかかった丘にまで達している。遠くの畑のひとつにデニスの姿を認めたと思って、わたしはぎょっとした。いや、そうではない。その人影は身動きひとつしなかったからだ。刈り株のなかで徒らに立ち尽くす案山子にすぎないと気づいた。

手紙は今日にもグッドリッチに届くはずで、もし彼が来てくれたら、そのときにはふたりで作戦会議を開くことができる。彼の清々しい正気と明晰な判断力はわたしには大きな喜びとなるだろう。わたし自身といえば、思考は混沌となり、理性は大きな矛盾の壁に四六時中ぶつかって屈辱感を味わっていた。まさに矛盾撞着というほかなかった。わたしのいるのは二十世紀も半ばの世界で、こんな僻地にさえ鉄道、郵便、新聞、ラジオ――ただし、ヴェニョン氏が購入していればの話だが――が行き渡り、頭上からはときおり飛行機の音すら聞こえる。にもかかわらず、純然たる中世の世界、神話伝承がはびこり、時代錯誤の荒唐無稽な恐怖が支配する異様な世界が同時に存在しているのも等しく認めねばならない。これらふたつの世界は、互いに浸透し合っているとはいえ、両立しえないはずだった。だが、どちらも真実なのだ。

優柔不断の状態でわたしは自室に戻ろうとしたが、部屋には入らずに廊下を進んだ。誰にも咎められずに、わたしはこれまでしばしば館の曲がりくねった階段を昇ったり降りたりしてきた。あちこちに飾られている色褪せた綴れ織や封建時代の軍旗の下を歩き回り、音の反響する広間をうろついてきた。この日の朝は、心が落ち着かないままではあったが、漠然とわたしは歩みを東翼にある小塔の方角に向けた。

この偵察に特に収穫はなかったけれど、ただし、「幽霊の出る」とされる部屋の真下の一室で木切れ、木屑を見つけた。おそらくは、ドルロの教えてくれたように、デニスが削ったものなのだろう。階下に降りてきてから、ピュインディソン神父と交わした会話に触発された推測が頭に浮かんだ。神父によれば、「ラウール」は館で息を引き取ったという。そして、デニスが、ずっと以前に小塔の部屋について触れたとき、「誰かがそこで死んだ」と言っていた事実が記憶に蘇ってきた。「誰か」とはラウールのことなのか？　彼が息を引き取ったのはあの部屋なのだろうか？　確かにありうるように思えた。

午前中の残りと午後の大半をわたしは漫然とぶらついて過ごした。少なくともグッドリッチから返事をもらうまでは落ち着かず心配で、何かをしようという気になれなかったからだ。

東翼を訪れてラウールの死について推測を巡らしたために気持が乱れたのは事実だったが、しかし、それだけではなく、漠然とした憂慮、満たされない気分を惹き起こす原因が他にもあるのを、わたしは朧げながら意識していた。それはこの日に起きた出来事、あるいは、ふと気づいたことにちがいないと感じてはいたが、しかし、何であるのか特定できなかった。それは心の端を掠めただけにすぎなかったけれど、今や微かではあるが執拗にこつこつと音をたてて警告を発してくるので、焦燥感が募った。何とか記憶を呼び戻そうとしばらく努力したが無駄に終わり、わたしは諦めるほかなかった。

落ち着かない気分のまま、わたしは壁面が本で埋められた応接室に入り込み、嫌悪と軽蔑を感じつつも、『往古の伝説』を書棚から取り出して、この本が何を伝えんとしているのかじっくりと調べてみようとした。

欲しい箇所はすぐに見つかった。「オーヴェルニュ」とのみ題された長い項目に含まれていたが、前後の文脈は分かりづらく、文体は晦渋あるいは熱に浮かされたような調子で明確に理解できなかった。フランス語が苦手なのを悔やみつつ、わたしは当惑したまま読み進めた。「……異様なまでの生命への執着は、前述の『名無し』が、生命力を抜き取り……（続く一、二行ほどは、まったく理解不能だった）人形（ひとがた）あるいは他のありふれた物をいわば核として用いて再生するのを可能にするが……（ここでまた知らない言葉が頻出して、わたしには意味がとれない）アーメン、かくて人間に似た姿をとる。だが、このような危険な真似をする者すべてに災いあれ。子供であれ女であれ、ふさわしい『定着媒体』が得られない場合には……（概説とおぼしき文章がしばらく続いていた）かれらの主たる弱点は手首、そして、喉頸から垂れた肉にある。かれらはなかんずく黄色を好み、いっぽうで青灰色の一種を忌む。したがって、かれらを殲滅（せんめつ）するには……」

　苦労しながら翻訳した結果に失望して、本を開けたままで膝に置くと、わたしは考え込んだ。ある意味では、翻訳した内容に安堵したともいえる。あまりにくだらない譫語（たわごと）だったからだ。半ばためらいつつも不意に感謝の念が湧き上がってきて、「そうだとも」とわたしは思った。まったくの荒説にすぎない。笑止千万だ。いったいどうして、これまで——だが、高揚感を覚えたのも束の間にすぎない。デニスが……とわたしは思い出した——デニスは……。それが問題なのだ。譫語であろうとなかろうと、息子は実際に危険な状況にいるのだ。しかも——。

　館の主が無愛想な様子でいきなり部屋に入ってきた。体調不良が続いているという表向きの理由で、彼はわたしとはここ数日というもの顔を合わせていなかった。微かな不興の色が彼の顔にはうかがえる。不機嫌な口調で「こんにちは」と彼は挨拶した。「碌なおもてなしもできずに申し訳ない。大した知識も娯楽も得られないでしょう、こんなものからは――」

驚いたことに、彼は本を素早くかっさらうと手際よく書棚に戻した。

実際のところ、ヴェニョン氏の態度は癇(かん)にさわるものだった。この些細ともいえる出来事の結果、たちまちのうちにわたしは彼と本気の烈しい口論を始めていた。ふたりとも神経が擦り切れて限界にきていたのはたしかだろう。たがいに癇癪をおこすのには小さな火花で十分だった。

わたしは思わず立ち上がっていた。「読んでいる書物を膝から奪い取るとは礼に失する行為では……」

彼はこちらを睨(ね)めつけた。眼には涙が溢れている。「わたしの蔵書だぞ。わたしのものだ」と、子供のように繰り返した。「今後もわたしの好きなようにする。何なら燃やしたって構わないのだ。よろしいか、わたしが自分の持ち物を燃やすのに反対などできますまい。気が向けば、この館だって燃やしてやる。この素晴らしい館に火を放つとき、ぐずぐず居残っている奴がいるなら、そうとも、ぐずぐずしているなら、そいつも館もろともそっくり燃えてしまうだろう。ただし……」

体がよろめいたので、彼は片手を胸に当てていた。「申し訳ない……鬱屈のあまりみっともないところをお見せして。まるで芝居に出てくるフランス人のようだと思われたのでは。きっとそうでしょう(ネ・ス・パ)？　実はこの館は常軌を逸した状態にあります。大きな、とてつもなく大きな蒼蠅が寝室を飛び廻って、夜通し眠れなかった。あなたの『名無し(サン・ノン)』と同じように、わたしも手首、それに喉頭が弱点でしてね……」

こいつは頭が変になっているのか？　それとも、狂気を装っているにすぎないのか？　わ、わたしの

「名無し」だと！　彼には心からの嫌悪感を覚えたが、おそらく、彼がこのばかげたやりかたでわたしを茫然とさせるのに成功したがゆえに、嫌悪はいっそう募ったのだろう。

「おまえの――」と、思わず叫び声を上げていたのには自分でも驚いた。「おまえの『名無し』とやらが息子を襲ったというのに、どういう訳か、おまえはそいつについて何も明かさないつもりらしいが、そいつはここで死んだ。図星だろう？　小塔の部屋か、その真下の部屋で死んだのだ……」

ヴェニョン氏はわたしをじっと見つめた――最初は話が理解できないという表情で、やがて、ほとんど憐れむかのような面持で。「かわいそうに――」と彼はゆっくりといった。「かわいそうにね。もう限界に来てしまって――はは、気が狂いかけているんだ。何てことだ（モン・デュー）、あんまりだね（セ・ル・コンブル）！」踊るような奇妙な足取りで近づいてくると、仰天したことに、彼はわたしの鼻先で指をぱちりと鳴らした。「繰り返しておきますぞ――遺憾の極みながら、あなたは錯乱している！」

困惑のあまり、相手の嘲笑するような言動に屈辱を感じる余裕もなく、わたしは後じさったが、その瞬間、以前の似たような修羅場の際と同じく、ドルロのひょろりとした姿が戸口に現れた。「ご主人様（モン・メートル）、落ち着いてください（カルメ・ヴー）」と召使は諫めた。「どうか、落ち着いて！　不快な天候のせいで神経に過度の負担がかかっておられるのです。だからといって、こんなふうに癇癪をおこして取り乱されるのは、見苦しゅうございますよ。落ち着いてください！」こういってから、ドルロは「やれやれ、もういい加減にしてほしい」と小声で付け加えた。

ヴェニョン氏はドルロとわたしを異様な目つきで眺めた。「許してくれ」と彼は呟いた――「許してほしい……」。奇妙な表情、意地の悪そうな、依然として傲岸な怒りのようなものが顔に浮かんだが、彼はぐるりと向きを変えると、おぼつかない足取りでドルロに導かれて出ていった。

わたしは一分間というものじっと動かずにいた。信じがたい騒ぎだった。あからさまな狂態が眼前で演じられたのだ。

茫然としたまま、わたしはようようのことで館の表に出た。


屋外に出て、やっと落ち着いた。ついさきほどの感情の動揺が収まったからだ。だが、まるで喧嘩、乱闘を終えたあとのように疲労困憊してしまったし、心の根本的な不安、惑乱は逆に募った。これは悪夢だとわたしは思った。悪夢だ。だから誰もが狂人に見えるし、自分自身も狂人のように振る舞ってしまうのだ。すぐに目が覚めるだろう——多分、グッドリッチが到来すれば……。

ドルロがいっていたように、空気はじっとりとして鬱陶しかった。気温は低くはなかったが、それとは裏腹に張りつめた気配、正体が分からないものの気配を漂わせている。田野は静かに周囲に広がっていた。静かすぎる、とわたしは奇妙な思いにとらわれた。まるで、密かに魔法をかけようと企んでいるかのようだ。あるいは、畑じたいが魔法にかけられているのか。黄土色、灰褐色、鳶色の整然とした矩形をなして、密かな企みを夢見ながら、畑は丘陵にまで伸びている。そのひとつを横切ったとき、今朝、窓辺から見えた案山子の位置がわずかに変わっているようなのにぼんやりと気づいた。

ヴェニョンの奴め……「名無し」だと！　わたしのではなく、おまえの「名無し」だ！　せいぜい楽しむがいい！　「名無し」！　異教の妖魔というわけか！　そんな魑魅魍魎を、かくもばかげた忌まわしいものをでっちあげるなど、とても正気の沙汰とは……顔を上げて鈍い灰色の空に目をやると、からだが思わず震えた。控えめにいっても、わたしはこの悪魔の隠れ家、十二世紀か十三世紀のまま取り残されたフランスの田舎に断じて魅せられてなどいない。此処では迷信といかがわしい伝承が単なる古風な装飾として残るのではなく、不意に蘇って、それにこだわる人々すべてを狂気に追いやるという疎ましい真似をしでかすのだ。せめて、もし……。

脈絡のない思いはやがて消え失せた。ふたたび顔を上げると、また微かに体が震えた。ここまで歩いてきて、周囲には常に丘やそれに従う畑が見えていたのだが、どう表現すればいいのか、何かが静かに忍び寄ってきて集まってくる、そっと形をなしつつあるような気配を意識したからだ……。頭痛がして、名状のしがたい息苦しさを感じる。わたしは目眩を覚えて立ち止まり、そこからは館の姿が見えた。おそらく一キロほどの距離だろう。薄い木立ちと斜面のせいで一部が隠れている。不快な症状が悪化すると困るので、わたしはできるだけ早く館に戻ろうと思った。

わたしはゆっくりと歩み始めたけれど、漠然と不快だが同時に馴染みのあるような臭いがしてくるのを、鼻ではなく心の中で意識した。館までの距離を三分の一ほど進んだところで、一匹の犬が哀れな声を出しながら背後から駆けてきた。館で飼われている数頭の犬の一匹で、ジジという名前の人懐こいプードルだ。デニスが可愛がっていたから、今の放浪者のような暮らしで連れ歩いているものとばかり思っていた。しかし、犬はこそこそした様子で怯えて哀れな声を上げ、わたしの足元にまつわりついた。

切り株だけが残った畑を迂回して、わたしと犬は先に進んだ。それは例の不要な案山子の立つ畑だった。案山子が少し館の方向に移動しているような気がして、わたしはまたもや困惑を覚えた。「そんなばかな！」と、軽い苛立ちと戸惑いの声を心の中で上げた――ありえないぞ、いまいましい案山子の位置を見誤ったにちがいない。側にいたジジは、身を縮こまらせてわたしに擦り寄ると、低く押し殺した奇妙な声で続けて吠えた。

陽は雲の翳に隠れてしまい、頭痛はいっこうに治まらない。鬱陶しい大気、木立ち、丘、覆いかぶさる空のなかで、何かが熟しつつある、形づくられている気がしてならず、わたしは口をつぐんだまま慎重な警戒態勢をとった。大気、樹木、丘、空もまた、なかば生命をそなえて、わたしと同じように見張って（キ・ヴィーヴ）いるかのようだった。あの畑の中央に面する場所を通りすぎたとき、犬は勢いよく生垣の中に突進していって、恐怖を感じたのか、あるいは犬なりに恥辱を覚えたのか、烈しく吠えた。

館に近づくにつれて、頭痛は次第に治まってきたが、何かが差し迫っているという疑念、邪悪なものが急速に増大しつつあるという予感で心は苛まれ、グッドリッチが来てくれることをいっそう切に願った。

館に戻ると、玄関広間に置かれた盆の上にわたしの祈りに答えるものが載っていた。来週の火曜日には到着する旨の彼からの電報だった。つまり、三日後だ。

## Ⅳ

この元気づけられる通知に続いて、翌朝には彼からの手紙も届き、事情の説明がなされていた。すぐにでもフランスに向かうつもりだったけれど、同僚の医師が体調不良に陥り、そのため火曜日までは病院を不在にできないという。何はともあれ駆けつけてくれるというだけで望外の幸いであり、彼には心の中で深く感謝した。

とはいえ、週末の間、わたしの緊張感はいやました。館の主人の不機嫌な様子によって強められたせいもある。先日の諍いの後、ヴェニョン氏は渋々ながら非礼をいったん詫びてきたのだが、今度は違う理由でまたもや苛立っていたからだ。元気と歓びを与えてくれる手紙をわたしがグッドリッチから受け取ったのと同じ頃に、氏の許にはどうやら心をひどく乱される手紙が届いたらしい。彼の語るところでは、子供たち（レ・プチ）が世話になっている義理の姉が書いてよこした内容というのは、商用でチュニジアに数ヶ月ほど赴く必要があり、したがって、甥と姪は館に帰さねばならないというものだった。

「言い訳にすぎない！」と、彼は激昂した。「『商用』ですと……ありえない！　子供たちはまだ戻ってきては絶対にいけない——今はまだ駄目だ！」

自分の息子の現況を考えあわせてみても、ヴェニョン氏にはさして同情は湧かなかったし、マルセルとオーギュスティヌのような子供にうんざりしない伯母などいるまいと密かに思った。ただ、この件にわたしの好奇心は再度かきたてられた。つまり、わたしとヴェニョン氏の家系の繋がり――厳密にいえば、デニスとの血の繋がり――についてである。というのは、両者を繋げているのは、ヴェニョン氏を憤慨させて悪しざまに罵られている「伯母」だからだ。氏の兄と結婚する前の彼女の旧姓はドルワールで、三世代前の共通の祖先を介して、わたしの亡妻とは血縁にあたる。ただし、ふたりに面識はなかったと思う。

こんなことを色々と考えているうちに、当然というべきか、わたしはヴェニョン氏の当初からの言動にふたたび思いをめぐらせたものの、相変わらず満足のいく結論は得られなかった。彼は気分が変わりやすく、懇切な態度と冷淡な仕草、礼儀正しさと極端な無礼さをこれまで交互に見せてきた。「交換滞在」を打ち切るのをいわば後ろめたく思ういっぽうで、ラウールについて包み隠さずに警告を発してはくれなかった。デニスがフランスに逃亡した直後は親切にも二度電報を打ってくれたけれども、息子を取り戻そうとやってきたわたしには何の助力も与えてくれない。測り難い人物だ……。

土曜日の夕べ、ひとりきりでこうしてあれやこれやの問題で頭を悩ませていると、怒声らしきものが耳に入った。厩（うまや）の方角から発せられているようで、大きな音が持続して聞こえたから、数人、ひょっとしたら十数人が激しく言い争っているのだろう。しかし、表に見に出ようとしたときには、騒音は熄（や）んでいたから、その連中たちは矛（ほこ）を収めて解散したにちがいない。厩のある裏庭（バス・クール）を横切っていくと、ひとりの男の姿が見えた。痛そうに足を引きずり、顔には血に染まったぼろ切れを当てている。干し草や酪農場（レトリ）からの牛乳、バターを運ぶ荷車を走らせているのを目にしたことがある男だと分かったので、一体どうしたのかと声をかけてもよかったのだが、そのとき、館の屋内のどこかからかヴェニョン氏の怒った甲高い声が聞こえてきて妨げられた。

　この件に関しても、不十分とはいえ事情の説明をしてくれたのはまたもやドルロだった。夕食の後すぐに館の主――彼自身はこの件にはいっさい触れなかった――が自室に退がると、わたしがいつもひとりで飲むブランデーをドルロは応接室に運んできて、こう言った――「サン・トルヴァンの連中が、今日の午後、息子さんとバティストを追い回したあげく、あわや捕まえかけましてね……」。

「何だと！」わたしは驚きの叫びを上げた。「息子を追い回すだと？　いったい何のために？　息子は無事なのか？」

　これに対するドルロの答えは素っ気なく、わたしではなく天井に向かって話しているかのようだった。

「息子さんはまったくの無傷です。というのも、連中には捕まらなかったからです。でも、あいつ、バティストのほうは軽い怪我を負いまして……」

「しかし、どうして――襲われる理由などあるまいに？」

　ドルロは肩をすくめると、両手を広げた。「当地の連中は迷信深いのですよ。あらゆる種類の与太話を頭から信じこんでいます。ひょっとしたら、息子さんがついうっかりとなされたことが、忌まわしいものに手を染めているのではという疑いを招いたのでは――いうまでもなく（サン・ディール）不当な疑いですけれど。わたしに真相はわかりかねますが、つまるところ（アンファン）、息子さんとバティストのふたりは無学な荒くれ者たちに追われたあげく、館の裏庭に逃げ込んできたのです」ここで、彼は黙想するような口調で付け加えた――「不幸にも、召使たちのなかにもならず者に加担する奴がおりました……もうたくさんですよ。ただし、もはや知ったことではありませんがね。明日、館からはお暇を頂戴いたしますので」。

ドルロの話とその暗示するところに心を乱されただけでなく、程度こそ異なれ、辞職の宣言にもわたしは動揺を感じた。味方と考えるのは論外であったけれど、彼が目立った敵意を示してくることはなかったし、このところは、デニスに関する唯一の情報源に近かったからだ。

話そのものについては、ドルロが明かした以上のものが背後に潜んでいるのは疑いないけれど、わたしにもかなり推測がついた。田舎者の間でデニスが疑惑の的になっているのは当然といえば当然で、これまで嫌がらせを受けていなかったとしたら、そちらのほうが不思議なくらいだ。バティストという男はどうやら息子の友人、仲間らしく、そのために同様の疑惑をもたれたのだろう……。この件は明らかに反目の域にまで達しており、ヴェニョン氏の館の使用人たちも二派に分かれているのだ。明日はドルロの他にも館から出ていく連中がいるだろう……。

新たな危惧を覚えて、グッドリッチの到来の時刻を今か今かと待つ間、デニスがわたしに抱く反感をなだめようとふたたび努めてみた。即座の和解は望めないにせよ、それが無理なら、グッドリッチが助けにきてくれる前に、せめて息子と話くらいはできる関係を取り戻しておきたかったからだ。

鍵のかかった扉越しに二度対話を試みようとしたが、最初は応答がなく、次は「放っておいて！　大嫌いだ！」という言葉が返ってきた。さらに、館の敷地内で二度こちらから至近距離へと接近を図ったけれど、息子は傲慢ともいえる態度で立ち去ってしまい、情けない思いを噛みしめただけだった。ヴェニョン氏に依然として忠実な召使たち――ちなみに、この日の朝、ドルロと共に二人の使用人が辞めてしまった――を駆り出して息子を捕縛させ、いわば囚人として無理矢理に話をさせることはいつでも可能であったけれど、待ち伏せして捕まえるなどという真似は不本意であるだけでなく、害のほうが大きかっただろう。

いったいデニスは現状をどう考えているのだろうかと、わたしは繰り返し訝しんだ。これでいいと思っているのか？　あの唾棄すべき友をここで見つけられると予期していた、少なくとも望んでいたのは明々白々で、デニスはラウールを取り戻すために全力を尽くすだろうとヴェニョン氏も語っていたではないか。しかしながら、わたしの見るところ、その点では彼は挫折していた。肉体を備えた「ラウール」、奴の肉体的「側面」がどうなったのか、わたしには見当もつかなかった。わたしが絞め殺しかけた後で、奴はどうにかしてフランスに帰ったものと推測できるが、以前に出没した場所にはまだ姿を現していないようだ。もちろん確信は持てなかったが、奴の正体が何であれ、本拠とするのは英仏海峡のこちら側であると思えるから、最低限の防御策として取るべきはデニスを英国に戻すことだろう。

月曜日になった。明日にはグッドリッチがやってくる。実のところ、彼宛ての郵便はすべて既にヴェニョン氏気付（オ・ソワン）でフォアンに転送されており、さらに、ジェニーがわたしに書いた手紙も同時に到着した。相変わらず陰鬱な天気で、雨は降らなかったが不吉な気配を漂わせており、わたしは沈んだ気分で近隣の田野を散策した。

風景はこれまでと同じく荒涼かつ寂寥としていたけれど、わたしの想像力のせいだろうか、雰囲気には微かな変化が見られた。何かがこっそりと熟しつつある、邪悪が勢いづきつつあるという感覚は消え失せて、その何かから解放されたかのごとく、黄褐色の畑地が空虚に広がる。空想のしすぎだと自分を責めるのが嫌で、わたしは周囲を見廻して、この印象を惹き起こした原因を探ろうとしたが、何も見つからない。ただ、前に目にとまった案山子は撤去されており、なぜか館にかなり近い別の畑に立てられているのに気づいた。

わたしはゆっくりと館へと戻った。もうすぐ助けてもらえるのだ——明日の午後にはグッドリッチが来る。だが、奇妙にもわたしの心は晴れなかった。低く広がる田園の静かな光景は、何かが成就しつつあるという不吉な感覚から解き放たれたような表情で、ひそかにわたしを嘲笑うように思えた。見かけだけは厳(いかめ)しいが、内心ではほくそ笑んで、愚弄しているかのようだ。ばかげていると、わたしは努めて考えた。そんなわけがあるものか……! 芝居じみたわざとらしさで、まるで小道具として誂えられたような三匹の蝙蝠(こうもり)が夕闇に誘われて出現して、納屋の角を曲がろうとしたわたしの横をかすめていく。

次の瞬間、わたしは衝撃を受けた。

「やあ、パパ……」とデニスはいった。

息子は真正面に立っていた。はにかみながら、ここ数年来は「幼稚」だからと使っていなかった

「パパ」で呼びかけてきたのだ。服はしみだらけで破けており、垢じみた頬は血色がよくない。何日間もまともに顔も洗っていないのだろう。

だが、わたしを慄（おのの）かせたのは、汚い身なりではなく物腰のほうだった。退屈して気の抜けた様子ではあったが、同時に自信も窺えた。妙な具合にくつろいでいるというべきか、何かをしていて飽いてしまい、その挙句に何をしていたのかも忘れてしまったかのようだった。

退屈してはいるが落ち着いた態度、わたしにはおぞましいとしか思えない態度で、どうして何気なく振る舞えるのか？ 何も起こらなかったみたいに、自分の苦悩もわたしの苦悩も知らぬかのように、デニスは親しげな視線でこちらを眺めていたが、そこには見放されたような虚ろさが漂っていた。

「中に入ろう」と、わたしは声をかけたと思う。「中で話をしようじゃないか」

「うん」と息子は上の空で答えた。「いいよ。お腹も空いたし――」ここでいったん言葉を切ると、考え直して念のために留保するといわんばかりに付け加えた。「いや、実はそんなに……」

納屋から屋敷に戻りはじめたとき、夕暮の光が息子の顔を照らしたが、その名状しがたい表情にわたしは嫌悪を感じた。疲れ果ててはいるが狡猾な表情、いわば、現在の状況にまったく無感覚でそぐわない表情、若さには似合わない無関心、無情な不謹慎さ、あるいは不誠実さ――故意ではなく子供っぽいがゆえにいっそう耐えがたい不誠実さ。虫唾が走って、わたしは吐きそうになった。怒りがこみあげ、息子を殴ろうとして自分が拳を握りしめているのに気づいて、わたしは狼狽した。ようようのことで、わたしはこの衝動を抑えた。

「デニス……」と、わたしは思わず声をあげていた。「デニス……！」怒りは不意に愛情へと変わり、息子を両腕に抱きしめたが、相手は抵抗しなかった。まるで羽根のように軽く、弱々しく身を任せ、ほとんど体重が感じられない。力をこめて抱きしめている間、息子が今にも溶け出して中空に消えてしまうのではないかと思えるほどだった。

　館の中に戻ると、ヴェニョン氏がちょうど玄関広間にやってきたところで、面食らった表情でこちらを眺めた。


　それからの数時間をどのように過ごしたのか、何を話し何をしたのか定かでないが、幸せな勝利の時とはほど遠いものであったのは憶えている。悲劇、惨事が迫りつつあるという深い確信に心を奪われ続けて、拭い去ることができなかった。表面的には、追いかけ回され捕まってしまうのではないかと思い描いていた事態は幸いにも回避されたが、とはいえ、わたしはそのかわりに何を得たのか？　デニスを取り戻せたわけではない。それが問題だった。わたしが手に入れたのは、奇妙な抜け殻と化した息子に他ならない。空っぽの存在、ほとんど取り替え子（チェンジリング）（妖精が人間の赤ん坊を連れ去る際、その代わりに残していくとされる醜い子）に等しかった。わたしの記憶するデニスの特徴いっさいを備えておらず、その姿を眺めるのが苦痛でしかないような存在。

　とはいえ、この予想外の展開によって、実際には現状の収拾が容易になるともいえた。デニスを英国へ連れ戻すのに、おそらく無理強いの必要はない。大人しく付いてくるだろう。わざわざ来てくれるグッドリッチにとっては、わたしと息子に同道するだけの仕事になる。だが、その後は……？

「疲れているのかい？」と、わたしはいちど訊いたように思う。「つまりだよ、屋外での暮らしが続いていたからね」

息子は顔を上げると、奇妙な目つきでこちらを凝視した。見せかけの知性しか持たず、理解ができていないような不審な態度――鸚鵡を連想して、わたしはぞっとした。「うん、少し。ほんの少しだけ……」

返事はそれだけだった。しかし、その内容はともかく、口調には相変わらず漠然とした敵意がこもっており、わたしの不安はまったく晴れなかった。わざとらしい狡猾な口調には胸が痛んだ。急に従順になったとはいえ、自分が依然とっておきの切り札を持っている、少なくともそう信じていると言わんばかりだった。

そもそも、どうして急に大人しくなったのだろう？　屋外での不自由な生活に疲れて、ここ三週間というもの味わっていなかった普通の快適な暮らしが恋しくなったのか？　何を企んでいたのかは知らないが、その企みが挫折、失敗して、とうとう諦めたのか？　あるいは、ひょっとして、わたしがグッドリッチの応援を得た事実を知り――召使たちの噂話だけでなく、玄関広間に置かれた手紙からも情報を得るのは可能だったろう――万事休すと考えて、わたしに白旗を上げる気になったのか？

以上のことを追い追い調べていく必要がある。というのは、本人に直接問い質すにはまだ機が熟していないと感じられたからだ。そして、おそらくは幸運だったのだろう、この夜についていえば、さえなかった。

デニスはとても眠いと言いだし、軽食をとって風呂に入ると就寝してしまったので、質問する時間

ヴェニョン氏に関しては、玄関広間でぎょっとしていた姿を目撃したのをのぞけば、昼食以降会っていない。わたしは夕食をひとりで済ませると、応接室でパイプを少し燻らせてから自室へと戻った。

考えてみると、デニスとわたしはお休みの挨拶をするのを忘れていた。というか、互いに半ば故意に省略したのかもしれない。息子はまだ眠れずにいるのだろうか、そして、もし、わたしのように輾転反側（てんてんはんそく）しないですみそうならば、どんな夢を見るのだろうかと思った。

翌日、グッドリッチを駅で出迎える際に息子を連れていくかどうか迷ったが、結局、連れていかないことに決めた。またもや館から抜け出すとは考えられなかった。もし抜け出したら、従順な態度はまがいものにすぎなかったということになる。実のところ、改心は計算ずくの見せかけではないかという疑惑は拭いきれずにいて、不安を感じてはいたが、本当に逃亡して再び行方をくらますような真似はすまい。

午前中は大したことは何も起きなかった。ヴェニョン氏は、昼食前に顔を合わせると、不気味な笑みを浮かべながら、息子さんと仲直り（アンターント）できてよかったですなと言った。わたしに車を貸す件については快諾してくれたばかりか、自分で運転しようと申し出なかったのにはほっとした。グッドリッチは今夜一晩だけ館に滞在し、明日、わたしたち三人は英国に戻るのだ。

新たな展開を知ったときのグッドリッチの驚きをわたしは想像した。ある意味、彼にはフランス

まで無駄足を運ばせることになるが、許してくれるだろうと思った。昨晩急いで電報を打っておけば、彼が当地にくるのを止めさせられたのだが、デニスの予期せぬ「降伏」のせいで頭に浮かばなかったのだ。そして、自分勝手ではあるけれど、頭に浮かばなかったのをむしろ喜んだ。

　駅に着いたのは列車到着の十分前で、手荷物取扱所へと続く広場の外に一台の荷馬車が駐まっているのに目がとまった。細長い箱が降ろされて、取扱所の係員のところへ運ばれていく。馬車は館のものだとわたしは気づいた。よろよろと箱を担ぐ男は、二日前に裏庭（バス・クール）で顔に布切れを当てて足を引きずっていたのを見たばかりのバティストに他ならない。彼がふたたび馬車の座席に乗り込むと、駅長（シェフ・ド・ガール）が出てきて、ふたりは低い声でしばらく喋っていた。

　そこへようやくグッドリッチを乗せた列車がやってきた。大きな音と蒸気を上げて止まるやいなや、彼は跳び降りてわたしの手を握った。

「なるほど――」と彼はいった。「歯医者に辿り着いたときには歯痛が消えているようなものだね。無駄足を踏んだわけではないと、きみは気を遣って言ってくれるが、それにしても、あの子ときみはおそらくまだ仲違い（なかたが）したままなんだろう？」

　車は館に近づきつつあったが、わたしはグッドリッチの問いに確信をもって答えることができなかった。彼の元気溌剌たる態度、屈託のない明るい口調は、別世界から希望と癒しの風が吹いてきたように感じられたけれども、しかし、わたしは疑念のみならず動揺さえ覚えていた。

「わたしたちが実際のところ仲違いしているかどうかは、すぐに分かるさ」と、彼には応じたように思う。

正門（ポルト・コシエール）を潜ってから、わたしたちは車から下りた。ヴェニョン氏みずからが慇懃に出迎えてくれた。その背後に、小さく朧げな人影がためらいがちに立つのが見える。

デニスは心を決めかねたまま前に進み出た。彼の青ざめて空虚な顔にわたしはまたもや慄（おのの）いた。

「うーん――」とグッドリッチが口を開いた。「ぱっとしない様子といわざるをえないな。『無断軍務離脱（A・W・O・L）』の報いだね……既に十九日間か？　とはいえ、曹長、今回はこいつを軍刑務所にぶちこむというわけにはいかないぞ……」

わたしはまたもや心の中で喘いだ。グッドリッチのはしゃいだ態度に感嘆すべきなのか、あるいは怖気づくべきなのか、分からなかった。彼はいささかやりすぎではあるまいかと、わたしは怪しんだ。衝撃を受けたのは、それがデニスに与える影響のゆえというよりは、邪悪な魑魅魍魎に対する無謀きわまりない挑発行為に思えたからだ。

だが、デニスは「冗談」を気にしていないようだった。グッドリッチが相変わらず無鉄砲なからかいの言葉を陽気に連発する間、息子はかすかな笑みすら浮かべ、かなりうまく相手の「攻撃」をしのいでいた。

だが、ふざけた態度にもかかわらず、グッドリッチが実は憂慮しているのがわたしには見てとれた。「馬に餌をやるところを見てくるよ」といってデニスが犬のジジを連れて立ち去った後、グッドリッチの表情は真剣なものに変わった。

「きみはこの件をいったいどう考えているんだい？」と彼は不意に訊ねてきた。

「わたしがかい？　こちらがきみに訊きたいところだよ！」

「もちろん、そうだろうとも。ただ、きみの意見を最初に知っておきたいのさ――意見があればの話だがね。たとえば、きみは本当に――」彼はここでいったん言葉を切った。「まてよ。誰にも話を邪魔されないかな。館のご主人殿が割り込んできたりはしないだろうな？」

「大丈夫だよ。このところ気が昂ぶっているから、おそらく夜も顔を合わせないだろう」

「そいつは好都合だ。もし……」

ところが、わたしの予想を完全に裏切って、ヴェニョン氏が割り込んできたのだ。わたしたちを「歓待」すると言い張って、夕食が終わるまで、とんでもなく退屈な雑談をしつづける。彼がようやく自室に退いてから、わたしはグッドリッチと話を再開することができた。デニスのほうは昨晩と同じく早い時刻に就寝していた。

「ところで――」と、グッドリッチは先ほどの質問を繰り返した。「この件全体をきみはどう思っている？　たとえばだよ、『変装』、『なりすまし』といったような可能ではあるけれど他愛ない解釈を除外するとして、ハンプシャでぼくたちのそばにいた危険な狂人が、先週、きみが近所で墓を目撃したプリヴァシュと同一人物だと信じているのかい？」

「いや――それは馬鹿げて聞こえるよ」

「馬鹿げている――もちろん、そうさ。だが、馬鹿げたことは力を持ちうる。それが支配する領土では、馬鹿げたことではなくなってしまう。しかも、本来の領土から他の場所へとしばしば侵略してくる。少なくともデニスの心にとっては現実と化し、ある程度まではきみにとってもそうなった。

ぼくはただどれほど『現実』となったのかを知りたかったんだ」

「分からない。要するに話の辻褄が合わないのさ」と、わたしは答えた。

「なるほど。たしかに辻褄が合わない。もし合うとしたら、あの忌まわしい野郎の行方を最後には突きとめて、逮捕できるだろう。だが、いったい何の罪で？　どんな理由で告訴する？　きみをそんな目には合わせたくないね。こんな考え自体が無意味であり、つまるところ、普通の意味では絶対に辻褄が合わないことを示している。ともかく、きみの息子を可能な限り隔離するのが次に取るべき現実的な手段で、その後は適切な治療が受けられる状態になるよう祈るだけさ」

「でも、正直なところ、きみはどう思う？　つまり……」わたしは途中で口ごもった。

「何を訊きたいのかは分かっている。『あれは今も……』だろう？　それは知りようがない。あれは、あの化物はたしかにハンプシャにいたし、ともかく人間として通る外見をしていた。何かぞっとするような理由で手にはミトンをはめ、おまけに、奴の腕の傷ときたら奇々怪々だった……むしろ理解できないのは、きみが首を締めたくらいで、一時的とはいえ奴がくたばりかけたことだよ……もちろん、奴が恐れられているという事実とは矛盾しないし、奴の力を抑えこむのは可能なんだろうが、それにしても……」

グッドリッチもいったん口ごもってから続けた。「この線で考えても大した結論は出ないだろうな。すべてはお笑い種だというのはたやすいし、きみもお笑い種だと思っているなら、それはそれで結構さ。ところで、ポルターガイスト現象はどうなった？　相変わらず騒音は続いているのか？」

「そう聞いているが、わたし自身はこの館では耳にしていない」

元の化物がそこで死んだときみが確信している『幽霊の出る』部屋のほうはどうだい？　この件とどう関わってくる？　ヴェニョン氏はプリヴァシュ第一号がその部屋で息を引き取ったとはっきり認めたのかい？」

「はっきりとだって……！　とんでもない、違うよ。彼は一度たりともはっきりとした話はしていない。第一のプリヴァシュがそこでは死んでいないと言わせようと挑発してみたんだが、彼は奇怪な言動に走り、無礼千万にもわたしの気がふれたと罵る始末さ……」

わたしたちは意見をさらに交換したけれど、これまでに較べて具体的な結論に達することはできず、デニスを救う唯一の望みといえば現在の環境からすぐに引き離すほかなく、一刻の猶予もできないという点をふたたび確認するのにとどまった。

翌日には英国へ連れ帰る予定でいたから、安全に運ぶためには用心にも用心を重ねなくてはとばかりに、わたしとグッドリッチは貴重な「荷物」を慎重に取り扱った。実のところデニスは文字通り憔悴していたので、そういう扱いは当然ともいえたし、細心の注意を払わなければ、わたしたちの腕の中でばったり倒れてしまうか微風にでも吹き飛ばされそうな気がしたほどだ。息子の眼からは輝きが失われ、肌には艶がない。仕草には定義しがたい気配が窺え、無関心と期待感——あるいは不安感なのか——が同居していた。

落ち着かない一夜が明けると曇天だった。夢を見たが、内容を明瞭には思い出せなかった。大半は無意味で不条理な夢で、たとえば、応接室で操り人形の集団に演説するヴェニョン氏、頭上のどこかでローラースケートをするドルロ、そして、畑から畑へと場所を変えながら館に向かってくる案山子まで登場した。いずれも重苦しい後味を残し、神経がささくれだった状態でわたしは目を覚ました。

列車は十時半頃にフォアン駅を出発の予定だったから、いささか不必要なくらい早い時刻に起きてしまったのだとわたしたちは気づいた。デニスはぼんやりした暗い表情でこちらを見つめるだけで、朝食もほんのわずかしか口にしない。夢想に耽っている様子だったが、急にそれから醒めるとココアのカップをひっくりかえしてしまった。些細な出来事にもかかわらず、彼は怯えて、声にならない叫びを上げるかのように口を開いた。

駅に行くのに今回は館の車は不要だった。フォアンからタクシーが迎えにくるよう昨日のうちに手配をしておいたからだ。時刻通りに到着するようにわたしは願った。ヴェニョン氏が部屋着のままで山師のようにわざとらしく階下に降りてきて、別れの挨拶をした。お辞儀と型通りの握手をしてから、彼はぼそぼそと呟いたが、「……あれが許してくれるなら……」と言っているように聞こえた。

遂にわたしたち三人はタクシーで出発した。しばらくの間、気分は明るくなり、息苦しさから解放された。

「だいじょうぶかい？」とわたしはデニスに尋ねた。

「うん……」

彼はわたしの隣、グッドリッチと向き合う位置に座り、夢見るようにうっとりと窓外を眺めた。

我が心ここにあらずという表情で、わたしたちには見えないもの、価値が分からないものを待ち受けているかのようだった。息子の髪が伸びているのに気づき、散髪の必要があるなとわたしは思った。

そのとき、デニスの足下から低い鳴き声がした。ジジだ！　いったいどうやって成功したのかは分からないが、この犬は息子の後を追ってタクシーに飛び乗ったにちがいない。駅長に頼んで館に返しておかねばならない。

タクシーから降りてすぐ駅長に依頼を済ませると、ほどなくして列車が入ってきた。グッドリッチと共に乗車しかけたとき、ほんの僅かの間だがデニスの姿が見えず、わたしの心臓はとまりそうになった。しかし、次の瞬間、息子は手荷物取扱所(コンシーニュ)の方角から慌てて駆けてきて、発車に首尾よく間に合った。

彼を取り戻せて感謝の念しかなかった。可哀想な息子への切々たる憐憫の情が胸に強くこみあげてきて、わたしは彼の腕を握りしめた。列車が速度を上げるにつれて、安堵の溜め息をつきながら、一マイルごとにデニスは着実に安全に向かっているのだと考えたのを憶えている。正直なところ、逃げ切れるとはほとんど期待していなかった。とてもそんな希望などもてなかったのだ。具体的には想定できなかったにせよ、何かが――何らかの事故、障害が――起こってわたしたちを引き止める、あるいはその手助けをするのではないかと、ずっと恐れてきた……。

だが、わたしの満足した気分は次第に薄れて消え去った。デニスの態度に不安を唆(そそ)られたからだ。理由は分からないけれど、彼は苦しんでいた。「あの――あのカ――」話そうとして上手くいかないようで、フランス語に切り替えて、ようやく言葉になった――「……案山子(エプヴァンタイユ)、それがいるのは……」。いったん口ごもってから、わたしには理解できない切迫した口調で、デニスは一語だけ「ジジ……」と付けくわえた。

あの犬が本当にそこにいて、わたしは混乱、動転した。デニスが連れ込んだのかどうかは分からなかった。だが、わたしが真に狼狽したのは犬が車内にいたからではない。息子の奇妙な表情と態度のせいだった。

急行にちがいない別の列車がわたしたちに追いつきつつあり、並行する線路上を疾駆している。まるで競走する気を起こしたかのように、わたしたちの鈍行列車が速度を上げたので、急行との差は少し拡がった。ジジは嬉しそうに尻尾を振りながら通路から飛びよってきたものの、やがて奇妙にも興奮が静まったようで、気乗りしない調子で短く吠えてから、こそこそとデニスの座席の下に移ると蹲った。

「どうしたんだい、デニス？　具合が悪いのかい？」と、わたしはおろおろしながら訊いた。

グッドリッチはブランデーの携帯用酒瓶を取り出すと、デニスの口元にもっていった。息子の唇がゆっくり、おずおずと動いた――「案山子（エプヴァンタイユ）……あの案山子（かかし）……それ（セ）は……」。

不意に立ち上がって、彼はうめきながら通路へと飛び出した。わたしもグッドリッチも彼の体をつかんだのだが、制止できなかった。恐怖と忠誠心の間で引き裂かれたように、犬が座席の下から出てきて、車室（コンパートメント）の戸口で弱々しい鳴き声を発した。

靴先で犬をどかせると、わたしはデニスの後を追った。急行列車がまたもやわたしたちと並びつつあった。そちらの機関車の前面が既にこちらの通路の後端にまで達しており、さらにじりじりと前へと出ていくのが目に入った。

「デニス、デニス！」とわたしは繰り返した。「どうしたんだ？　何をしている？」

彼は奇妙な格好で身をかがめて急行列車を凝視しており、名状しがたい恐怖の表情が顔に浮かぶ。怯えて眼を瞠き、体を必死に通路の壁に押しつけていた。並走する急行列車に魅せられているにもかかわらず、同時にそれからできるかぎり離れようとしているかのようだった。

この直後に起こったことはあまりにおぞましくグロテスクで、とうてい信じてもらえない類のものだから、みずから目撃したわたしにとってさえ、いまなお「文字通り」の真実だと認めるのは、不可能ではないにせよ困難なときがある。真相を解明するのは無理だとはいえ、あのとき何かひどい手違いが生じたのだと思う——デニスとラウールのどちらにとってもだ。どんな恐ろしい計画、策略が進行していたのかは分からないが、最後の瞬間にいたって頓挫したのだろう。わたしが目にしたこと、目にしたとおぼしきことは、異様な錯誤から生じた結果に他ならないと思える……。

わたしはデニスの腕をつかんで振り回したが、彼は父親のことなど気にとめていなかった。息子の向こうに並ぶ車室のひとつから、二人の男がなにごとかと訝しんで顔を突きだすと、こちらをぽかんとした表情で眺めた。わたしの背後から、狭い通路で身動きがとれなくなったグッドリッチが、列車の走行音に張り合うような大声で息子に向かって叫んだ——「おい、やめるんだ！　戻ってこい！」。声は冷静だったが、彼はわたしの耳元でさらに付けくわえた。「どうあっても捕まえるんだ！」

デニスは開きかけた昇降扉の縦枠に身をもたせかけている。扉から彼を何とかして引き離そうと狭い通路でもがいているうちに、わたしたちの列車の速度は不意に遅くなり、急行が一気にこちらを抜いていく。グッドリッチが緊急通報索を引っぱったのだと後になって知った。その間もわたしはデニスを扉から引き離せなかった。息子がひどく危険な状態にあるのは分かっていたけれど、依然として捗らない。悪夢を見ているときのように、「夢よ、さめよ」と祈りつつ、わたしは額に汗が浮かぶほど力をこめた。

だが、夢はさめなかったし、今もさめてはいない。一瞬だけ、わたしは車窓の外に目をやった。急行列車の最後尾にある車掌車がこちらを追い抜いていく。細長い箱、棺のような形をした穢らわしいものが持ち上がり、ゆっくりと車掌室から突き出してくると、わたしたちの列車に飛来して激突した。通路には割れたガラスの破片が散らばった。

列車はがくんと止まった。人々が線路の脇を駆けており、わたしの耳には既に誰かの驚愕した声が聞こえていた。「案山子(エプヴァンタイユ)だ……あの箱には案山子しか入っていなかったぞ……!」

デニスのほうを振り返った。彼の呼ぶ声がしたように思えたからだ。「ジジ……」と言ったような気がした。当時も今も、犬がどうなったのかは知らないし、どうでも構わない。

息子の顔は老人のように皺だらけで萎んでおり、恐怖そのものが刻み込まれていた。両手で抱きしめても、体は力なく崩れた。

わたしとグッドリッチはデニスを車室に運び、座席の上に横たえた。そのときになってようやく、彼のぼさぼさの髪が死の直前に真白になっていたのを知った。

# 解説　狂気と妄想を孕む怪異譚

横山茂雄

英国の作家ジョン・メトカーフの名前は、我国の読者にはあまり馴染がないかもしれない。幾つかの作品がかなり早い時期から翻訳されているものの、いずれも散発的な紹介にとどまり、異能の物語作者としてのメトカーフの全体像を窺い知るのは困難な状況が続いてきたからだ。とはいえ、英米でも事情はさして異ならず、彼の遺した怪奇小説、超自然小説の中短篇群がようやく一冊にまとめられたのは、死後三十年以上経った一九九八年のことにすぎないうえに、少部数の限定本としてカナダで上梓されるにとどまった。

メトカーフの知名度が低いままである理由として、彼の全作品の中で怪異譚の占める割合は多くはないうえに、間歇的に執筆されたことがまず挙げられよう。そもそも、いわゆる怪談集というものを生前のメトカーフは刊行したことがなかった。また、彼の秀作の大半では、曖昧さが無気味な雰囲気を醸成するのに大きな効果をあげているが、そのいっぽう、整合性のある解釈、ひとつに確定した読みが困難あるいは不可能になるという点で難解、晦渋と化す。さらに、彼の作品群の孕む狂気と妄想――それはわたしたちの日常の現実を突き崩し、脳髄がじかに侵犯されるかのごとき危険な眩惑感、眩暈感を惹起する。したがって、エンターテインメントとして広範な読者に受け容られることはなかったわけだが、これは同時にメトカーフの尖鋭性の証しといえる。たとえば、二十世紀後半に怪談というジャンルを極限まで追求したロバート・エイクマンにしても、メトカーフという先駆的存在からの影響を抜きには考えられないだろう。

ジョン・メトカーフは、一八九一年、英国ノーフォーク州の小さな町で生を享けた。父親のウィリアムは元商船員で、その経験を生かして少年向け海洋小説にも筆を染めた人物である。のみならず、メトカーフの一族は海で働く人々が大半であり、彼の作品に船や船乗りに材を採ったものが少なくないばかりか、実生活でも海に惹かれ続けたのは、明らかにこうした家庭環境の影響だろう。

父親の仕事の関係でカナダ、ロンドン、スコットランドなどで暮らした後、ロンドン大学で哲学を修めて、一九一三年にパリで教職に就いたが、翌年に第一次世界大戦が勃発すると、メトカーフは英国海軍歩兵師団に身を投じた。ただし、ほどなくして陸軍航空隊へと移籍している。

戦争が終わると、今度はロンドンで教員となったメトカーフは、余暇に小説を書き始め、文芸誌に短篇が掲載されるようになる。一九二五年に処女短篇集『煙をあげる脚』が上梓されると、好評をもって迎えられ版を重ねると共に、翌年にはアメリカでも刊行された。メトカーフの傑作選を意図する本書では、この作品集から、表題作の他に、「悪夢のジャック」、「ふたりの提督」、「悪い土地」を採った。なお、『煙をあげる脚』には都合十八篇の作品が収録されているが、怪奇小説、超自然小説の範疇に属するものは六篇にすぎない。

こうして作家として本格的にデビューしたメトカーフだったが、処女短篇集刊行の直後、アメリカ人女性と恋に落ちた。その頃たまたま英国に滞在していたイヴリン・スコットである。南部テネシー出身のイヴリンはメトカーフの二歳年下にあたるが、新進モダニズム作家として頭角を現し、アメリカの批評家たちから高い評価を得ていた。

彼女は二十歳のときに中年の既婚者と駆け落ちして、ブラジルに渡ると同地で六年間を過ごし、一九一九年にアメリカに戻ってきた。駆け落ちの相手はフレデリック・クライトン・ウェルマンという熱帯医学の専門家にして昆虫学者——後には小説家、美術家としても活動するなど多芸多才な人物だった。両者は正式に結婚していないが、ウェルマンの筆名がシリル・ケイ＝スコットであることから、イヴリンはスコット姓を名乗っていた。ちなみに、ウェルマンが前妻との間にもうけた子供のひとりが、サイエンス・フィクションや怪奇小説の分野で活躍した作家マンリー・ウェイド・ウェルマンである。

さて、一九二五年に始まったメトカーフとイヴリン・スコットの共同生活は最初から波乱含みだった。なぜなら、ふたりとも精神的にきわめて不安定な人物であるばかりか、メトカーフは重度のアルコール依存症に苦しんでいたからだ。しかし、同じ小説家である女性との出会いには創作意欲をかきたてられたようで、彼は教職を辞して最初の長篇小説 *Spring Darkness* の執筆に専念、これは一九二八年に刊行された。同年の暮れ、それまでイギリス、アメリカ、カナダの間を頻繁に往来していたメトカーフは、ようやくアメリカへの正規の移民の許可を得る。本人自身が語るところによれば、アメリカ移住の当初は、ニューヨークのイースト・リヴァーで「艀の船長」をしながら執筆に勤しんだという。

メトカーフとイヴリン・スコットが正式に入籍するのは一九三〇年のことになるが、この頃、イヴリンは、前年に刊行した長篇 *The Wave* の成功によって同時代のアメリカ文学を代表する小説家のひとりとまで目されるようになっていた。当時まだ知名度的には群小作家の域を出なかったウィリアム・フォークナーの『響きと怒り』(一九二九)を推薦する文章をイヴリンが執筆し、同書の版元から小冊子として出版された事実はその証左となろう。ただし、この時期が彼女の名声、栄光の頂点であった。

同じく一九三〇年にメトカーフは長篇 ***Arm's Length***、翌年には短篇集『ユダ』を刊行した。後者から本書には「永代保有」、「時限信管」の二篇を採ったが、処女短篇集と同様に、純然たる超自然物語は少なく、全部で四篇しか含まれていない。メトカーフにとってはこれが二番目にして最後の短篇集となる。なお、彼は生涯に五冊の長篇を刊行したが、一冊を除いては「普通」の小説である。また、一九三二年には、本書に収録した短篇「ブレナーの息子」が限定本として単行出版された。

ところで、一九三一年には、メトカーフ夫妻の生活において興味深い出会いが起こっている。ジーン・リースの新作長篇を偶然に読んだイヴリンが、その才能を讃える手紙をリースに送ったことから、ふたりの女性作家の濃密な交友が始まったのである。わずか五年間で友情は破綻したとはいえ、この期間、リースはメトカーフとも懇意になり、晩年には彼のことを「怪異譚の巧みな書き手」だったと回想することになる。

一九三〇年代の半ばを過ぎる頃から、メトカーフの心身は深刻な危機に瀕しはじめた。長篇 *Foster-Girl*（1936）を何とか書き上げたものの、三七年にはメトカーフは精神病院に入るのを余儀なくされる。さらに、これを契機として、イヴリンが別居を決意したので、彼は大きな衝撃を受けた。

一九三九年、第二次世界大戦の勃発にともなって、メトカーフはカナダで英連邦空軍に加わり、三年後にはロンドンが任地となった。大戦終結後の四六年、除隊したメトカーフの許にイヴリンが戻ってきてからも、ふたりは英国にとどまるが、どちらも作家として生計を立てることはできない状態にあった。フォークナーが一九四九年度ノーベル文学賞を授与されたとき、イヴリンは完全に忘却された小説家となっていたばかりか、夫と共にロンドンで極度の貧困に喘いでいたのである。ちなみに、一九四〇年、フォークナーは、とあるインタヴューで同時代の女性作家について意見を求められた際、イヴリン・スコットの名を挙げ、「女にしては、かなりいい」と述べていた。

一九五三年、ふたりは旅費を何とか工面してアメリカへと戻る。とはいうものの暮らしがさして好転したわけではなく、メトカーフとイヴリンは相変わらず惨めな生活を送る。こういった状況の下で、メトカーフは過去二十年間に断続的に執筆した中短篇を一冊にまとめて刊行しようと計画した。

だが、イギリスで出版を引き受けてくれる書肆は見つからず、結局、刊行に同意したのはアメリカのオーガスト・ダーレスだけだった。中篇だけを単行出版するという条件である。こうして、一九五四年、ダーレスの経営するアーカム・ハウスから『死者の饗宴』が上梓された。これは本書に収録した。

『死者の饗宴』から二年後に、生涯最後の単行書となる長篇 *My Cousin Geoffrey* をメトカーフは発表した。この作品は、大戦間の英国の中流階級の家族を背景に、従弟によって精神的に支配される男を描いたものだが、冗漫で退屈というほかない。ただし、結末近くになって、霊魂の入れ換わりという、唐突にして驚くべき展開を見せる。

一九六三年夏にイヴリンが癌で死亡して以降、さらに酒に溺れるようになったメトカーフはニューヨークの精神病院に収容されたが、周囲の友人たちの助けで、翌年秋にはイギリスに帰ることができた。故国で死にたいと本人が強く希望したためである。一九六五年夏、階段からの転落事故がもとで、彼はロンドンで息を引き取った。メトカーフやイヴリンと同じく忘却の淵に沈んでいたジーン・リースが、『サルガッソーの広い海』によって劇的な復活を果たすのはその翌年のことである。


以下、蛇足とは承知しつつ、収録作品について若干の解説を付しておく。なお、筋の細部や結末に触れている場合もあるので、作品を未読の方は何卒ご注意いただきたい。

「煙をあげる脚」'The Smoking Leg' と「悪夢のジャック」'Nightmare Jack' の二篇は、共に船乗りをめぐる話であるだけでなく、超自然的な力をもつ東洋の宝石を題材とする点においても共通する。しかしながら、前者が綺想を直截的な勁い語りによって繰り広げた物語であるのに比して、後者は重層的な構造を備えるばかりか、多くの謎を説明しないままに終わっており、スタイルの面では対照的な作品に仕上がっている。「悪夢のジャック」では穢れの感覚がモチーフとなっているのが注目されよう。ちなみに、メトカーフのファースト・ネームであるジョンの別称がジャック。

どちらの物語でも《ビルマの女王》号という船が言及されているから、作者はあるいは一種の連作を計画していたのだろうか。ロバート・エイクマンは、全二十巻に及ぶ英国のペーパーバック版怪奇小説アンソロジー *Fontana Book of Great Ghost Stories* の最初の八巻分（一九六四―七二）を編んだが、第二巻（一九六六）には「悪夢のジャック」を採った。いかにもエイクマンらしい選択といえなくもない。

アンソロジーといえば、「ふたりの提督」'The Double Admiral' は、ドロシー・セイヤーズ編の浩瀚な *Great Short Stories of Detection, Mystery and Horror* の第三集（一九三一）に収録された。のみならず、同書序文において、セイヤーズはこの作品を旧来の「常套的な『亡霊悪鬼』の道具立て」を排除した「現代的」怪談の好例として称揚した。奇怪な幻影に取り憑かれた男をめぐる話は、途中から分身譚へと変容するが、最後には予期せぬような結末が待ち構えている。また、穢れの感覚はこの作品にも窺える。

セイヤーズが夙に指摘したように、提督の身に本当は何が起こったのか、そして、いつ起こったのかについて、一義的な答えを出すのは不可能だろう。幾つもの異なった解釈がありうる。

たとえば、もうひとつの世界、いわゆる並行宇宙（パラレル・ユニヴァース）に存在する提督が、死んだ提督と入れ替わって、この世界に出現したとする読みはいちおう成立するにちがいない。だが、テクストの細部とはやはり齟齬をきたすし、のみならず、以下の解釈の可能性を見落とすことになろう。その場合、鍵となるのは、主教が「本来の陸地は自分の背後にあるはずだという意識」に捉われる場面である。すなわち、海上で主教が不思議なヴィジョンを見る場面までは、すべて、この世界（A）ではなく、もうひとつの世界（A'）で生起した出来事だとみなすことができるからだ。この解釈にしたがえば、提督が死を迎えたA'の世界の主教と心霊家は、ヴィジョンを境としてAの世界の主教、心霊家と入れ替わる。換言すれば、物語の末尾においては、三人のうちでこの世界の本来の住人は実は提督（そして、物語の語り手）のほうであり、主教と心霊家はもうひとつの世界からやってきた存在ということになる（しかも、その事実を彼らは認識していない）。

もちろん、どちらかが正しいというわけではない。私見では、読者がこれらふたつの解釈の間で宙吊りにされること、物語の結末にいたって自分がいずれの世界にいるのか分からなくなることこそ、「ふたりの提督」の眼目に他ならない。作中で言及される〈方向感覚失調〉――それが惹起するのとまったく同じ惑乱にわたしたちは襲われるのだ。

「ブレナーの息子」'Brenner's Boy'もやはりテクストそのものからは決定的なひとつの読みを引き出すことが不可能な作品だが、ここでは曖昧さが「ふたりの提督」とは異なったかたちで機能している。主人公ウィンターの狂気が強く暗示され、すべては彼の妄想にすぎないという解釈に読者は誘われるいっぽうで、たとえ超自然的な存在であれ、ブレナー提督の「息子」をクリッシー、そして、ピンク夫妻も目撃する。また、「息子」の「性別」が判然としない点に気づくのもウィンターだけではない。

あるいは、執拗に言及される《サトレジ》号。ウィンターが自問するように、この船でいったい一八九八年に何が起こったのだろう?

ところで、英国海軍には同名の艦船がこれまで三隻在籍しているが、年代的に「ブレナーの息子」と合致するのは巡洋艦《サトレジ》のみである。しかし、信頼できると定評のある海事文献(*Ships of the Royal Navy*)によれば、この船の竣工進水は一八九九年なのだ。したがって、同書の誤記、誤植でないとすると、一八九八年という年号は、作者メトカーフの単なる思い違いなのか、もしくは、意図的なものなのか。さらに、後者だとすれば、実在した軍艦とは関係がないという意味なのか。それとも……。

冒頭部分の分かりにくい箇所について、ここで少し註釈を加えておこう。「エクセレント」とは本来は十八世紀末から十九世紀初頭にかけて活躍した軍艦の名前で、同船は一八三〇年に砲術訓練艦へと改装、ポーツマス港に繋留された。十九世紀末になって、港内の鯨島に本格的な海軍砲術学校が作られたが、それ以降も、同校は「エクセレント」の名で知られたのである。また、ウィンターが口ずさむ唄の歌詞が引かれているが、それとほぼ同じものは、海洋小説で著名な十九世紀の作家フレデリック・マリヤットの長篇 ***Snarleyyou, or the Dog Fiend***(一八三七)に見出せる。

「悪い土地」'The Bad Lands' は、ドロシー・セイヤーズの *Great Short Stories of Detection, Mystery and Horror* 第一集（一九二八）を始めとして、これまでにかなりの数の怪奇小説アンソロジーに収められており、その意味では最も有名な作品。特にセイヤーズのアンソロジーは影響力が非常に大きかったので、「悪い土地」でメトカーフという作家に初めて注目した読者も少なくなかっただろう。架空の海辺の町を舞台にして、「悪夢のジャック」とは違う角度で穢れの感覚が描かれている。「ノーフォークの海岸沿い」とされているから、モデルとなったのは作者の生まれ故郷かもしれない。家の中に放置された紡ぎ車が無気味な効果を上げるが、「眠れる森の美女」が下敷きになっているのだろうか。末尾で言及される「ドリー・ウィシャート」については未詳。

「時限信管」'Time-Fuse'（*Great Short Stories of Detection, Mystery and Horror* 第三集［一九三六］に収録）と「永代保有」'Mortmain' では、どちらも題名の意味するところは物語の最後になって明らかになる。前者でヒロインが「模倣」しようとするダニエル・ダングラス・ヒューム（本邦ではホームと表記されることが多いが、正しい発音はヒューム）は十九世紀でもっとも有名な霊媒、霊能者のひとりで、さまざまな奇蹟を起こしたとされる。燃えさかる石炭を素手で掴んだばかりか、空中に浮揚したという証言記録まで残る。後者の題名である mortmain という言葉は、語源的には「死者の手」の謂。本来は法律用語で厳密な定義が存在するが、広義には、不動産が元の所有者の死後も譲渡不能といったような意味合いで用いられる。

なお、これら三つの短篇はいずれもメトカーフの怪異譚としては分かりやすい部類に属し、とりわけ「時限信管」はもっぱらアイデアが勝負という点で例外的な作品といえよう。

本書の表題作とした「死者の饗宴」*The Feasting Dead* はメトカーフが遺した唯一の中篇である。既に記したように、あやうく埋もれる運命にあったところをオーガスト・ダーレスの助力により陽の目を見た。主たる舞台に設定されたフランスのオーヴェルニュ地方には多数の休火山があり、とりわけシェヌ・デ・ピュイと呼ばれる火山群が有名で、その特異な景観におそらく作者は魅了された体験があったにちがいない。

この作品では案山子（かかし）が単なる小道具にとどまらない非常に大きな役割を果たす。それを指すのに主として用いられるフランス語の épouvantail は、「恐怖を与える épouvanter」から派生したもので、フランス語では「恐怖」、「恐ろしい」は épouvante、épouvantable となる。英語で案山子を意味する scarecrow も「恐怖を与える scare」＋「鴉 crow」だが、そちらに較べても、恐怖との結びつきがよりあからさまな語だといえよう。

生命力という概念、生命力が吸い取られるという発想は、初期の「ふたりの提督」に既に窺えるけれど、「死者の饗宴」では核心をなす。この作品を吸血鬼小説の範疇に入れるのはおそらくまちがいでないにせよ、「名無し」と呼ばれる〈不死〉の存在が生き延びるために必要とするのは、生命力が宿る物質あるいは象徴としての血ではない。生者のもつ不可視のエネルギーそのものなのだ。

物語は非常に緩やかな速度で進められ、漠とした朧げな恐怖が徐々に昂まっていくが、最後になると一気に加速されて、読者の想像を超える衝撃的な場面で不意に閉じられる。中篇という形式を活かした手際は見事というほかない。

本書の翻訳にあたっては、北川依子氏に三つの短篇を担当していただいた。また、国書刊行会の樽本周馬氏からは、終始、有益な助言を得た。末筆ながら、ここに記して両氏に感謝する。

＊

**ジョン・メトカーフ著作リスト**

*The Smoking Leg and Other Stories*（1925）　短篇集
*Spring Darkness*（1928）　長篇
*Arm's Length*（1930）　長篇
*Judas and Other Stories*（1931）　短篇集
*Brenner's Boy*（1932）　短篇の単行出版
*Foster-Girl*（1936）　長篇
*All Friends are Strangers*（1948）　長篇
*The Feasting Dead*（1954）　中篇
*My Cousin Geoffrey*（1956）　長篇
*Nightmare Jack and Other Tales*（1998）　短篇集（死後出版）

## 邦訳リスト

「死者の饗宴」*The Feasting Dead*　桂千穂訳／『怪奇幻想の文学Ⅰ　真紅の法悦』（紀田順一郎＋荒俣宏編、新人物往来社、一九六九年）所収

「二人提督」'The Double Admiral'　平井呈一訳／『こわい話・気味のわるい話　第3輯』（平井呈一編、牧神社、一九七六年）所収

「メルドラム氏の憑依」'Mr. Meldrum's Mania'（1931）　樋口志津子訳／『悪夢の化身　恐怖の一世紀2』（デニス・ホイートリー編、朝日ソノラマ〈ソノラマ文庫海外シリーズ〉、一九八五年）所収

「窯」'The Firing-Chamber'（1962）　三浦玲子訳／『漆黒の霊魂』（オーガスト・ダーレス編、論創社〈ダーク・ファンタジー・コレクション〉、二〇〇七年）所収

「煙をあげる脚」'The Smoking Leg'　横山茂雄訳／『棄ててきた女　アンソロジー／イギリス篇』（若島正編、早川書房〈異色作家短篇集〉、二〇〇七年）所収

「ブレナー提督の息子」'Brenner's Boy'　西崎憲訳／『怪奇文学大山脈Ⅱ　西洋近代名作選【20世紀革新篇】』（荒俣宏編、東京創元社、二〇一四年）所収

## 参照文献

Robert Aickman, ed., *The Second Fontana Book of Great Ghost Stories* (Glasgow: Fontana Books, 1966).

Carole Angier, *Jean Rhys: Life and Work* (London: Andre Deutsch, 1990).

D. A. Callard, *'Pretty Good for a Woman': The Enigmas of Evelyn Scott* (New York and London: W. W. Norton and Company, 1985).

J. J. Colledge, *Ships of the Royal Navy: The Complete Record of All Fighting Ships of the Royal Navy from the Fifteenth Century to the Present*, revised 3rd ed. (London and Mechanicsburg, PA: Greenhill Books and Stackpole Books, 2003).

Richard Dalby, 'Introduction' to John Metcalfe, *Nightmare Jack and Other Tales* (Ashcroft, Canada: Ash-Tree Press, 1998).

Richard Dalby, 'John Metcalfe' in E. F. Bleiler, ed. *Supernatural Fiction Writers: Fantasy and Horror,* vol. II (New York: Charles Scribner's Sons, 1985).

Stanley J. Kunitz, ed., *Twentieth Century Authors: First Supplement: A Biographical Dictionary of Modern Literature* (New York: The H. W. Wilson Company, 1955).

Stanley J. Kunitz and Howard Haycraft, eds., *Twentieth Century Authors: A Biographical Dictionary of Modern Literature* (New York: The H. W. Wilson Company, 1942).

Alexis Lykiard, *Jean Rhys Revisited* (Exeter, Devon: Stride Publications, 2000).

Dorothy L. Sayers, ed., *Great Short Stories of Detection, Mystery and Horror*: *Second Series* (London: Victor Gollancz, 1931).

Dorothy M. Scura and Paul C. Jones, eds., *Evelyn Scott: Recovering a Lost Modernist* (Knoxville: The University of Tennessee Press, 2001).

Mary Wheeling White, *Fighting the Current: The Life and Work of Evelyn Scott* (Baton Rouge and London: Louisiana State University Press, 1998).

Francis Wyndham and Diana Melly, eds., *Jean Rhys Letters, 1931-1966* (London: Andre Deutsch, 1984).

著者　ジョン・メトカーフ　John Metcalfe
1891年英国ノーフォーク州生まれ。カナダ、ロンドン、スコットランドなどで暮らした後、ロンドン大学で哲学を修めて教職に就き、第1次世界大戦中は英国海軍歩兵師団、陸軍航空隊に所属する。戦後教員に戻り余暇に小説を書き始め、短篇を文芸誌に投稿、1925年に『煙をあげる脚』を刊行、好評を博す。同時期にアメリカの新進作家イヴリン・スコットと結婚。その後短篇集『ユダ』や幾つかの長篇を刊行するが、精神病院への入院を繰り返し、極度の貧困のなかアルコール依存症苦しみつつ65年逝去。

訳者　横山茂雄（よこやま　しげお）
1954年大阪府生まれ。京都大学卒、博士（文学）。英文学者、作家、奈良女子大学教授。著書に『聖別された肉体—オカルト人種論とナチズム』（書肆風の薔薇）、『神の聖なる天使たち』（研究社）、訳書にピーク『行方不明のヘンテコな伯父さんからボクがもらった手紙』（国書刊行会）、ラスキ『ヴィクトリア朝の寝椅子』（新人物往来社）など。稲生平太郎名義の著書に『アクアリウムの夜』（角川スニーカー文庫）、『アムネジア』（角川書店）、『定本　何かが空を飛んでいる』（国書刊行会）、『映画の生体解剖』（高橋洋と共著、洋泉社）などがある。

訳者　北川依子（きたがわ　よりこ）
1967年京都府生まれ。京都大学卒、博士（文学）。東京工業大学リベラルアーツ研究教育院教授。専門はイギリス小説。訳書にハミルトン『孤独の部屋』（新人物往来社）、コリンズ『バジル』（宮川美佐子と共訳、臨川書店）、ジャクスン『鳥の巣』（国書刊行会）がある。

DALKEY ARCHIVE

責任編集
若島正＋横山茂雄

死者の饗宴

2019年5月25日初版第1刷発行

著者　ジョン・メトカーフ
訳者　横山茂雄　北川依子

装幀　山田英春
装画　オディロン・ルドン「溺れた男」

発行者　佐藤今朝夫
発行所　株式会社国書刊行会
〒174-0056　東京都板橋区志村1-13-15
電話03-5970-7421　ファックス03-5970-7427
http://www.kokusho.co.jp
印刷製本所　中央精版印刷株式会社
ISBN 978-4-336-06065-5

DALKEY ARCHIVE

**責任編集**

若島正＋横山茂雄

# ドーキー・アーカイヴ

**全10巻**

**虚構の男** L.P.Davies *The Artificial Man*

**L・P・デイヴィス** 矢口誠訳

**人形つくり** Sarban *The Doll Maker*

**サーバン** 館野浩美訳

**鳥の巣** Shirley Jackson *The Bird's Nest*

**シャーリイ・ジャクスン** 北川依子訳

**アフター・クロード** Iris Owens *After Claude*

**アイリス・オーウェンズ** 渡辺佐智江訳

**さらば、シェヘラザード** Donald E. Westlake *Adios, Scheherazade*

**ドナルド・E・ウェストレイク** 矢口誠訳

**イワシの缶詰の謎** Stefan Themerson *The Mystery of the Sardine*

**ステファン・テメルソン** 大久保譲訳

**救出の試み** Robert Aickman *The Attempted Rescue*

**ロバート・エイクマン** 今本渉訳

**ライオンの場所** Charles Williams *The Place of the Lion*

**チャールズ・ウィリアムズ** 横山茂雄訳

**死者の饗宴** John Metcalfe *The Feasting Dead*

**ジョン・メトカーフ** 横山茂雄・北川依子訳

**誰がスティーヴィ・クライを造ったのか？**

Michael Bishop *Who Made Stevie Crye?*

**マイクル・ビショップ** 小野田和子訳